Julian Beeman, Anfang 40, steckt fest. Sein kleines Kino mitten in San Francisco steht hoch verschuldet vor dem Aus, die Frau für's Leben hat er auch noch nicht gefunden, und seine Lieblingskneipe heißt wohl nicht umsonst Dead End. Ein Neustart wäre dringend nötig. Nur wie?
Sein bester Freund empfiehlt ihm die Online-Plattform Life-Exchange.club. Hier tauschen Menschen ihr Dasein miteinander, um im Lebensumfeld eines anderen noch mal ganz neu durchzustarten. Das Angebot, das Julian für sein gescheitertes Kino-Leben bekommt ist absolut fantastisch. Nie hätte er gedacht, dass er einmal ein derart sorgenfreies Leben leben dürfte! Doch leider tauchen schon bald jede Menge ungeahnte Überraschungen auf, die Julian ein weiteres Mal dazu zwingen, um sein Glück zu kämpfen. Das Gute: Diesmal weiß er genau, wie es aussehen soll, dieses Lebensglück – denn es hat Klick gemacht ...
Mit viel Humor und Esprit erzählt Katharina Reschke in ihrem neuen Roman von den Verheißungen im Netz und den Tücken, die das analoge Leben bereithält.
»Ohne Träumen kein Mut. Ohne Mut kein Machen.«
Wim Wenders

Katharina Reschke hat einen Magister in Literatur und Sprachen und arbeitet seit über 20 Jahren als Drehbuch- und Buchautorin. Sie ist u. a. Mitglied der Deutschen Filmakademie und wurde für ihre Kino- und Fernsehfilme vielfach ausgezeichnet. Die Autorin war mehrmals als Writer-in-Residence in den USA zu Gast und lebt in Berlin und San Francisco.

Weitere Informationen finden Sie auf www.fischerverlage.de

KATHARINA RESCHKE

TAUSCHE LEBEN

SUCHE GLÜCK

ROMAN

FISCHER Taschenbuch

Aus Verantwortung für die Umwelt hat sich der S. Fischer Verlag zu einer nachhaltigen Buchproduktion verpflichtet. Der bewusste Umgang mit unseren Ressourcen, der Schutz unseres Klimas und der Natur gehören zu unseren obersten Unternehmenszielen.

Gemeinsam mit unseren Partnern und Lieferanten setzen wir uns für eine klimaneutrale Buchproduktion ein, die den Erwerb von Klimazertifikaten zur Kompensation des CO_2-Ausstoßes einschließt.

Weitere Informationen finden Sie unter:
www.klimaneutralerverlag.de

MIX
Papier aus verantwortungsvollen Quellen
FSC® C014496

Originalausgabe
Erschienen bei FISCHER Taschenbuch
Frankfurt am Main, Oktober 2021

Dieses Werk wurde vermittelt durch die
Literarische Agentur Thomas Schlück GmbH, 30161 Hannover.

Redaktion: Inge Seelig
Satz: Fotosatz Amann, Memmingen
Druck und Bindung: GGP Media GmbH, Pößneck
Printed in Germany
ISBN 978-3-596-70048-6

In Memoriam
für meine einzigartige Sister
Sybille

Am Ende hegen wir doch alle den geheimen Traum
von einem zweiten Leben, oder?
Von der Option, alles noch mal ganz anders zu machen,
bevor unsere Uhr auf dieser Welt
ein für alle Mal abgelaufen ist.

Hendrik Hendriksen,
Gründer von *LifeExchange.club*

1.

Die Firmenzentrale von *LifeExchange* befand sich in einer ehemaligen Stofffabrik in Potrero Hill. Das Viertel war in den letzten Jahren zum Mekka für junge Erfinder geworden, die hier, fern von den Internetgiganten des Silicon Valley, an ihren Start-ups bastelten und gleichzeitig das Partyleben von San Francisco genossen.

Noch einmal schaute Julian auf die kobaltblaue Visitenkarte in seiner Hand.

LifeExchange.club stand in weißer Schrift darauf.

Und: *Hendrik Hendriksen, Potrero Hill.*

Julian erinnerte sich nur bruchstückhaft an den gestrigen Abend, als der junge Mann mit dem Aussehen eines dreißigjährigen Brad Pitt plötzlich neben ihm am Tresen des *Dead End* gestanden hatte. Der Begegnung waren fünf Biere vorangegangen, die Julian helfen sollten, seine Panik zu überwinden. Panik vor dem Abgrund, der sich am Tag zuvor unangekündigt vor ihm aufgetan hatte und seitdem immer tiefer wurde.

Normalerweise trank er nicht mehr als zwei Gläser, aber Gerry, sein bester Freund und Besitzer des irischen Pubs, hatte gemeint, dass ihn der Alkohol beruhigen würde. Es stimmte. Zumindest, was seine Erinnerung betraf. Julian wusste nicht einmal, wie er gestern Nacht nach Hause gekommen war.

Mit einem einnehmend lässigen Lächeln hatte Hendriksen ihm auf die Schulter geklopft und das Gespräch begonnen. »Du bist Gerrys Kumpel, oder?«

»Äh, ja. Warum?«

Sein Händedruck war fest und verbindlich gewesen.

»Er hat mir von dir erzählt. Du leitest das *Astor* im Mission District, stimmt's?!«

»Ja. – Bisher zumindest.«

Mit einem Mal war klar gewesen, dass die Begegnung keine zufällige war, sondern von Gerry eingefädelt. Julian hatte fragend zu seinem Freund geschaut, doch der hatte hinter der Theke gestanden und sich auf das Zapfen neuer Biere konzentriert.

»Er sagte, du könntest 'nen Neustart gebrauchen?!«

Um ein Lächeln bemüht, nickte Julian nun am Eingangsportal des ehemaligen Fabrikgebäudes in die Kamera. Gerry hatte in der Früh noch einmal angerufen, um sicherzugehen, dass er sich das Angebot auch tatsächlich anhörte.

»Es könnte deine Chance sein, Bee.«

»Kannst du mir bitte noch einmal sagen, was die genau machen? Ich hab leider einen totalen Filmriss.«

»Lass es dir von Hendrik direkt erklären. Ist 'ne ziemlich abgefahrene Sache. Scheint aber abzugehen wie 'ne Rakete.«

Die warme Stimme einer Frau begrüßte Julian durch die Gegensprechanlage – »Einfach in den dritten Stock rauf und dann rechts« –, dann glitt die Glastür vor ihm auf.

Als Julian das Loft von *LifeExchange* betrat, erwarteten ihn geschätzte sechshundert Quadratmeter Bürofläche mit einem gigantischen Blick auf Downtown San Francisco. Ohne Zwischenwände saßen die Mitarbeiterinnen und Mitarbeiter an den langen Tischreihen nebeneinander und tippten auf ihre Computer und Laptops ein. Keiner von ihnen schien älter als fünfundzwanzig.

»Hi, Julian, willkommen bei *LifeExchange*!«

Hendrik Hendriksen stand plötzlich hinter ihm. Bei Tag wirkte er mit seinem Dreitagebart und den schulterlangen Haaren gleich noch cooler, und sein aus der Hose hängendes T-Shirt erinnerte sicher nicht von ungefähr an das Understatement-Vorbild aller Dotcoms, Mark Zuckerberg. »Schön, dass du's einrichten konntest. Normalerweise geben wir ja keine Sonderführungen, aber für einen Freund von Gerry mach ich gerne 'ne Ausnahme.«

»Danke, ist echt nett.«

Der Startupper wies durch den Raum. »Hier siehst du eigentlich schon alles, was zu unserem Unternehmen dazugehört. Wir stocken gerade monatlich auf. Wenn's weiter so geht, müssen wir demnächst zur Nachbaretage durchbrechen.« Er grinste vergnügt und machte eine Geste, als komme der Erfolg für ihn ganz unverhofft.

»Glückwunsch«, murmelte Julian beeindruckt.

Vorgestern war ihm jener Brief ins Kino geflattert, auf den er seit Monaten gewartet hatte, doch er enthielt nicht die erhoffte Antwort.

Die Bank hatte ihn so lange hängen lassen bis er schließlich unumkehrbar im Dispo hing. Täglich war Julians erste Tat ein Anruf in der Filiale gewesen, aber sein Berater war nie für ihn zu sprechen gewesen. Stattdessen kam das kurze Schreiben mit der Post. Eine Absage. Das Aus für das *Astor* – San Franciscos ältestes Lichtspielhaus –, und damit auch für dessen Leiter Julian Beeman. Die Bank verweigerte ihm nicht nur den beantragten Kredit, sondern forderte auch die noch offene Schuld in Höhe von 156 000,– Dollar bis zum Monatsende zurück. Aufschub oder Stundung wurden nicht gewährt, was bedeutete, dass Julian noch exakt zehn Tage blieben, um die Summe aufzutreiben.

Er hatte keinen Schimmer, wie das gehen sollte – es sei denn, es geschah ein Wunder. *LifeExchange* sollte so etwas sein. Deshalb war er hier.

»Latte, Espresso, Cappuccino?« Hendriksen winkte, ihm zu dem abgetrennten Cafeteriabereich am Ende des Fabrikraums zu folgen. Auf der Küchenzeile stand eine riesige, verchromte Kaffeemaschine, die deutlich besagte: Wir haben es geschafft!

»Einen ganz normalen Kaffee mit Milch, danke«, entgegnete Julian betont unbeeindruckt, denn er wollte nicht wie ein Opfer wirken, das hier auf sein Gnadenbrot hoffte.

»Der wertbeständige Purist. I love it.« Der *LifeExchange*-Gründer schoss grinsend seinen Zeigefinger wie eine Pistole auf ihn ab und machte sich an der Maschine zu schaffen.

Julian nutzte die Zeit, um seine Umgebung zu beäugen. Es war sein erster Besuch in einem Start-up, und er fand es genauso, wie seit Jahren von allen beschrieben: das ultimative Arbeitsparadies. Eine Reihe Gläser war mit Croissants, Keksen, Müsli und vielen weiteren Köstlichkeiten gefüllt, und im Kühlschrank, den Hendriksen gerade öffnete, warteten

Milch und Snacks für jedweden Verfechter von eiweißreich bis vegan und glutenfrei. Alles selbstverständlich kostenlos.

Hinter einer Glasscheibe, ein paar Meter weiter lag die kreative Ruhezone, wo sich die Mitarbeiter beim Minigolf fokussieren, in Sitzsäcken chillen oder an einer Wand mit Graffiti erproben konnten.

»Tut mir leid, was du da gerade erlebst.« Hendriksen warf ihm über die Schulter einen mitfühlenden Blick zu. »So was wie das *Astor* gibt's ja echt nur noch selten. Würde mal sagen, es ist eine *der* Perlen unserer Stadt, oder?«

Julian nickte.

Vor sieben Jahren hatte er das Kino mit seinen originalgetreuen Dekors aus den Zwanzigern, das in allen einschlägigen Reiseführern über San Francisco aufgeführt war, von seinem ehemaligen Arbeitgeber übernommen. Hoch und heilig hatte er bei der Schlüsselübergabe dem von der Krankheit bereits schwer gezeichneten Marten Faulkner versprochen, dass er alles für das Filmtheater geben werde – egal, was da komme. Natürlich wusste er, dass dies auch Investitionen bedeutete, die nur mit einem Kredit zu finanzieren waren, aber Julian glaubte an das Kino. Nicht nur, weil er wie sein Vorgänger Filme liebte, sondern weil das *Astor* zur Kulturszene der Stadt gehörte und über Jahrzehnte hinweg mit seinem sorgfältig kuratierten Programm die Zuschauer begeistert hatte.

»Setz dich doch.« Hendriksen stellte einen henkellosen Fünfzigerjahre-Becher sowie ein Kännchen mit heißer Milch auf dem Tisch ab und wies zum Stuhl ihm gegenüber. Er selbst hatte sich für ein Kokoswasser entschieden.

»Hast du Erfahrung mit Tauschen – Wohnungstausch zum Beispiel?«, fragte er.

»Nein.« Julian hatte in den letzten Jahren das Geld und die Zeit zum Verreisen gefehlt.

Sein Gastgeber griff nach dem iPad neben sich, und auf dem Display leuchtete der Schriftzug von *LifeExchange* auf.

»Teilen und Tauschen liegt ja schon seit geraumer Zeit im Trend und wird sich ganz sicher auch noch weiter durchsetzen«, erklärte er. »Wenn du so willst, kannst du unsere Website als ein logisches Sequel von Seiten wie *Airbnb* und den Wohnungstauschportalen betrachten, nur dass wir deutlich weiter gehen.«

Er wischte über den Screen des Tablets, und es flogen die Wohnangebote der Privatanbieter auf den besagten Portalen vorbei, darunter ein malerisches Baumhaus, ein Beduinenzelt auf dem Dach eines New Yorker Wohnhauses und ein Loft mit Blick über Paris. »Warum zieht man heutzutage in einer fremden Stadt eine Privatwohnung einem Luxushotel vor, was denkst du?«, fragte er.

Julian hatte sich darüber noch nie Gedanken gemacht. »Weil's günstiger oder heimeliger ist?«

Hendriksen schoss erneut mit seinem Zeigefinger auf ihn. »*Heimelig*. Genau das trifft's. Die Wohnung eines anderen wird für kurze Zeit dein Zuhause. Du lebst in New York, Amsterdam, Paris als Bewohner und nicht als Gast. Das macht was mit dir. Vielleicht sogar, dass du fern von deiner Routine plötzlich eine neue Lebensweise an den Tag legst und dich glücklicher darin fühlst. Ein neues Leben, das dich deine alten Rollenmuster abstreifen lässt und die Bahn für einen Neustart ebnet.«

Julian nickte. »Und was macht ihr?«

Sein Gegenüber wechselte zur *LifeExchange*-Seite zurück. »Wir bauen genau auf diesem Gefühl auf und bieten unseren Kunden etwas, das noch einen Schritt weitergeht.«

Er schob Julian das Tablet hin. »Hier siehst du die Anzahl der gegenwärtig angemeldeten User. Wir liegen derzeit bei 33 458 in den USA. Unsere Dealrate steht bei über hundert die Woche mit zehnprozentiger Steigerung. Und das, obwohl wir so gut wie keine Werbung machen. Wir setzen allein auf den Geheimniseffekt und Mund-zu-Mund-Propaganda.«

Jetzt wusste Julian auch, warum er bisher noch nichts von der Website gehört hatte. Es klang nach geheimer Sekte. »Und was sind das für *Abschlüsse?*«, fragte er, denn er war sich sicher, dass Hendriksen am Vorabend nichts darüber gesagt hatte.

»Eine ehemalige Studienkollegin hat mich vor zwei Jahren auf die Idee gebracht. Ich war zu dem Zeitpunkt schon mit einer Handvoll anderer Projekte gescheitert.« Hendriksen blinzelte. »Du weißt ja, wir Techies sehen Versagen eher als positiven Entwicklungsbeschleuniger an. *Be wrong fast*. Aber, um's kurz zu machen: Bei uns kannst du dein Leben gegen ein anderes tauschen.«

Julian blickte ihn verblüfft an. »Mein Leben tauschen? Ist jetzt nicht wahr, oder?«

Sein Gegenüber lachte. »Doch.«

Auf dem iPad war nun eine Reihe von Alias-Bildern zu sehen, daneben selbstgewählte Namen wie *Genialo* und *Life2*. Darunter Teaserzeilen: *Cooles Leben in Down Town New York gegen Stranddasein in Venice Beach*. Oder: *San Diego, erfolgreiche Zahnarztpraxis für Farmer-Leben in Maine*.

»Wie kann man denn sein Leben einfach so tauschen?« Julian konnte es nicht glauben.

»Man kann, und zwar absolut legal. Wohnung, Job, Freunde, Familie. Es liegt ganz in deinem Ermessen, was du anbietest. Beim Abschluss des Deals behältst du nur dein Portemonnaie und Handy, sofern du das willst, und lässt allen sonstigen Ballast hinter dir, um vollkommen unbelastet neu durchzustarten.«

Hendriksen tippte auf eines der Profile, und es ploppten Fotos von einem Haus an der Pazifikküste im Staat Washington auf, mit Hund, schickem Auto und gigantischen Aussichten auf Kamin, Designerküche und Weinkeller. Das Angebot sah wie ein Traum von Luxus und Sorglosigkeit aus.

»Das ist aber nur Werbung und nicht echt, oder?«, meinte Julian.

»Nope, alles echt. Bei *LifeExchange* findest du keine aufgepimpte Fakewerbung. Das haben wir nicht nötig.«

»Aber warum will so jemand tauschen? Der lebt doch einen absoluten Traum!«

»Für dich vielleicht. Für ihn ist's wahrscheinlich langweilig geworden, nicht am richtigen Ort oder zu einsam. Was auch immer. Jeder hat da ja seine eigenen Gründe.« Hendriksen machte eine weitläufige Geste. »Am Ende hegen wir doch alle den geheimen Traum von einem zweiten Leben, oder? Von der Option, alles noch mal ganz anders zu machen, bevor unsere Uhr auf dieser Welt ein für alle Mal abgelaufen ist.«

Julian schüttelte belustigt den Kopf. Diese Techies waren einfach unglaublich. Für sie schien es wirklich keine Schranken zu geben.

»Aber warum tauschen und die Existenz von jemand anderem übernehmen, wenn ich es doch auch selbst machen kann? Versteh ich nicht«, insistierte er.

Sein Gegenüber lehnte sich über den Tisch zu ihm vor. »Stell dir vor, es wäre schon immer dein Wunsch gewesen, einen Klamottenladen aufzumachen, und du hättest die Wahl: Entweder du übernimmst einen, den es seit Jahren gibt, bekannt, mit großem Kundenstamm. Oder du beginnst bei Null. Baust die ganze Chose aus dem Nichts neu auf – und das mit dem Wissen, dass deine Lebensuhr gnadenlos tickt. Was würdest du tun?«

Julian musste ihm recht geben. Ein gemachtes Nest bot in der Tat viele Vorteile und senkte die Hemmschwelle für einen Neuanfang enorm. Vor allem dann, wenn das andere Leben so erfolgreich war. »Und was tun die, die nicht so 'n perfektes Dasein anzubieten haben wie der da zum Beispiel?« Er wies zu den Bildern an der Pazifikküste.

Hendriksen fiel in seinen Stuhl zurück und wies zur Fensterfront raus. »Wer sagt denn, dass es ein *perfektes Leben* gibt, Julian? Es existiert doch nur eins, das dich glücklich macht – oder eben nicht.«

Julian begriff endgültig, wie der *LifeExchange*-Gründer an die Millionen Startkapital gekommen war: Er hatte auf jede Frage eine Antwort und löschte letzte Zweifel mit seinem Charme. Sicher hätte einer wie er sogar für das *Astor* noch einen Kredit rausgeholt.

»Ich wette, da draußen gibt es zig Menschen, die schon immer von einem schnuckeligen Zwanziger-Jahre-Kino geträumt haben.«

»Es ist nur gepachtet, und es gibt jede Menge Schulden.«

»Na und? Es gibt Leute, die sich so was leisten können. Und du wärst deine Sorgen los.«

Hendrik Hendriksen stand auf und fingerte etwas aus seiner Tasche. »Da du hier auf 'ner Sonderkarte von Gerry fährst und ich engagierte Typen wie dich echt schätze, kriegst du hiermit die einmalige Möglichkeit, dir zu Hause alles noch mal in Ruhe anzugucken.«

Er gab Julian ein Kärtchen. Es standen Benutzername und Passwort darauf.

»Der Code verschafft dir einen Zwanzig-Minuten-Zugang. Danach kannst du dich entscheiden, ob du die Chance nutzen willst, die *LifeExchange* dir bietet – oder eben nicht.« Mit einem Zwinkern klopfte er Julian auf die Schulter. »Eins sag ich dir aber jetzt schon, *bro*: Wenn du erst gesehen hast, welche Perspektiven dir die Seite eröffnet, wirst du dich nur noch schwer dagegen entscheiden können.«

2.

Zurück in seinem Einzimmerapartment im ersten Stock über dem Kinosaal, legte Julian den mitgegebenen Zugangscode auf seinem Schreibtisch ab und rieb sich ratlos über den Kopf. War das möglich, was er da eben erlebt hatte?

Er griff nach seinem Handy und rief Gerry an.

»Hey, Bee, wie schaut's aus?«

»Ziemlich unglaublich. – Woher kennst du diesen Hendriksen eigentlich?«

Das Telefon zwischen Wange und Schulter geklemmt, tippte Julian die Adresse von *LifeExchange* in seinen Browser ein.

Träumst du auch von einem anderen Leben? Bei uns liegt dein Glück nur einen Klick entfernt.

»Wir waren in Sausalito an derselben Schule. Er natürlich ein paar Klassen unter mir. Hab ihn letztes Jahr beim Alumni-Treffen kennengelernt.«

»Und du meinst, man kann dem wirklich trauen?« Julian klickte den Reiter *Mitgliedschaft* an.

»Absolut. Der war schon immer einer von den Weltverbesserern, die nicht nur reich und berühmt werden wollten. Hab mich natürlich über ihn informiert, bevor ich ihn auf dich loslasse.«

Gerry lachte.

»Die nehmen hundert Dollar am Tag ...«, las Julian. »Tzz, ich hab grad genug, um bis zum nächsten Wochenende was zwischen die Zähne zu kriegen.«

»Bee, wenn dich die Sache überzeugt, gehen zwei Tage auf mich. Versprochen. Mehr hab ich leider auch nicht. Aber wenn jemand weiß, wie er noch 'n paar Kröten an Land zieht, dann du. Für die alte Dame hast du doch auch immer noch was aufgetan.«

»Ja, aber alles nur geliehen. Deshalb bricht sie mir ja jetzt auch das Genick – Madame Astor.«

»Hauptsache du bewahrst dir deinen Galgenhumor, Bee. Du weißt, wie sehr ich dich dafür liebe.«

»Schauen wir doch mal, ob das für mein nächstes Leben auch noch gilt«, gab Julian schmunzelnd zurück. »Vielleicht entscheide ich mich ja für 'ne egoistische Arschlochexistenz mit fett Zaster, und hör auf, so 'n verdammter Kämpfer für die guten, alten Werte zu sein.«

»Du weißt ja, Bee: unsere Stadt braucht nostalgische Idealisten, die dieser ganzen Digitalblase noch was entgegenzusetzen haben, lass uns also nicht im Stich.«

»Zu spät, mein Freund. Ich trete jetzt einer Internetsekte bei, und du bist schuld daran.«

Sie witzelten noch ein paar Minuten weiter, dann verabschiedeten sie sich, und Julian ging in die Küche, um sich einen Kaffee zu machen. Für die nächsten zwanzig Minuten benötigte er einen klaren Kopf.

Aus der Pappschachtel auf der Küchenzeile nahm er eine der verbliebenen Kapseln und steckte sie in die Maschine. Seine Schwester hatte ihm diesen Kaffeeautomaten für zwei

Personen zu seinem letzten Geburtstag geschenkt, und er wirkte wie ein einsames, gelacktes Ufo zwischen all den Trödelmarktanschaffungen. Susan hatte bisher nichts unversucht gelassen, um – zumindest äußerlich – einen Erfolgsmenschen aus ihm zu machen, der schon bald auch das perfekte Match an seiner Seite hatte. Sie selbst lebte mit drei Töchtern und Mann auf der anderen Seite der Bucht in Berkeley und führte dort ein beschauliches und sorgenfreies Dasein als Professorengattin. »Glaub mir, Bruderherz, Liebe ist das Allerwichtigste. Was du brauchst, ist eine Familie«, wurde sie nicht müde zu sagen. »Dann funktioniert auch der Rest in deinem Leben.«

Julian war einer festen Beziehung gegenüber gar nicht abgeneigt. Im Gegenteil. Er hatte sogar einige Versuche gestartet, aber keine Frau wollte auf Dauer mit einem Mann zusammen sein, der sieben Tage die Woche bis Mitternacht arbeitete.

Der Automat war bereit, und er stellte seinen Becher unter die zwei Ausläufe.

In exakt einer Woche war es wieder so weit. Diesmal schob sich die Vier vor sein Alter, und er betrat damit unwiderruflich die statistische Lebensmitte. Was für manche einen Moment markierte, an dem man zufrieden auf das bereits Erreichte zurückschauen konnte, drohte für Julian unweigerlich zum Tiefpunkt zu werden. Denn spätestens zum Monatsende musste er die Wohnung räumen und stand auf der Straße. Noch wusste sein Vermieter, der Sohn des alten Faulkner, nichts vom Aus des Astor-Kinos, doch würde Julian es ihm nicht mehr lange verschweigen können.

Für einen Moment hatte er in seiner Verzweiflung nach Erhalt des Bankschreibens am Samstag die Möglichkeit erwogen, über die mexikanische Grenze zu fliehen, doch war seinem alten Honda letzte Woche wegen abgelaufener Parkerlaubnis eine Wegfahrsperre angelegt worden, und die Kosten für deren Aufhebung überstiegen um ein Vielfaches sein verbliebenes Budget. Zudem schreckte er auch davor zurück, straffällig zu werden. Noch zumindest.

Die Kaffeemaschine neben ihm verstummte, und er nahm den dampfenden Becher mit sich in den Wohnschlafraum.

An seinem Computer loggte er sich mit Hilfe von Hendriksens Code in den Mitgliederbereich von *LifeExchange* ein und wurde mit einem fröhlichen Dreiklang im Kreise der Community empfangen.

Willkommen bei LifeExchange.

Ein Banner zog sich über die Startseite, das mit *Kürzlich-eingestellt-und-beachtenswert*-Angeboten warb. Julian klickte auf das nächste vorbeiziehende Bild, und das dahinterliegende Profil führte ihn zu Cowboy5 aus Wyoming. Der User stellte sich und seinen Alltag auf einer Ranch in den Black Hills vor. Wer schon immer davon geträumt hatte, inmitten von Pferden und Kühen zu leben, war hier genau richtig. Ein umfangreiches Arsenal an Waffen zum Jagen und zur Selbstverteidigung zählte ebenfalls zum Angebot. *Coltträger erhalten bei Darleen im Truck Stop Café den ersten Drink umsonst,* verhieß Cowboy5. *Es lebe das freie Amerika! Sag Nein zur Waffenkontrolle!*

Julian verließ das Profil und gab im Suchfeld *San Francisco* ein. Zu seiner Überraschung erzielte er 55 Treffer. Ein weiterer Button zeigte ihm die Möglichkeit an, 187 Kandidaten aus der Bay Area zu sehen oder 354, die im Umkreis von achtzig Meilen wohnten. Es war enorm. Nie hätte er gedacht, dass es in seiner näheren Umgebung so viele Menschen gab, die ihr Leben gegen ein anderes eintauschen wollten. Und dies hier waren ja nur solche, die die Website kannten und über das nötige Geld verfügten, um sie zu nutzen. Wie viele mehr mochten da draußen sein, die sich ebenfalls einen Neuanfang wünschten?

German House Paintress lautete der erste Treffer. Dahinter verbarg sich Sylvia, achtundvierzig Jahre alt, die deutscher Herkunft war und in einer aparten kleinen Wohnung im Marina District wohnte. Der Bezirk lag im Norden der Stadt, unweit der Golden Gate Bridge am Wasser. Sylvia bot ein gut laufendes Ein-Frau-Unternehmen und eine dreiwöchige Einweisung in die Kunst des Tapezierens und Wandanstrichs. Sie riet, falls man keine deutschen Wurzeln vorzuweisen hatte, sich auf jeden Fall ein so klingendes Pseudonym zuzulegen, da der Erfolg des Business zu einem Großteil auf dem Ruf ihres Herkunftslandes beruhte. Arbeitsethos und so.

Julian musste lachen, denn es erinnerte ihn sofort an die Schwester seiner Mutter in Berlin, die ihn mit ihrem Hang zum Perfektionismus – damals, als er nach dem College eine Zeit lang bei ihr zu Besuch war – fast in den Wahnsinn getrieben hatte.

Unter *Wünsche* gab Sylvia die Tauschorte New York, Chicago und Portland an. Unter *Berufe*: Café, Malerei, Museum. Sie hatte ganz offensichtlich eine klare Vorstellung, wie ihr zukünftiges Wunschleben auszusehen hatte, und Julian kehrte in die Übersicht zurück, um jemand anderes auszuwählen, jemanden, der *Wünsche: offen* angegeben hatte.

Hinter dem ersten der nunmehr noch siebzehn Angebote verbarg sich der Betreiber eines Teashops mit Namen *Tea Heaven* im Inner Sunset. Es war ein zunehmend attraktiv werdender Stadtteil in San Franciscos Westen, gleich unterhalb des Parks und nicht weit vom Pazifik entfernt. Viele asiatischstämmige Menschen lebten hier und betrieben Restaurants und kleine Läden. Als Julian die Fotos sah, erkannte er den Shop sofort wieder. Früher, als er noch als Kartenabreißer für Marten Faulkner gearbeitet hatte, waren seine Nachmittage meist frei geblieben, und er hatte Zeit für einen Spaziergang durch den Golden Gate Park gehabt. Danach war er oft die Neunte hoch zur N-Judah-Straßenbahn gelaufen und an dem kleinen Teeladen vorbeigekommen. Kein einziges Mal hatte er das Geschäft ohne eine Menschenschlange davor angetroffen. Es hieß, bei *Tea Heaven* gebe es den besten Chai in der ganzen Bay Area. Warum, fragte sich Julian nun, wollte der Inhaber bei einem derartigen Erfolg so ein lukratives Leben loswerden?

Er scrollte zum Informationstext hinunter, fand dort aber keine Angaben zur Motivation. Schnell wechselte er zum Nächsten in der Liste, doch da legte sich ein schwarzer Infobalken über die Seite.

Die Probesitzung ist hiermit abgelaufen.

Die zwanzig Minuten waren so schnell vergangen, dass Julian sich aus der *LifeExchange*-Welt hinausgeworfen fand, wo er sie doch gerade erst zu verstehen begann. Es war nach wie vor unglaublich und gleichzeitig genau so, wie Hendrik Hendriksen es versprochen hatte: Auf der Website taten sich

Möglichkeiten auf, die Julian nicht nur zutiefst verblüfften, sondern eine bis dahin unbekannte Lust in ihm weckten. Die Begierde auf etwas Neues, Überraschendes ebenso wie die Möglichkeit, alle Probleme, die ihn gerade in den Abgrund zu ziehen drohten, mit einem Mal wie einen ausgebeulten Mantel abzustreifen und jemand anderem zu übergeben.

Doch wie groß war seine Chance, dass sich bei *LifeExchange* jemand fand, der sich für Julians Leben interessierte und tatsächlich tauschen wollte? Mit allen Konsequenzen? Ein historisches Kino, das jede Menge Leidenschaft und Einsatz forderte, mit einer spartanischen Einraumwohnung im ersten Stock und fettem Schuldenberg?

Und: Hätte dieser jemand dann auch eine Existenz zu bieten, die Julian ebenso gerne übernahm?

Nachdenklich drehte er sich auf seinem Schreibtischstuhl und leerte seinen Kaffeebecher.

»Wie lange dauert es nach eurer Erfahrung im Durchschnitt, bis ein Tauschdeal zustande kommt?«, fragte er, sobald Hendriksen seinen Anruf entgegengenommen hatte.

»Das hängt davon ab, wie wählerisch du bist. Ein Stück Zufall ist natürlich auch dabei.«

»Du meinst, ob ein passender Tauschpartner gerade zeitgleich registriert ist?«, fragte Julian.

»Yep.«

»Mein Limit läge bei sechshundert Dollar. Mehr kann ich auf keinen Fall aufbringen.«

»Ist doch gar nicht schlecht. Wenn du dich heute noch anmeldest, hast du das Wochenende mit drin. Da haben wir das Zehnfache an traffic«, erklärte Hendriksen und fuhr fort: »Garantieren kann ich dir zwar nichts, aber ich biete dir an, dass wir dein Profil für sechs Tage aufs Premiumbanner setzen. Da erhöhen sich die Klickzahlen noch mal um ein Vielfaches, und keiner kommt an dir vorbei. Für den Dienst muss man normalerweise extra zahlen.«

»Wow. Danke!«

»Und noch was: Falls du dich tatsächlich für eine Mitgliedschaft entscheidest, musst du wissen, dass die Uhr erst ab Freischaltung läuft. Das heißt, du kannst in Ruhe dein Angebot aufpimpen, wozu ich dir auch sehr rate. Je besser es rüberkommt, umso größer die Chance auf einen schnellen Abschluss. Auf gar keinen Fall solltest du die Haken verschweigen. Das gibt nur Probleme.«

»Mach ich nicht«, entgegnete Julian und stellte fest, dass er seine Entscheidung damit getroffen hatte.

»Wenn du willst, schicken wir dir unsere Fotografen vorbei. Die kosten dann aber leider.«

»Danke, ich hab 'n halbes Fotostudium hinter mir. Das sollte ich gerade noch hinkriegen.«

»Cool. Na dann ... Freut mich, wenn du dich für uns entscheidest – und uns weiterempfiehlst.«

Nachdem sie sich verabschiedet hatten, stand Julian wie unter Strom. Die Uhr im Computer zeigte 16:30. In exakt sechs Tagen, sieben Stunden und dreißig Minuten wurde er vierzig. Was, wenn er sich zu diesem Zeitpunkt bereits in einem anderen Leben wiederfände?

Wenn er sich beeilte und Glück hatte, gelang es ihm möglicherweise noch vor Schließung der Bank, seinen Dispo so weit aufzufüllen, dass sie seine Kreditkarte wieder freischalteten und für *LifeExchange* brauchbar machten.

Julians Blick schoss durch den Raum. Oben auf dem Schrank lag sein Koffer mit der analogen Fotoausrüstung. Seit Abbruch seines Studiums hatte er sie nur ein Mal ausgepackt – aus dem gleichen Grund, aus dem er es nun wieder tat. Damals hatte ihm der Mann im Pfandleihhaus zweihundertfünfzig Dollar dafür geboten. Mit etwas Verhandlungsgeschick bekam er nun wohlmöglich noch ein bisschen mehr dafür, denn die Kamera war zu einem echten Liebhaberstück geworden. Die Lampen wollte er behalten, er würde sie für die Fotosession brauchen.

Julian kniete sich auf den Boden und zog unter dem Bett die Metalldose vor. Es verbargen sich drei Goldmünzen darin. Seine allerletzte Notreserve. Sie waren noch genauso unangetastet in Plastik eingeschweißt wie an dem Tag, als sein Großvater Fritz sie ihm übergeben hatte. Mit zweiundzwanzig war ihm Julian auf seiner Europareise zum ersten Mal begegnet, denn die Großeltern lebten in Deutschland, wo auch seine Mutter Martha herkam. Im Ostteil aufgewachsen, war sie nach dem Abitur aus der DDR geflohen, um ihr Glück in den USA zu finden. Da sie schon bald eine Familie ernähren musste, hatte sie, wie Opa Fritz und Oma Gertrud, das Backhandwerk zu ihrem Beruf gemacht. Noch heute stand sie von früh bis spät in *Martha's Bakery* südlich der Market Street und zog mit ihrem Sauerteigbrot und all den anderen Köstlichkeiten nach deutschen Rezepten ihre Kundschaft aus der ganzen Bay Area an.

»Die Münzen habe ich als Bub von meinem Vater geerbt«, hatte sein Großvater ihm damals erzählt, »um mir was Eigenes aufzubauen. Es hat auch so funktioniert, und ich brauche sie nicht mehr. Nimm du sie, Junge, damit sie dir Glück bringen.«

Julian ahnte, dass der mittlerweile Verstorbene über die Entscheidung seines Enkels, damit sein Leben im Internet gegen ein anderes zu tauschen, nur den Kopf geschüttelt hätte. Kein Wunder. Selbst Julian kam mit der Rasanz, in der sich die Welt seit der Erfindung des Internets veränderte, und den Möglichkeiten, die daraus entstanden, kaum noch mit. Gleichzeitig war für die Millennials, zu denen auch seine Nichten zählten, ein Leben ohne Netzzugang überhaupt nicht mehr vorstellbar.

»Aber, wenn ihr damals kein Internet hattet«, fragten ihn Susans Töchter immer wieder. »Wie habt ihr denn dann *Netflix* geschaut?«

Schnell sammelte Julian die Wertgegenstände zusammen, steckte sie in einen Einkaufsbeutel und stand auf.

»Hoffen wir, dass dies die richtige Entscheidung ist, Opa«, murmelte er und lief los.

3.

Wozu brauchst du Kerens Kamera?«, fragte seine Schwester, wie immer mit alarmiertem Unterton.

»Ich muss was ins Netz hochladen. Mein Smartphone reicht dazu nicht aus. Es soll gut aussehen.«

Die Olympus hatte zusammen mit den Goldmünzen gerade so viel eingebracht, dass Julian seine Kreditkarte freischalten konnte. Zu seiner Erleichterung war sein Bankberater auf einem Außentermin gewesen, und die Kollegin wollte schnell in den Feierabend, so dass sie keine weiteren Fragen zu Julians Kreditschulden stellte, sondern seiner Bitte kurzerhand nachkam.

Danach war er mit dem Bus auf die andere Seite der Bucht gefahren, um seine Schwester in ihrem bunt verzierten viktorianischen Holzhaus zu besuchen. Während sie am Tisch in der Küche saßen, drang von oben Musik zu ihnen herunter, vermischt mit den Stimmen seiner Nichten Keren, Emmy und Linda.

»Was denn hochladen? Was ist mit deiner Kamera?«, insistierte Susan.

»Die ist analog, ich hab sie weggegeben«, erwiderte Julian ungeduldig. »Keren bekommt sie morgen zurück, wenn sie sie so dringend braucht, keine Sorge.«

»Was meinst du mit weggeben? Warst du etwa schon wieder im Pfandhaus?« Seine um drei Jahre ältere Schwester setzte ihr Kreuzverhör unverdrossen fort. Zwar bemühte sie sich, ihre letzte Frage vor allem besorgt klingen zu lassen, aber ihr Gesichtsausdruck verriet, was sie eigentlich sagen wollte: Herrgott, du bist doch nicht schon wieder pleite, oder?

»Alles gut, ich brauche nur eine Kamera. Für eine Bewerbung. Was ist so wild daran?«

»Eine Bewerbung?!? Du willst dich bewerben, Jules?«

Die frankophone Abkürzung seines Namens war Susans einstiges Mitbringsel aus Paris gewesen, als sie mit sechzehn von einem Schüleraustausch zurückgekehrt war. Julian mutmaßte, dass sie ihm damit schon damals einen hochwertigeren Anstrich verleihen wollte.

»Ja, Susan, ich bewerbe mich.«

»Hey, das sind doch super Neuigkeiten! Warum sagst du das nicht gleich?« Erfreut sprang sie auf und lief in den Flur, um die Treppe hinaufzurufen: »Keren! Bring deinem Onkel mal deine Kamera runter! Er braucht sie.« Dann kehrte sie in die Küche zurück und legte aufgeregt ihre Hände auf seinen Arm. »Erzähl, worum geht's?«

Julian überlegte, was er ihr antworten sollte, denn er wusste nur zu genau, dass Susan seinen Entschluss, das *Astor* zu übernehmen, für einen Fehler gehalten hatte – wie auch sonst eigentlich alles, wozu er sich entschied – und nur darauf wartete, sich in ihrer Einschätzung bestätigt zu finden. »Na ja, also –«, begann er und wurde von seiner Nichte unterbrochen, die aufgeregt die Treppe runtergerannt kam.

»Onkel Jules, du bist da. Wie toll!« Beglückt fiel sie ihm

um den Hals. »Mommy, warum hast du denn nichts gesagt?«

Die Freude der Mädchen berührte Julian immer wieder aufs Neue, ahnte er doch, dass seine Schwester und sein Schwager sich gegenüber den Kindern vornehmlich kritisch über ihn äußerten – und wenn auch nur aus erzieherischen Gründen. *Du willst doch nicht etwa so enden wie Onkel Jules!?*

»Fängst du wieder mit dem Fotografieren an?«, fragte Keren und drängte ihre Mutter zur Seite, um sich auf den Platz neben ihm zu setzen.

»Nein, ich brauch nur ein paar Bilder, fürs Netz.«

»Fürs Netz? Bist du jetzt etwa doch auf *Instagram*?«

»Nein.« Er lachte. »Dein Onkel möchte sein Leben zum Tausch anbieten.«

Sein Blick glitt zu Susan, deren Augenbrauen sich irritiert zusammenzogen. »Bitte was? Was –«

Weiter kam sie nicht, denn ihre Tochter rief: »Wie cool ist das denn?! Etwa bei *LE*?«

»Du meinst *LifeExchange*? Ja. Kennst du die Seite etwa?«, fragte Julian überrascht.

»Klar, die ist voll cool. Sobald ich volljährig bin, will ich da auch drauf.« Keren stockte. »Heißt das etwa, du gibst das Astor weg?«

In ihrem Gesicht machte sich Bestürzung breit. Nicht ohne Grund, denn seit seine Nichten alt genug waren, um ins Kino zu gehen, besuchten sie ihn zu den Nachmittagsvorstellungen, wann immer sie konnten, und halfen, im Vorführraum die alten Zelluloidfilmrollen einzuspannen und später den Startbutton zum digitalen Filmabspiel zu drücken, im Foyer neues Popcorn zu rösten und schließlich unter seiner Anleitung das Saallicht zu löschen, um danach schnell zu ihren Lieblingsplätzen zu sprinten und in das Geschehen auf der Leinwand einzutauchen. An ihren Geburtstagen durften sie mit allen Freundinnen und Freunden kommen und den Film selbst bestimmen. Sie liebten das.

»Ja, Keren, leider.«

Die Sechzehnjährige nickte stumm. »Das tut mir leid, Onkel Jules. Das ist bestimmt nicht leicht für dich.«

»Sag mal, könnt ihr mir bitte mal verraten, wovon ihr hier sprecht? Was bitte ist *LifeExchange???*«, schaltete sich Susan ein.

»Das ist absolut genial, Mommy. Der Bruder meiner Freundin hat's mir neulich gezeigt. Da kann man sein Leben zum Tauschen reinstellen oder auch Teilen. – Willst du teilen?«, fragte Keren Julian.

»Nein. Neustart. Nur ich«, sagte er, und sie nickte.

Eilig setzte sie für ihre Mutter fort: »Ich könnte zum Beispiel das Leben von jemandem in New York City übernehmen, der oder die käme dafür hierher.« Sie machte eine So-leicht-ist-das-Geste. »Mega, oder?«

Susan betrachtete ihre Tochter jedoch wie ein frisch geschlüpftes Alien, das sie soeben in ihrem Nest entdeckt hatte. »Warum solltest du mit jemandem in New York tauschen wollen?«

»Weil es das geilere Leben ist?« Keren verdeutlichte mit ihrer Miene und der dazu passenden Handbewegung, dass sie ihre Aussage nur deshalb wie eine Frage klingen ließ, weil ihre Mutter es offensichtlich nicht raffte. Doch ehe die etwas erwidern konnte, drehte sie sich schnell wieder Julian zu. »Hast du dich schon registriert? Du könntest doch L. A.

als Wunschort angeben, dann würden wir dich am Wochenende immer besuchen, oder gleich ganz bei dir wohnen. Bitte, Onkel Jules, kannst du L. A. oder NYC reinschreiben?«

Julian bemerkte, wie seine Schwester sprachlos-entsetzt nach Luft schnappte.

»Tut mir leid, Keren, aber ich will lieber hier bleiben, in eurer Nähe.« Er strich ihr über die Wange. »Einen besseren Ort als San Francisco gibt's für mich nicht.«

»Dann sag doch, dass du 'n Club oder 'nen coolen Coffee Shop suchst. Ich hab gehört, dass es da die genialsten Angebote gibt. Oder einen Laden für reduzierte Designerklamotten, das wär's doch!«

»Keren, stopp!« Ihre Mutter streckte den Rücken gerade und rückte vor. »Du hörst jetzt sofort auf damit, hast du verstanden?«

»Aber warum denn, Mommy? Das ist doch total spannend. Stell dir mal vor, ich –«

»Dein Onkel wird dich schon unterrichten, wenn es Neuigkeiten gibt.« Bestimmt schob sie Julian die Kamera zu und wies der Tochter den Weg nach oben. »Geh jetzt bitte und mach deine Schulaufgaben fertig!«

»Mommy, nicht wirklich, oder?!« Keren stampfte auf den Boden, doch ihre Mutter blitzte sie unmissverständlich an.

»Ich mein's ernst, Keren.«

Wütend schob die sich darauf vom Tisch ab und schimpfte: »Eltern wie du sind genau der Grund, warum es *LifeExchange* gibt. Echt, Mann. Das ist doch voll das Gefängnis hier.«

Julian schaute seiner Nichte mitfühlend nach, wie sie die Küche verließ. Er konnte sich nur zu gut an seine eigene Jugend erinnern, als er im gleichen Alter war.

»Danke für die Kamera, Keren. Du kriegst sie bald zurück«, rief er ihr nach, doch es kam nur ein mürrisches »Umpf« von der Treppe zurück, gefolgt von einem gemurmelten »Bin ich froh, wenn ich endlich volljährig bin«. Kurz darauf flog oben laut krachend ihre Zimmertür ins Schloss.

»Spinnst du eigentlich total?« Susan hielt ihm ihren gespitzten Zeigefinger vors Gesicht. »Was pflanzt du deiner Nichte da für einen Blödsinn in den Kopf? Du siehst doch, dass sie gerade mitten in der Pubertät ist!«

»Ich pflanze ihr keinen Blödsinn in den Kopf. Ich hab nur auf ihre Fragen geantwortet.«

»Du bist ihr Onkel, Jules, du hast Verantwortung!«

Julian wäre darauf einiges eingefallen, aber er behielt es für sich. Es war eine dieser sich seit Jahren wiederholenden Diskussionen, die er einfach nicht gewinnen konnte. Aus Susans Sicht gab es immer etwas zu kritisieren. Nahm er seine Nichten auf eine Wanderung mit, war sie zu gefährlich. Organisierte er für die drei einen Kinonachmittag, waren es die falschen Filme, zu viel Popcorn oder Cola. Und wenn er sie zum Essen ausführte, lieferte er sie garantiert zu spät zu Hause ab. Denn egal, was er tat, es war Susan nicht recht.

»Du meinst das doch nicht ernst mit diesem Internetportal!?«

»Doch. Es ist tatsächlich eine ziemlich geniale Idee und gerade meine letzte Chance.« Julian blickte sie entschlossen an. »Ich war heute bei der Firma in Potrero Hill, um mir alles anzusehen. Gerry kennt den Inhaber.«

»Du warst bei denen? Ich dachte, du hast es diesen Internettechies zu verdanken, dass dein *Astor* so schlecht läuft?!

Weil die mit ihrem Netflix-Scheiß die Leute auf den Sofas festkleben und keiner mehr den Weg ins Kino auf sich nimmt. Das sagst du doch selbst immer, dass diese verdammten Dotcoms ohne Gewissen jede Chance für sich nutzen und die Stadt zu einer unbezahlbaren Blase gemacht haben. Wie kannst du da deren Dienste nutzen? Und dann auch noch für so einen Schwachsinn?«

»Ich hab keine Wahl, Susan.«

»Man hat immer eine Wahl, Jules, immer!« Sie blitzte ihn zornig an, als ginge es hier auch um ihr eigenes Leben.

»Ja, und genau deshalb ergreife ich sie. Ich kann mein Leben ändern. Was stört dich daran?«

»Im *Internet* …!?«

»Im Internet, exakt.«

»Und dann?«

»Fang ich noch mal ganz neu und von vorne an.«

Seine Schwester lachte auf. »Was denkst du denn, Jules? Glaubst du wirklich, das würde irgendetwas ändern? Du schleppst doch das alles weiter mit dir rum.« Sie wies an ihm herab. »Dein Leben, das bist doch du. Du lässt doch nicht dein Ich zurück.«

»Und?«

Susan rückte von ihm ab, als wäre er nicht mehr ganz dicht. »Sag mal …« Ihr Blick wurde mit einem Mal fast mitleidig, »du glaubst doch nicht wirklich, ich meine *wirklich*, dass sich damit irgendetwas ändert?!«

Julian richtete sich auf und griff nach der Kamera. »Doch, das glaube ich.«

»Aber du hast doch nach wie vor die gleiche Einstellung.«

»Was denn für eine Einstellung, Susan?« Es ärgerte ihn,

dass sie es schon wieder nicht schafften, die alten Muster zu durchbrechen. *Große Schwester, kleiner Bruder. Sie gesettelt, er der Loser.*

Er kannte ihre Perspektive nur zu gut. Ihrer Meinung nach hatte er sein Fotostudium nur wegen Bettina angefangen, das Kino wegen Faulkner übernommen, und nun tauschte er sein Leben, weil ein Bekannter von Gerry es ihm günstig anbot.

»Du bist wie ein Goldfisch im Glas«, konstatierte seine große Schwester denn auch. »Du schnappst nach jedem Köder, der dir ins Wasser gehalten wird. Statt selbst zu entscheiden und dir einen Plan zu machen, den du dann konsequent verfolgst.«

»Du meinst, so wie du?«

»Hack nicht auf meinem Leben rum, Jules!«

»Tu ich nicht. Ich will nur was anderes, aber das kannst du irgendwie nicht akzeptieren. Es gibt Menschen, die funktionieren nicht nach Plan, sondern sind einfach offen für alles, was das Leben bietet, und trotzdem glücklich.«

»Ach, ja? Und was genau macht dich so glücklich, wenn du nun dein Dasein nicht mehr haben willst?«

Julian blickte sie einen Moment lang an, dann lächelte er und stand auf. »Mach's gut, Susan.«

Er gab ihr einen Kuss und verließ das Haus.

Als er die nächste Kreuzung erreichte, blickte er sich noch einmal um und sah durchs Fenster, dass seine Schwester noch genau so auf ihrem Küchenstuhl vor sich hinstarrte, wie er sie verlassen hatte. Rechts und links leuchteten die Lichter aus den ähnlich akkuraten Eigenheimen, die alle –

wie das ihre – von einem kleinen Gärtchen und bunten Zäunen umringt waren.

Wie ein Goldfisch im Glas. Unweigerlich kam ihm die Erinnerung, wie Susan als Kind so oft vor ihrem Aquarium gestanden hatte. Mit Netz und Futter in den Händen hatte sie ganze Nachmittage damit verbracht, ihre kleinen Glibberwesen zu hegen und zu pflegen. Sogar Musik wurde ihnen vorgespielt, und Susan sang dazu selbstgedichtete Lieder.

Ach, wär ich doch ein Goldfisch, dann spräche ich jetzt Fischisch, war einer ihrer Lieblingssongs.

4.

Für die Präsentation seines Lebens beschloss Julian, vor allem das Kino als Ort des Besonderen in Szene zu setzen und sich bei der Ablichtung der dazugehörigen bescheidenen Wohneinheit nur auf das Notwendigste zu beschränken.

Sobald er die Lampen aufgestellt hatte, begann er mit dem Fotografieren. Den Saal und das Foyer mit Weitwinkel, die Details im Close-up. Der bauchige Balkon mit den vergoldeten Schnitzereien geriet dabei genauso in den Fokus wie die im Eingangsbereich hängenden Kristallleuchter an den Kassettendecken, die im Licht der Lampen wie Diamanten blitzten, der blank polierte Messingkessel der Popcornmaschine und die historische Registrierkasse auf der Theke. Es war eine hundert Jahre alte Geschichte, die Julian hier bebilderte und die zum Schluss von den geschnitzten Jugendstil-Schwingtüren abgerundet wurde, die mit ihren verchromten Türgriffen offen stehend ins Lichtspielhaus luden.

Leise tönte das Klicken der Kamera in die Stille hinein, und es fühlte sich für Julian an, als sei ihm eine allerletzte Nacht mit seiner Geliebten vergönnt. Der unvergleichlichen Madame Astor, die sich ihm von ihrer schönsten Seite präsentierte, ganz so, als wolle sie ihn ein letztes Mal von ihrer verführerischen Kraft überzeugen, die nach wie vor ihre

Wirkung tat. Er wiederum gab sein Bestes, um ihre Pracht auf ewig zu konservieren und ihr damit die ihr gebührende Ehre und seinen tiefen Dank zu erweisen.

Am Ende machte Julian noch eine Aufnahme von der Straße bei Nacht mit der roten Leuchtreklame des Kinos und der Programmanzeige, die »Tausche Leben« als nächste Vorstellung verhieß.

Die Idee war ihm während des Fotoshootings gekommen, als mit jedem Bild die Auseinandersetzung mit seiner Schwester in den Hintergrund rückte und dafür jene Leidenschaft ihn wieder erfüllte, die er in seiner Studienzeit mit Bettina empfunden hatte. Sie hatten sich in Berlin bei seiner Tante kennengelernt, es war Liebe auf den ersten Blick gewesen. Spontan war Bettina ihm nach San Francisco gefolgt, um sich an der Academy of Arts University für Fotografie einzuschreiben. Von ihrer Passion angesteckt, tat er es ihr nach, und sie suchten sich eine kleine Wohnung im ehemaligen Hippieviertel Haight-Ashbury. Bis tief in die Nächte experimentierten sie und ihre Kommilitoninnen und Kommilitonen mit Brennweiten, Belichtungen und Tiefenschärfen. Es war ein Rausch, der sie dabei erfasste und zu immer kunstvolleren Ansätzen für ihre Seminararbeiten trieb. Eine leidenschaftliche Zeit, die eines Tages allerdings ihr Ende fand durch Julians Interesse für das bewegte Bild und Faulkners Angebot, einen Beruf daraus zu machen. Kurz darauf zerbrach ihre Beziehung, denn Bettina entschied sich für einen Abschluss in Deutschland, und Julian fühlte sich nicht bereit, sein Leben in Amerika und seine frisch entflammte Liebe für das Kino aufzugeben, um ihr zu folgen.

Natürlich fragte er sich auch jetzt genauso wie damals, ob ein Abschied auf immer tatsächlich der einzige Ausweg für ihn war. Hatte er tatsächlich alles ihm Mögliche versucht, um das *Astor* zu retten? Oder gab es noch etwas, das er hätte tun können?

Bis in die frühen Morgenstunden feilte Julian an seinem *LifeExchange*-Profil und fügte zum Schluss einen kleinen Zusammenschnitt alter Aufzeichnungen hinzu – Berühmtheiten wie Clint Eastwood, Jane Campion und Martin Scorsese auf dem roten Teppich vor dem Lichtspielhaus, von Marten Faulkner begrüßt und von den Zuschauern am Straßenrand begeistert umjubelt.

Als er nichts mehr fand, was er seiner Lebensdarstellung an verführerischen Werbematerial zufügen konnte, lud er sein Profil auf den Server von *LifeExchange* hoch und lehnte sich in seinem Schreibtischstuhl zurück, um es in der Vorschau noch ein letztes Mal auf sich wirken zu lassen.

Er konnte nicht anders als grinsen. Von außen betrachtet hatte sein Leben einen bohemehaften Anstrich und wirkte geradezu luxuriös. Es schien jede Menge Kreativität, Stil und Glanz zu versprechen. Auf den Bildern war nichts zu sehen von dem zähen Ringen um sein Publikum und das eigene Überleben in den letzten zwei Jahren. Einzig die unter *Sonstiges* aufgeführte Information zum Schuldenstand bildete einen Schönheitsfleck. Eine Falte, die bei einer ehrwürdigen Dame wie Madame *Astor* allerdings fast natürlich erschien.

Der Computer zeigte 3.15 Uhr an. Lange nicht mehr hatte Julian dieses aufreibende Kribbeln in seinen Adern verspürt, das einen erfasste, wenn man Fakten schuf, die in etwas

Neuem und noch ganz und gar Unbekannten münden sollten. Ein unwiderrufbarer Wendepunkt, der die Chance auf Glück ebenso wie den ultimativen Absturz bedeuten konnte. Es war Russisches Roulette, das er hier spielte. Alles, was ihm noch zu tun blieb, um die Kugel ins Rollen zu bringen, war, auf *Enter* drücken.

5.

Julian war kaum erwacht, als sein Blick auf die Fotolampen fiel, die am Schrank lehnten, und sein Herz höher schlagen ließ. Mit einem Sprung war er aus dem Bett. Aufgeregt stieß er die Maus auf dem Schreibtisch an, und der Computer erwachte aus seinem Ruhezustand. Fünf neue Nachrichten warteten in seiner Mailbox auf ihn. Eine kam von *LifeExchange*.

Hi, Julian, ich hab dein Angebot geprüft und freigeschaltet. Wenn du noch Änderungen vornehmen willst, kannst du das jederzeit unter »Profileinstellungen« in deinem Benutzer-Account tun. Falls du Fragen hast, gib mir Bescheid. Wir sind 24/7 für dich da. Viel Erfolg! Sarah

Es war unumkehrbar. Julians Leben stand online.

Noch in Boxershorts und T-Shirt zog er sich den Schreibtischstuhl heran und gab auf der Website seinen Benutzernamen – er hatte sich für *Jules* entschieden – und das Passwort ein. Der bereits bekannte Dreiklang empfing ihn im Inneren des virtuellen Raums, und in der oberen Ecke blinkte ein Briefumschlag mit einer roten 1.

Hi, Jules, hab gerade dein Profil auf dem Startseitenbanner entdeckt. Sieht klasse aus! Bin auch erst seit zwei Tagen hier. Suche aber leider jemand zum Teilen – nur falls das auch interessant für dich wäre. Mach's gut. NapaRebe

Am Ende der Nachricht befand sich ein Link, der zu NapaRebes *LifeExchange*-Seite führte. Julian klickte ihn an.

Das Galeriefoto, das sich darauf öffnete, zeigte einen von der Abendsonne beschienenen Weinberg mit einer Bank, die zum Ausruhen einlud. Es sah traumhaft aus. Wenn man das Bild mit dem Cursor antippte, startete eine Diashow mit weiteren imposanten Aufnahmen der Auffahrt zum Gutshaus im toskanischen Stil, eingebettet in ein Meer von Rebstöcken, die in alle Richtungen über die Hügel reichten.

NapaRebe war eine Frau, und die Inhaberin der Domaine Malbec, die im nordöstlich gelegenen Napa Valley eine Vielzahl hoch dotierter Weine produzierte. Es gab kein Jahr, in dem sie nicht mindestens fünf Goldmedaillen gewann und sechsundneunzig Parker-Punkte.

Da NapaRebe ihr Leben zum Teilen anbot, blieb sie nicht wie Julian und die meisten anderen anonym, sondern sie hatte ein Foto hinzugefügt, das eine Frau mit Lachfältchen Ende vierzig zeigte, kaum geschminkt, mit gewelltem dunklen Haar, das hier und da von grauen Strähnen durchzogen war. Sie strahlte mit ihrer natürlichen Schönheit ein gesundes Selbstbewusstsein aus, das Julian unweigerlich an Bettina erinnerte. Auch sie hatte bei ihrer Arbeit als Fotografin wie auch bei sich selbst stets auf Retuschen verzichtet und durch ihre Entscheidung für eine bedingungslose Natürlichkeit überzeugt.

Die Weingut-Inhaberin suchte einen männlichen Partner, der den kaufmännischen Bereich ihres Lebens übernahm sowie Internetshop und Versand. Sie hatte die Domaine erst kürzlich von ihren Eltern übernommen und wünschte sich jemanden an ihrer Seite, mit dem sie bestenfalls auch den privaten Teil ihres Daseins genießen konnte.

Julian fand, dass ihr Angebot nicht nur interessant, sondern sie selbst auch sehr sympathisch klang. Zudem war das Napa Valley eine traumhafte Gegend mit besten Wetterverhältnissen. Dennoch.

Hi NapaRebe, danke für deine Nachricht. Das sieht ja alles sehr cool aus bei dir. Glückwunsch! Ja, ich suche im Moment in der Tat nur jemanden zum Tauschen. Am liebsten in SF, denn ich würde gerne in der Stadt bleiben. Viele Grüße!
Jules

Wenn er in sechs Tagen nicht fündig geworden war, könnte er ja vielleicht auf ihre Anfrage – falls sie dann überhaupt noch bestand – zurückkommen. Es war auf jeden Fall attraktiver, als im San Quentin State Prison zu landen.

Er verließ den Nachrichtenbereich und gab wie am Vortag als Wunschort *San Francisco* ein. Die Liste zeigte zwei Treffer mehr als bei seinem letzten Besuch, doch waren die *German Paintress* und der Besitzer von *Tea Heaven* nicht mehr dabei. Julian fuhr den Bildschirm zweimal ab, um sicher zu sein, doch ihre Seiten waren tatsächlich verschwunden. Hatte es sich bei ihnen am Ende doch nur um ein Lockangebot für Schnuppermitglieder gehandelt? Oder waren sie über Nacht ihrem Wunschpartner begegnet? Es wäre beeindruckend.

Italienisches Leben in North Beach gegen Was-auch-immer verhieß der erste Treffer, und Julian öffnete das Profil dahinter. Es gehörte *GelattoAntonio*, der eine italienische Eisdiele in der Stockton Street zum Tausch anbot. Die Straße lag um die Ecke von Gerrys Pub inmitten des italienischen Bezirks North Beach. So wie das angrenzende Chinatown war das Viertel mit den grün-weiß-roten Fähnchen an den Laternen ein Touristenmagnet. Nicht nur, weil es auf dem Weg zur berühmten Fisherman's Wharf lag, die auf jeder Must-see-Liste in den Reiseführern der Stadt an erster Stelle stand, sondern auch, weil hier die besten Pizzen zu finden waren, Lebensmittelläden mit mediterranen Köstlichkeiten sowie jede Menge Cafés, die von den italienischen Einwanderern geprägt und gepflegt wurden.

Den Umsatzangaben zufolge schien Antonios Laden gut zu laufen und sogar den milden Winter ohne größere Einbußen zu überstehen. Die auf den Fotos abgebildete Einrichtung war auf typisch italienische Weise karg und ein wenig veraltet, jedoch mit Charme. Die dazugehörige Wohnung lag nur ein paar Schritte vom Arbeitsort entfernt und schien ebenfalls in Ordnung, wenn auch etwas chaotisch. Den Haken fand Julian wie bei seinem eigenen Angebot unter *Zusätze*. Wer sich für Antonios Leben entschied, musste auch seine Geschäfts- und Lebenspartnerin Franca akzeptieren.

Liebesbeziehung bei gegenseitigem Interesse möglich.

Das Foto zeigte den klein gewachsenen Eisdielenbesitzer neben einer enorm großen, starken Frau mit grimmiger Miene, die eher wie eine kampfbereite Sumo-Ringerin wirkte, nicht wie eine Person, die sich der Verführung durch süße Köstlichkeiten verschrieben hatte. Ob sie wohl wusste, dass ihr Freund und Partner gerade seinen Ausstieg plante und sie als Negativpfand im Netz preisgab?

Der verschreckte Blick und die eingezogenen Schultern von *GelattoAntonio* ließen vermuten, dass er einen stillen Ausstieg plante, da konnte er noch so qualvoll gegen anlächeln.

Belustigt schloss Julian die Seite und wechselte zur nächsten. *Kätzchen23*, eine junge, alleinerziehende Mutter dreier Kleinkinder, die im südlich gelegenen Sunnydale mit fünf Katzen, drei Vögeln und einer Schildkröte lebte. Für das Foto hatten sie sich alle auf dem Wohnzimmersofa versammelt und winkten in die Kamera.

In ihrer Infospalte schrieb *Kätzchen23*, dass sie vor wenigen Wochen im Lotto zweitausend Dollar gewonnen hatte und diese nun bei *LifeExchange* in die Chance auf eine neue Existenz investierte. Wenn Julian richtig rechnete, blieben ihr noch genau zwei Tage.

Der nächste Treffer in der Liste führte zu einem Straßenjongleur und Geburtstagsclown, doch bevor Julian mehr lesen konnte, öffnete sich mit einem *Klong* ein kleines Chatfenster in der unteren rechten Ecke seines Browsers.

NapaRebe: Hey, Jules. Danke für deine schnelle Antwort. Ich wünsche dir viel Glück für deine Suche. War früher häufiger in deinem Kino, wenn ich in der Stadt zu tun hatte. Hoffe, du findest jemand, der es liebevoll weiterführt. Dieses wundervolle Lichtspielhaus hat es echt verdient. LG, Rebecca
P. S.: Was haben wir eigentlich gemacht, bevor es diese verrückte Website gab?

Julian musste lachen.

Jules: Keine Ahnung. Ich find's auch ziemlich abgefahren.
NapaRebe: Falls mein Angebot doch noch interessant für dich sein sollte, gib Bescheid. Du klingst auf jeden Fall nett, und deine Schulden wären auch in den Griff zu kriegen.
Jules: Danke! Erstaunlich, dass dich die Summe nicht abschreckt, wo du doch jemanden fürs Kaufmännische suchst ;0)
NapaRebe: Keine Sorge. Ich weiß, was im Filmbereich gerade los ist. Es gab Zeiten, da war der gute alte Riesling auch in Verruf geraten. Jetzt verkaufe ich ihn fürs Dreifache. Man braucht halt einen langen Atem – und Geld.
Jules: Wohl wahr.
NapaRebe: Muss leider los. Der Weinberg ruft. Aber wir hören uns sicher wieder. Mach's gut!

Das Chatfenster schloss sich, und Julian schüttelte den Kopf. Es war erstaunlich, wie leicht das Internet Nähe schaffte. Er versah Rebeccas Profil mit einem Sternchen, so dass sie unter seinen Favoriten gespeichert wurde, und kehrte zu seiner Suche zurück. Um seine Ungeduld zu besänftigen, überflog er die übrig gebliebenen Stichwortzeilen und öffnete nur jene, die seine Neugier weckten, weil sie außergewöhnlich klangen. Es war ein wohlhabender Autohändler dabei, der von einem Dasein als Patissier träumte, eine Ladenbesitzerin für exklusive Mode, die in Zukunft gerne kreativ mit Kindern arbeiten wollte, eine Wärterin im Frauengefängnis, die genug vom menschlichen Elend hatte und sich nach einem Leben auf dem Land alleine mit Tieren sehnte, und schließlich *Tabledance-Boy sucht Sprung in Modebranche*.

Danach benötigte Julian erst mal eine Pause.

Während sich Susans Automat in der Küche um den Kaffee kümmerte, stand er nachdenklich an die Arbeitsfläche gelehnt und trank ein Glas Leitungswasser. Er sah sich weder als Jongleur noch in einer Boutique für Frauenmode oder im Glitzerslip an einer Stange tanzend. Abgesehen davon konnte er auch keinem der User deren Wunschleben bieten. Ging er wohlmöglich falsch an seine Suche heran und musste den Suchfilter auf »offen für alles« einstellen, um die gesamten über dreißigtausend Angebote zu sehen?

Die Idee machte ihm Angst, weil er Sorge hatte, dass er beim Anblick der vielen Möglichkeiten seinen Bauchinstinkt verlor. Jene Stimme in seinem Inneren, die ihn bisher immer so untrüglich geleitet hatte.

Julian kannte das Gefühl, wenn man zu viel serviert bekam. Auch sein Verleiher Chang Lee pflegte zum Jahresanfang immer die gesammelte Backlist mit allen verfügbaren Filmen der letzten hundert Jahre für die USA und Kanada zu mailen. Aus reiner Überforderung bestellte Julian für seinen Retro-Slot am Ende aber doch nur jene Streifen, die er bereits kannte und von denen er sicher wusste, dass sie perfekt in die Dramaturgie seines Wochenplans passten. Neue Entdeckungen machte er dadurch keine.

Wahrscheinlich könnte er Hendrik Hendriksen fragen, ob er einen Tipp für die richtige Suchweise für ihn hatte, aber er wollte ihn nicht schon wieder um etwas bitten, wo Hendriksen ihn doch bereits ohne Extrakosten auf das Premiumbanner hatte setzen lassen. Nein, er musste seinen eigenen Weg finden, und er hatte auch schon eine Idee. Womöglich konnte er auf diese Weise sogar zwei Unsicherheiten auf einen Schlag auflösen.

6.

Um seine innere Aufregung zu besänftigen, knüpfte Julian an sein einstiges Ritual an, das er hatte aufgeben müssen, als er die Leitung des *Astors* übernahm. Er fuhr mit dem Bus bis zur Nordseite des Golden Gate Parks. Von dort suchte er sich seinen Weg durch die verschlungenen, teils zugewachsenen Seitenpfade einer der weltgrößten innerstädtischen Grünoasen.

Julian liebte den Park mit seinen vielfältigen Attraktionen, denn neben Bisons, verwilderten Schlingpflanzen, einem verwunschenen Karussell, Tennisplätzen, Picknickwiesen und holländischen Windmühlen, gab es auch Museen, einen auf einer Anhöhe versteckten See mit Ruderbooten, einen japanischen Teegarten mit wertvollen Kois und vieles, vieles mehr. Bis zum Ozean reichte diese einzigartige Anlage, und, wer wollte, konnte sich hier über Tage aufhalten und vergessen, dass er sich eigentlich mitten in einer Großstadt befand.

Begierig sog Julian auf seinem Gang Richtung Süden die Luft ein und erinnerte sich, dass ihn das letzte Mal ein Date hierhergeführt hatte. Leider ebenfalls eine dieser Begegnungen, die wegen seiner Verantwortung für Madame *Astor* zu keiner dauerhaften Beziehung geführt hatte.

Auf der anderen Seite der Parkanlage angekommen,

kreuzte er den verkehrsreichen Lincoln Way und ging die Neunte Straße in Richtung Irving Street hinauf. Schon von weitem erblickte er das Schild des Tea Shops. Doch es war erloschen.

Als Julian die Tür erreichte, sah er, dass der Laden dunkel und menschenleer war. Dabei versprach das Schild: »Geöffnet von 9 bis 6«, und mittlerweile war es elf.

Er überlegte, ob er sich in einem der umliegenden Geschäfte nach dem Besitzer vom *Tea Heaven* erkundigen sollte, doch da sagte plötzlich hinter ihm jemand: »Hi?«

Er drehte sich um. Vor ihm stand ein Mann mit der Statur eines Footballspielers, zwei Köpfe größer als er, und blickte ihn neugierig an. »Kann ich helfen?«, fragte er überraschend sanft.

Julian trat von der Eingangstür zurück. Der Typ schien nur unwesentlich jünger als er, und sein Lächeln stellte zwei perfekte Zahnreihen zur Schau, wie sie in L. A. zum Standard gehörten. Seine Kleidung und der Cowboyhut wiederum ließen auf Texas oder New Mexico schließen.

»Hi, ich ... Ich hab nur geschaut«, erklärte sich Julian. »Sonst ist um diese Zeit immer schon geöffnet.«

»Das wird ab morgen auch wieder so sein«, erklärte ihm sein Gegenüber mit einem stolzen Nicken. »Heute ist's nur 'n bisschen später, weil ich der Neue bin – gerade gelandet.«

»Wow«, bemerkte Julian. »Dann ist es also wirklich wahr, und ihr habt getauscht?!«

Der Footballriese zog verwundert die Augenbrauen hoch. »Kanntest du Tian etwa? Ich dachte, er hätte es niemandem erzählt.«

»Nein, nicht persönlich. Ich hab's nur auf *LifeExchange* gesehen.«

»Ha, dann bist du auch 'n *LifeExchanger*?!« Erfreut ließ der Typ seine Pranke auf Julians Schulter fallen, was diese um zehn Zentimeter einsinken ließ. »Was für 'ne geniale Seite, oder? – Ich bin Alex.«

»Julian. Bei LE laufe ich unter *Jules*.« Sie schüttelten sich die Hände, was Julian endgültig von Alex' stählerner Kraft überzeugte.

»Willst du kurz warten? Dann geh ich nebenan den Schlüssel holen, und wir können noch 'n bisschen quatschen.«

Julian schaute ihm nach. Alex hatte tatsächlich nur eine kleine Reisehandtasche bei sich. Genau wie Hendrik Hendriksen es prophezeit hatte. Man verlässt das Haus und lässt allen Ballast hinter sich.

Nur eine Minute später schloss er ihm die Tür auf, und Julian wurde Zeuge, wie jemand ein neues Leben betrat.

»Hammer!«, hauchte Alex. »Genau, wie auf den Bildern. Genial!« Begeistert blickte er sich in dem kleinen Laden um.

Da Julian den Shop kannte, konnte er bezeugen, dass alles genauso war, wie immer in den letzten Jahren. In den Wandregalen reihten sich die zerbeulten Teedosen aneinander, und auf der Theke stand der berühmte Messingkessel, in dem Tian seinen über die Stadtgrenzen hinweg berühmten Chai brühte und mit einer Kelle an seine Gäste ausschenkte.

Während Alex nach den Lichtschaltern suchte, setzte sich Julian auf eine der Holzkisten, die an der Wand zu Sitzgelegenheiten aufgestapelt waren.

»Ich glaub, dein Vorgänger hat dir 'ne Nachricht hinterlassen.« Er wies zur Theke, wo ein Zettel an der Glasvitrine lehnte.

Alex nahm ihn und las. »*Einfach Knopf einschalten und fünf Minuten warten.*« Er blickte fragend auf.

»Wahrscheinlich meint er den Kessel«, sagte Julian. »Hat er dir auch sein Geheimrezept dagelassen? Das ist nämlich die Grundlage für seinen Erfolg.«

Alex zwinkerte ihm zu. »Ich hab den Code für seinen Safe gekriegt. Da soll es drin verwahrt sein.« Er hob den Deckel des Topfes und juchzte. »O Mann, riecht das gut! Der hat mir doch echt noch 'ne Ladung vorgekocht, damit ich hier gleich durchstarten kann. Was für 'n feiner Kerl aber auch!«

Alex strahlte über das ganze Gesicht, und man sah ihm an, dass er es kaum abwarten konnte, auch alle anderen Deckel im Laden anzuheben, um hineinzuschauen und daran zu riechen. Julian beneidete ihn unweigerlich. Alex hatte das geschafft, von dem er noch nicht wusste, ob es ihm auch glücken würde. Er hatte seinem Leben einen Neustart verpasst. Es war wie damals, als Marten Faulkner Julian gefragt hatte, ob er für ihn arbeiten wolle. Ohne lange zu überlegen hatte er Ja gesagt und ein paar Tage später sein Studium dafür geschmissen. Es war eine bewusste, radikale Entscheidung gewesen, spürbar in jeder Zelle seines Körpers. Über Wochen hatte Julian sich wie elektrisch aufgeladen und voll einer schier unerschöpflichen Energie gefühlt. Danach hatte sich langsam die Gewohnheit eingeschlichen, und mit den Pflichten und Erwartungen der Welt war die neue Leichtigkeit zunehmend und unbemerkt von der Schwere und Mühsal der täglichen Herausforderungen abgelöst worden.

»Ich lass dich gleich alleine, damit du hier alles in Ruhe genießen kannst«, versprach er Alex. »Aber wenn's okay für dich ist, hätte ich noch ein paar Fragen. Aus Neugier und für mich.«

»Erzähl«, sagte der und schaltete den Knopf am Messingtopf ein.

»Weißt du, warum Tian tauschen wollte?«

»Seine Frau ist gestorben. Ziemlich plötzlich wohl. Da wollte er nur noch weg und zurück zu seiner Familie.«

Julian nickte betroffen. »Dann stammte er aus deiner Gegend?«

»Ja. Er hat mich angeschrieben. Ich wollte eigentlich lieber nach San Diego oder so, und hatte nach 'ner Zoohandlung gesucht.« Er lachte. »Kindheitstraum. Auf 'nen Teeladen wäre ich nie gekommen. Dabei liebe ich Tee über alles. 'ne echte Ausfallerscheinung für 'nen Texaner.«

»Und was hat dein Tauschpartner im Gegenzug bekommen?«

»Einen Hardware Store in Houston. Alles, was man an Handwerkszeug braucht. Liegt mitten in der asiatischen Community. Hätte nicht perfekter für ihn sein können. Tians Familie wohnt direkt ums Eck.«

»Wow.«

»Ja, das war schon ziemlich genial.« Alex griff nach einer der hübschen Keramiktassen, die ebenfalls ein Markenzeichen von *Tea Heaven* waren. Kein Plastik oder Pappbecher, wie man sie sonst überall fand. Stattdessen musste hier jeder mit seiner Tasse im oder vor dem Laden verweilen, es sei denn, es wurde ein Gefäß von zu Hause mitgebracht. »Komm, stoßen wir auf mein neues Leben an. Dann lass ich dich auch weiterziehen«, sagte Alex, und füllte zwei Tassen mit dem dampfend-milchigen Gewürzgetränk.

»Kannst du's glauben? Ich meine, gestern Abend hab ich den Deal gemacht, und *zack* bin ich hier. Hab die ganze Nacht nicht geschlafen.« Er blinzelte. »Mein Coach wird *Scheiße* schreien, das sag ich dir. Wenn du dich erinnerst, ist Tian ziemlich schmächtig.«

Julian lachte. Ja, in der Tat war der ehemalige Teeladenbesitzer das exakte Gegenteil von einem Footballspieler. Wahrscheinlich lief er in Zukunft bei seinen Gegnern zwischen den Beinen hindurch.

»Muss er deinen Platz beim Sport denn unbedingt übernehmen?«

»Hat er gewollt. Ist ja nur 'n Hobby. Mal schauen, wie lange er durchhält.«

Julian stieß mit seinem Becher gegen den von Alex.

»Und du?«, fragte der. »Welchem Leben willst du entkommen?«

»Ein verschuldetes Kinodasein. Leider. Ist eigentlich ein absoluter Traum. Also zumindest meiner. Aber es geht nicht mehr. Keine Zuschauer.« Julian zuckte mit den Schultern. »Hoffe, ich finde jemand. Hab nur sechs Tage.«

»Mach dir da mal keine Sorgen. Ich hab mir zwar neun Tage Zeit gelassen«, entgegnete Alex, »aber du glaubst gar nicht, wie viele Anfragen bis dahin bei mir eingegangen sind. Mit Schulden haben echt die wenigsten ein Problem. Bei mir war's eher Texas, wo niemand hinwollte. Und trotzdem hat's geklappt.« Er gluckste. »Nur meine Freundin hab ich lieber nicht erwähnt. Die wird Augen machen, wenn die schnallt, dass ich ein für alle Mal weg bin. Die kriegt 'ne Vollmeise.«

»Du hast ihr nichts gesagt?« Julian musterte ihn staunend.

»Nee, schönen Dank. Hatte echt keinen Bock auf diesen ganzen Trennungskack und das Geheul. Bin einfach so weg. Echt großartig. Loslassen und Cut.«

»Und deine Familie?«

Julian hatte seine Mutter und Schwester als positiven Anreiz in seinem Profil unter *Soziales* mit aufgeführt. *Familienanschluss bei gegenseitigem Interesse inklusive.* Noch wussten die beiden nichts von ihrem Glück, und er ahnte, dass es kein leichtes Unterfangen würde, es ihnen zu sagen. Dennoch. Er brauchte jeden Anreiz, um sein Leben attraktiv zu machen. Seine Mutter hatte nach fünf Versuchen heute Morgen schließlich eine Nachricht auf seiner Mailbox hinterlassen. Um 6.40 Uhr. Es war typisch für sie, denn Martha Beeman war der festen Überzeugung, wenn sie selbst jeden Tag ab vier in der Backstube stand, sollte bitte auch der Rest der Welt um diese Zeit auf den Beinen sein.

Julian, hier ist deine Mutter. Ich habe die ganze Nacht kein Auge zugemacht. Was muss ich da von Susan hören? Das ist doch ein Scherz, oder? Ruf mich bitte sofort an! Oder nein: komm vorbei. Sobald du das hörst. Ich habe Laugenbrezeln im Ofen. Hier spricht deine Mutter.

Der letzte Satz war als liebevolle Drohung formuliert. Julian hatte es bisher noch nicht über sich gebracht, sich bei ihr zu melden, denn das Letzte, was er gerade brauchte, war, ausgebremst zu werden. Offensichtlich hatte Susan gestern, sobald die Mädchen im Bett waren, als Erstes zum Hörer gegriffen, um ihrer Mutter alles brühwarm zu erzählen: »Mom, jetzt spinnt er total. Er ist lebensmüde. Vollkommen verrückt.«

So oder so ähnlich hatte sie es wahrscheinlich formuliert.

»Familie hab ich aus dem Paket rausgelassen«, bemerkte Alex. »Das wollte ich niemandem antun. Aber meine Freunde waren durch die Bank offen, ja, fast euphorisch. Ist ja wie 'n Überraschungspaket. Mal sehen, ob Tian das Angebot überhaupt in Anspruch nimmt, wenn er da eh seine eigenen Leute hat.«

Julian stand auf und stellte seine leere Tasse auf der Theke ab. »Sonst noch irgendwelche Tipps, die du mir geben kannst?«

»Locker bleiben und bloß nicht das erstbeste Angebot nehmen. Manche Leute kehren auch wieder zurück und sind plötzlich kompromissbereit. Und: wenn du 'n Angebot zum Teilen kriegst, ruhig durch den Kopf gehen lassen. Manchmal begreift man erst auf den zweiten Blick, dass so was im Grunde genau das Richtige ist. Schau mich an. Wer hätte gedacht, dass einer wie ich seinen Traum in einem Teeladen findet?!«

»Danke, Mann. Komm gut an und alles Gute.«

»Ja, und du komm vorbei, wenn du 'n neues Leben hast. Interessiert mich doch, was draus wird.«

Als Julian auf die Straße trat und den Weg in Richtung Haltestelle einschlug, spürte er, dass die Aufregung wieder zurück war. Er würde etwas finden. Alles, was er dafür tun musste, war, dran glauben, weitersuchen und auf seine Intuition vertrauen.

7.

Das Gitter vor dem Eingang des *Dead End* war noch heruntergelassen, doch Gerry stand bereits hinter der Theke, polierte Gläser, putzte den Tresen und bereitete sich auf die bevorstehende Öffnung vor.

Als er Julian erblickte, ließ er sein Handtuch fallen und kam eilig angelaufen, um ihn reinzulassen.

»Hey, Bee, das ist ja mal ’ne schöne Überraschung. Was treibt dich denn schon so früh hierher?«

Julian setzte sich an seinen Stammplatz, den Hocker am Kopf der Bar direkt hinter der Fensterscheibe, und Gerry holte ihnen zwei Eistee aus der Kühlung.

»Ich dachte mir, ich könnte mich bei dir mal am Laptop einloggen, um zusammen mit dir zu sehen, was mein Angebot bei *LifeExchange* macht.« Er zwinkerte verwegen und genoss die Reaktion seines Freundes: »Ist jetzt nicht wahr, oder? Du hast es wirklich getan?«

»Yep. Mein Leben steht online.«

»Alter, du bist einfach unglaublich.« Gerry boxte ihm auf den Arm und hob sein Glas, um mit ihm anzustoßen. »Auf dein neues Leben, Mann!«

»Noch hab ich’s nicht, aber ja, trinken wir drauf. Ich kann ’n bisschen Glück gebrauchen.«

Gerry nahm einen Schluck, dann lief er los, um seinen Computer zu holen. »Ich fass es nicht. Mein Freund Bee ...«

Julian ließ seinen Blick durch den Barraum schweifen, den er bisher eigentlich nur im Dunkeln kannte, wenn er nach der letzten Vorstellung noch auf ein Feierabendbier vorbeigekommen war.

Wie seine Mutter in ihrer altdeutschen Sauerteigbäckerei, setzte auch Gerry voll auf Tradition und seine irische Herkunft. An den Wänden hingen verfärbte Ölgemälde, die grüne Landschaften mit Cottages, Tieren und Szenen aus Pubs zeigten, deren Einrichtung dem *Dead End* glichen. Denn Gerry hatte alles perfekt aufeinander abgestimmt, die urigen Bänke und Hocker in dem gleichen waldgrünen Ton wie die auf den Bildern bezogen und die Theke mit dunkler Farbe gestrichen, die hier und da abblätterte, um uraltes Publeben zu vermitteln. Mit Mitte zwanzig hatte er den Laden von seinem Vater übernommen, so wie der davor von seinem.

Anfang der Zehnerjahre musste Gerry schwer ums Überleben kämpfen, doch seit dem Aufkommen der Craft-Beer-Bewegung und stetig steigenden Weinpreisen wurde ihm die Bude in den letzten Jahren förmlich eingerannt. Mit einem Mal galt das nur bei ihm ausgeschenkte und auf der anderen Seite der Bucht in Berkeley nach original irischem Rezept gebraute Wright Beer als der absolute Renner, und Gerrys verstaubte Traditionskneipe war zum Kulttreff geworden. Sogar in der Zeit der allgemeinen Schließungen hatte er einen Weg für sich gefunden, seine Anhänger weiter mit Bier zu versorgen und sie so bei Laune zu halten. Man dankte es ihm mit einem vollen Laden von der Happy Hour bis zur letzten Runde.

»Das erste Angebot, das ich bekommen habe, war eins zum Teilen«, erzählte Julian seinem Freund, der seinen Laptop vor ihm abstellte. »Eine Frau, der die Domaine Malbec gehört.« Er wusste nur zu gut, dass das genau nach Gerrys Geschmack wäre.

»Machst du Witze? Die ist Millionen schwer!«, sagte er denn auch. »Das Weingut ist der absolute Hammer.«

»Mag sein, aber dein bekloppter Freund träumt nach wie vor von einem Leben in der Stadt.« Julian gab seine Zugangsdaten in den Computer ein. »Zumindest solange ich's mir leisten kann.«

»Bee, mach keinen Mist! Mit der hättest du garantiert 'n fetten Porsche vor der Tür und wärst ruck, zuck hier drüben. Da oben habt ihr auch viel besseres Wetter. Und ich würde dir dein feines Tröpfchen zum Sonderrabatt abnehmen. Echt. Überleg doch mal.« Gerry reagierte genauso aufgekratzt, wie Julian, als er sein Profil in der Nacht online gestellt hatte. »Vielleicht könntest du dann sogar Madame Astor behalten und weitermachen.«

»Vergiss es. Diese Rebecca will jemanden, der voll bei ihr einsteigt. Da kann man nebenher kein Kino leiten. Außerdem bin ich ja noch nicht am Ende, okay? Noch bleiben mir sechs Tage.«

»Apropos.« Gerry zog zwei Hunderter aus seiner Tasche und legte sie ihm auf den Tresen. »Mein Beitrag.«

»Vergiss es, Kumpel. Ich schulde dir eh schon genug«, wehrte Julian ab.

»Du nimmst das jetzt. Ansonsten will ich dich hier nie wieder sehen, hast du verstanden?!« Gerry stopfte ihm die Scheine in die Hemdtasche und beendete das Thema, indem er schnell weitersprach: »*Rebecca*, sagst du? Ist sie am Ende noch hübsch?«

Julian schüttelte amüsiert den Kopf. »Absolut, du hoffnungsloser Romantiker.«

Klong. In seinem Account warteten fünfzehn neue Nachrichten auf ihn. »Wow.« Julian klickte auf das Briefsymbol, und Gerry kam neugierig um den Tresen herumgelaufen. »Zeig mal. Ist sie dabei?«

»Nein. Aber, wenn du willst, kann ich dich ihr gerne vorschlagen.«

»Mach keinen Quatsch, ich muss den Laden hier weiterführen, meine Familie macht sonst Irish Stew aus mir.«

Julian begann in der Übersicht die Betreffzeilen zu lesen. »Übrigens«, bemerkte er dabei. »Ich hab dich unter *Freunde inklusive* angegeben. Nur damit du Bescheid weißt. Ich musste so viele Pluspunkte wie möglich gegen die Schulden auffahren.«

»Wie schön, dass ich auf diese Weise erfahre, dass ich ein Pluspunkt bin«, frotzelte Gerry und lehnte sich vor, um mitzulesen. »Das heißt jetzt aber auch, dass ich mitentscheide. Ich nehm nämlich nicht jeden zum Freund.«

Julian las vor: »*L. A.guy: Lässt sich an den Schulden noch was drehen?* – Nope.« Er sprang zum Nächsten.

»*Paula5: Oklahoma vielleicht auch interessant?* – So verzweifelt bin ich noch nicht.« Sie lachten.

»Da: *Porn69*«, Gerry stieß ihn an und las vor: »*Gibt es bezüglich der Filme Auflagen des Kinobesitzers?* – Nein, mach was du willst! Yeah!«

Julian löschte die Nachricht. »Ganz sicher nicht.«

Gemeinsam lasen sie stumm die nächste.

NYC501: *Bist du's, Beeman – alter Knabe?*

»O Mann, wer ist das denn?«

»Offensichtlich jemand, der dich kennt, Bee. Mach doch mal auf.«

»Nee, guck ich mir lieber später an. Ich brauch jetzt keine Geister aus der Vergangenheit.« Julian scrollte weiter. »*MySF: Kann man dein Angebot vor Ort besichtigen?*«

»Na klar.« Gerry stieß ihn an. »Los, mach auf.«

Hi, Jules, Angebot und Fotos wirken interessant. Würde aber gerne mal vorbeikommen, um mir die Sache mit eigenen Augen anzusehen. Du scheinst ein guter Fotograf zu sein. Tausche ungern die Katze im Sack. Gruß, MySF.

Gerry stieß Luft aus. »*Tausche ungern die Katze im Sack* ... Na, der klingt ja gar nicht überheblich. Ist das normal, dass man das Leben der anderen erst mal besichtigt?«

»Nicht, dass ich wüsste.« Julian klickte mit dem Cursor den Namen an, und das Fenster zu MySFs Profil öffnete sich. Doch blieb das Angebot verschleiert, und ein Banner unterrichtete ihn, dass die Inhalte nur nach Zustimmung des Profilinhabers einsehbar waren.

»Ha, was ist das denn für einer?«, fragte Gerry empört.

Julian ging in seinem Postfach auf *Nachricht schreiben* und befragte Sarah.

Hi Sarah, ich hab hier eine Anfrage von jemandem, dessen Profil nicht einsehbar ist. Was hat das zu bedeuten? LG, Julian

»Sarah? Klingt ja auch nicht schlecht«, bemerkte Gerry und griff nach seinem Besen. »Sarah, Sarah, Sarah.« Fegend tanzte er durch den Raum und dichtete sich sein Lied: »Willst du mein neues Leben sein, Saraaaah?«

Die Antwort kam nach einer Minute und dreißig Sekunden – ganz so, als habe die Mitarbeiterin von *LifeExchange* eine Zwei-Minuten-Garantie unterzeichnet. *Oder war sie vielleicht gar nicht echt und eine Art Siri oder Alexa?*

Hi, Julian, das ist Teil unseres Premiumangebots. Für 300 $ am Tag gibt's u. a. die Möglichkeit, dass du dein Profil nur denen zugänglich machst, die dich interessieren. Sag Bescheid, falls du ein Upgrade wünschst. Einen schönen Tag noch! Sarah

»Ha, dreihundert Dollar!« Julian lachte auf.

»Na, dann hast du's ja mit 'nem richtig fetten Fuzzy zu tun. Kein Wunder, dass der so 'n Ton drauf hat. Wahrscheinlich ist's einer von diesen Immobilienhaien«, rief Gerry von der anderen Seite des Barraums, wo er unter den Bänken ein paar Bierdeckel vorkehrte.

Julian überlegte, was er MySF antworten sollte, da öffnete sich das Chatfenster.

MySF: Hi, Jules, hab gesehen, dass du gerade auf meine Seite wolltest. Wie sieht's aus? Kann ich mal vorbeikommen?

Als Premiummitglied verfügte man demnach auch über eine Überwachungsfunktion.

Ohne lange nachzudenken schrieb Julian zurück.

Jules: Das Kino steht nicht zum Verkauf. Ist nur zur Pacht. Danke.
MySF: Sehr freundlich, aber ich kann lesen. Steht ja alles in deinem Profil.

Er zögerte. Der Ton von diesem MySF gefiel ihm nicht.

Jules: Ich sag Bescheid, wenn's einen Besichtigungstermin gibt. Im Moment ist der Zoo für Besucher geschlossen.

Die Antwort darauf kam innerhalb weniger Sekunden. Der Typ schien ein schneller Tipper zu sein.

MySF: Kein Problem. Hab Zeit.

Zack, schloss sich das Chatfenster, und weg war er.

Julian verbrachte noch zwei weitere Stunden in Gerrys Pub, um auch die restlichen Nachrichten zu lesen und zu beantworten. Dabei fand er heraus, dass sich hinter NYC501 sein alter Schulkamerad George Benton verbarg, der in einer langen Mail ausführlich sein Leben von der Highschool bis heute schilderte und zu dem Fazit kam, dass er nie das gemacht hatte, wovon er eigentlich träumte. Zuerst waren es die Erwartungen seiner Eltern, von denen er sich hatte leiten lassen, dann seine Frau und schließlich das Pflichtgefühl gegenüber den Kindern. Bis ihm sein Arzt Krebs im vierten Stadium diagnostizierte und seine Welt von heute auf morgen zusammenbrach. Über Nacht verließ er seine Familie und begann parallel zur Chemo eine Therapie, die sich darum drehte, alte Kindheitsmuster aufzulösen und seine Träume und Bedürfnisse ans Licht zu bringen. Jetzt blieben ihm laut Ärzteschaft noch vier bis zwölf Monate. George hatte eine Wohnung in der New Yorker 5th Avenue plus Versicherungsagentur mit drei Angestellten zu bieten. Im Tausch suchte er nach einem Job als Ranger in einem Nationalpark. Am liebsten im Yellowstone oder Yosemite.

Sofort sah Julian seinen Kumpel vor sich, wie er damals jeden Tag nach dem Unterricht voller Begeisterung die Schuluniform gegen sein Pfadfinderoutfit gewechselt hatte, um für den Rest des Tages im Golden Gate Park zu verschwinden und dort Kräuter und Blätter für den nächsten Biologieunterricht zu sammeln.

Julian loggte sich nachdenklich aus und half Gerry, das Gitter vor der Kneipe hochzuschieben. Die Happy Hour stand bevor.

»Ich finde, das klingt doch alles ganz vielversprechend, oder?«, konstatierte sein Freund und legte Julian seine irische Pranke auf die Schulter.

»Ja. Zumindest mangelt es nicht an Optionen.« Auch bei Julian dominierte der Optimismus, wenngleich die Sorge blieb, ob sechs Tage tatsächlich für eine solche Lebensentscheidung reichten. Es war die Nachricht seines Schulfreundes, die ihn bedrückte, denn sie brachte all jene Fragen auf, die man sonst lieber verdrängte. Wie viel Zeit hatte Julian selbst noch auf seiner Lebensuhr? Und wie funktionierte es in Wahrheit mit diesem verdammten Glück? Reichte für ein erfülltes Leben wirklich allein die Offenheit dazu, oder bedurfte es doch eines klaren Ziels, wie Susan es von ihm immer einforderte? Und überhaupt: Gab es das überhaupt, DAS LEBENSGLÜCK, oder war das nur eine Erfindung all jener Schreiberlinge, die die Verunsicherung der Menschen ausnutzten, um mit einem weiteren Selbstfindungsbuch zum Bestsellerautor zu mutieren?!

»Kein Tauschdeal ohne meine Zustimmung, Bee. Vergiss das nicht. Ich will hier in Zukunft auf gar keinen Fall irgend 'n langweiligen Idioten an meiner Theke sitzen haben.«

»Versprochen.«

Julian beschloss, die drei Meilen zum Kino zu Fuß zu gehen, um nach dem Rausch der virtuellen Möglichkeiten im Hier und Jetzt wieder einen klaren Kopf zu bekommen.

Als er ein paar Schritte gegangen war, fiel ihm ein, dass er sein Handy auf lautlos gestellt hatte. Neben weiteren Anrufen seiner Mutter zeigte das Display eine SMS von Berti Faulkner an.

Hi Julian, Sie wissen ja, dass in ein paar Tagen wieder die Zahlung der jährlichen Pacht ansteht. Habe lange nichts von Ihnen gehört. Wollen wir mal telefonieren? Viele Grüße, BF.

Julian war klar, dass – selbst wenn Berti Faulkner in Philadelphia wohnte – er über genug Bekannte in der Stadt verfügte, die ihm verrieten, dass das *Astor* seit zwei Tagen seine Türen nicht mehr geöffnet hatte.

Er wartete mit seinem Rückruf, bis er zu Hause war.

»Hey, Berti, danke für die SMS. Ich wollte mich auch schon melden«, erklärte er seinem Vermieter, kaum dass der abgenommen hatte. »Mache gerade ein paar Tage Vorstellungspause. Versuch mich neu aufzustellen, wissen Sie. Und das Kino vielleicht auch.«

»Was soll das genau heißen, Julian? Sie wollen doch nicht etwa aufgeben?«, entgegnete der Sohn seines ehemaligen Chefs alarmiert.

»Nein, nein, aber so, wie's in letzter Zeit läuft, geht's leider auch nicht weiter. Ich –«

»Julian, Sie wissen, dass mein Vater alles für das *Astor* gegeben hat. Es ist sein Leben, das in diesem einzigartigen Gebäude steckt. Alles, was er je besessen und geliebt hat. Er hat Sie ausgewählt, weil er Ihnen vertraut hat.«

»Ich weiß, und das wird auch so bleiben. Wirklich. Machen Sie sich keine Sorgen. Ich brauche gerade nur ein wenig Zeit. Ich melde mich.«

Julian legte auf. Schweiß rann seinen Rücken hinunter. Spätestens jetzt hatte er die Bestätigung, dass er sein Leben nicht einfach irgendjemandem übergeben durfte. Es musste ein Mensch sein, der oder die die gleiche Liebe für das Kino verspürte wie er und Marten Faulkner – und Geld besaß.

8.

MarketGuy: *Hi, Jules, Interesse an Obst- und Gemüseverkauf?* Die Anfrage ging per Chat am nächsten Morgen ein, kaum dass Julian den Computer angeschaltet hatte.

Er war nur zu ein paar Stunden Schlaf gekommen, denn er hatte in der Nacht aus einer plötzlichen Panik heraus den Suchfilter doch noch auf »offen für alles« und »egal wo in den USA« eingestellt, was genau dazu führte, was er befürchtet hatte. Um drei Uhr morgens wusste er nicht mehr, wo ihm der Kopf stand und was er auf dieser Welt wollte und warum er eigentlich hier war.

Vollkommen benebelt hatte er sich schließlich die Decke über den Kopf gezogen, um in einem traumlosen Schlaf zu versinken. Heute früh fühlte sich sein Gehirn wie aus Beton an, und jeder Gedanke stieß sich am anderen, dass es nur so schmerzte.

Julian ging auf das verlinkte Profil von *MarketGuy* und erfuhr, dass der einen Job bot, der darin bestand, die Bestände von zwei Biobauern samstags auf dem *Farmer's Market* am Ferry Building zu verkaufen und während der Woche in der Umgebung. Darüber hinaus gab es ein Zimmer in einer WG mit netten Gleichaltrigen im Dogpatch, einem Bezirk, der direkt am Wasser lag, wo in den letzten Jahren die verlassenen Werkshallen und Industriebrachen zu Loft-Oasen umgebaut worden waren. Beim Anblick des dazugehörigen Hundes schmolz Julian das Herz. Ein Golden Retriever mit großen Kulleraugen, der einen anschaute, als sei ein *Nein* ganz ausgeschlossen. MarketGuy schrieb, dass er den Hund nur ungern weggebe, da er sein absoluter Darling sei, aber die Regeln von *LifeExchange verlangten es nun mal,* und außerdem habe er in den letzten Jahren eine Allergie entwickelt, die seine Liebe zu dem Tier zunehmend beeinträchtige.

Nachdem Julian das Angebot bis zum Schluss gelesen hatte, war er hellwach. Schon als Kind hatte er von einem eigenen Hund geträumt, aber es aus den unterschiedlichsten Gründen nie dazu gebracht. Auch die Idee, mit anderen eine Wohnung zu teilen, fand er durchaus attraktiv (es musste ja nicht für immer sein), und die Arbeit gefiel ihm ebenfalls. Es gab keinen schöneren und vielfältigeren Markt als den am Ferry Building, wo nebenan die Fähren mit lautem Tuten aus- und einfuhren. Jeden Samstag kamen die Bauern aus der Umgebung und boten den in Scharen herbeiströmenden Besuchern bei meist strahlendem Sonnenwetter ihre ökologisch angebauten Produkte an. Die Luft dort war immer von den unterschiedlichsten Gerüchen erfüllt. Basilikum, Käse, Zwiebeln, frisch gebackenes Brot sowie alle erdenklichen Obstsorten waren zu einem köstlichen Potpourri vereint. Dazwischen immer mal wieder ein Foodtruck, der den Duft von orientalischen Gewürzen, Tofu-Burgern oder gebratenen Hähnchenspießen aussandte. Es war der pure Genuss!

Jules: Kann man von dem Job leben, oder muss man sich noch was zusätzlich suchen?
MarketGuy: Wenn man nicht allzu große Ansprüche stellt,

schon. Musst es natürlich mögen, bei Wind und Wetter draußen zu sein.
Jules: Damit hab ich kein Problem. Aber was ist mit dir? Könntest du die Schulden begleichen? Müssen in sieben Tagen zurückgezahlt werden. Und, noch viel wichtiger: Kannst du was mit Kino anfangen?
MarketGuy: Bin quasi im Kino aufgewachsen.
Meine Eltern besitzen ein altes Lichtspielhaus in Virginia. Immer noch. Würde einen Kredit aufnehmen müssen, aber das sollte ja wohl möglich sein.

Julian überlegte. Wie ehrlich musste man sein, um sein Ziel zu erreichen? Kaum gedacht, wischte er die Frage beschämt beiseite.

Jules: Ich hab's schon bei verschiedenen Banken mit 'nem Antrag versucht. Die blocken alle wegen der Zuschauerzahlen. Du weißt ja, die allgemeine Krise und die zunehmende Macht der Streamer. Ist grad nicht die beste Zeit.
MarketGuy: Alles klar. Ich denk noch mal drüber nach. Danke.

Das Fenster schloss sich, und Julian ahnte, dass sich damit auch seine erste echte Option in den Orkus verabschiedet hatte. Dabei war er im Geiste bereits mit seinem flauschigen vierbeinigen Freund auf der Promenade an der Bucht entlanggelaufen und hatte den Sonnenuntergang hinter der Golden Gate Bridge betrachtet. Wehmütig sah er diese Blase wieder zerplatzen. So schnell ging das.

Locker bleiben und bloß nicht das erstbeste Angebot nehmen, rief er sich Alex' Rat in Erinnerung und stellte seinen in der Nacht erweiterten Suchfilter wieder auf *San Francisco* ein.

Mit einem *Bling* verkündete ihm das Programm im nächsten Moment, dass es eine Fünf-Sterne-Übereinstimmung für ihn gab.

Es handelte sich um einen Ladenbesitzer, der sich darauf spezialisiert hatte, Fotos auf Leinwände zu drucken und der außerdem als Galerist ein paar einschlägige Künstler aus der Bay Area vertrat. Julian kannte den Shop. Er lag in einer ruhigen Straße mit vielen Bäumen, die mit ihren kleinen Geschäften und Cafés zum Schlendern, Shoppen und Genießen fern vom trubeligen Stadtzentrum einlud. Wer die Straße nach Norden hin weiter erklomm, wurde oben auf dem Hügel mit einem atemberaubenden Blick über die Bucht mit ihren Segelschiffen und den kleinen Inseln um Alcatraz herum belohnt. Es war eine traumhafte Gegend!

Die Fotos von *Fillmore100* zeigten zudem eine edle, fast asketisch wirkende Wohnung im angrenzenden japanischen Viertel, in der jeder Gegenstand bewusst ausgewählt und mit einem klaren Konzept aufgestellt und inszeniert worden war – so schien es zumindest.

In der Garage wartete ein drei Jahre alter Smart in ebenso akkuratem Zustand.

Zwar sah sich Julian nicht mit einem derartigen minimalistischen Händchen für Einrichtungsdinge gesegnet, wie es offensichtlich *Fillmore100* war, doch klang die Arbeit geradezu wie für ihn gemacht.

Schnell tippte er los:

Hi, Fillmore100, dein Angebot klingt perfekt für mich. Passt wirklich 100 %. Hättest du vielleicht Lust auf ein Kinoleben mit Geschichte? Gib Bescheid. Es würde mich sehr freuen.
Herzlich, Jules

Julian benutzte nicht den Chat, sondern die Mailfunktion, da er diesen Weg verbindlicher fand.

Die Antwort traf eine Viertelstunde später ein.

Hi, Jules, tut mir leid, hab mich schon quasi für ein anderes Leben entschieden. Deins kommt mir, wenn ich ehrlich sein darf – trotz netter Bildchen und so –, auch ziemlich hoffnungslos und zäh vor. Ich hoffe, du wirst es bald los.
Viel Erfolg, Fillmore100

Julian brauchte hiernach erst mal drei dick mit Wurst und Käse belegte Sandwiches, um seinen Puls wieder in den Ruhemodus zu bringen. Die Lebensmittel hatte er Gerrys Sponsoring zu verdanken. *Wenn ich ehrlich sein darf … trotz netter Bildchen und so … hoffnungslos und zäh … Ich hoffe, du wirst es bald los.*

Julian konnte nicht anders, als ein paar wohltuende Flüche auf Fillmore100 loszulassen, dann kehrte er in sein Wohnschlafzimmer zurück und setzte sich wieder an den Computer. *Bloß nicht abschrecken lassen. Weitersuchen*, lautete die Devise.

Und tatsächlich wartete eine neue Nachricht in seinem Chatfenster auf ihn. Sie kam von MySF.

MySF: Und, hast du's dir überlegt?

Julian legte sein Brot neben der Tastatur ab.

Jules: Ich tausche nur in SF.
MySF: Hab ich gelesen. Biete Sea Cliff, kreativer Beruf.

Julian schluckte überrumpelt seinen Bissen runter. Damit hatte er nicht gerechnet. Dass MySF als Premiummitglied über deutlich mehr Geld verfügte als er, war ihm klar, aber dass er gleich in einer der begehrtesten Gegenden der Stadt lebte, überraschte ihn doch. Sea Cliff, wo die Villen sich wie eine Perlenkette am Strand entlangreihten, mit Blick auf den Pazifik, die Golden Gate Bridge und die Marin Headlands – nein, das hatte er nicht erwartet, und dann auch noch die Kombination mit einem kreativen Beruf.

Jules: Kann man den Job denn einfach so übernehmen?
MySF: Wenn man ein Kino geführt hat und ein Faible fürs Geschichtenerzählen hat, bestimmt.
Jules: Filmemacher etwa?
MySF: Wann kann ich vorbeikommen?

Julian überlegte.

Jules: Heute?

War das ein Fehler, weil es zu bedürftig klang?

MySF: Kann in einer Stunde da sein.

Puh, so war's nun auch wieder nicht gemeint.

Jules: Ich dachte, du hast Zeit …
MySF: Ich schon, aber du vielleicht nicht.

Julian stieß Luft aus.

Jules: Okay, in zwei Stunden vor dem Kinoeingang.
MySF: Alles klar. CU.

Julian rückte von seinem Schreibtisch ab.

Was interessierte jemanden, der offensichtlich erfolgreich kreativ arbeitete und in einem der Traumbezirke San Franciscos wohnte, an seinem Leben?

Kopfschüttelnd ging er ins Bad, um sich zu rasieren und zu duschen. Aus dem Schrank zog er sein letztes sauberes Hemd und streifte es über. Er musste dringend mal wieder waschen. Oder überließ man so etwas am Ende ebenfalls ganz selbstverständlich seinem Nachfolger – sozusagen als Teil der Lebenshülle?

Zurück in der Küche spülte er eilig seinen Frühstücksteller ab und räumte alles weg, was etwas über ihn verriet. Zum Schluss putzte er noch Bad, Küche und Schlafwohnraum und tat sein Möglichstes, damit kein Staubkorn mehr zu finden war.

Eine Viertelstunde vor der vereinbarten Zeit traf erneut eine Nachricht von MySF ein und klärte ihn darüber auf, dass er bereits vor dem Kino stand.

O Mann, was für ein Alphamännchen, dachte Julian und warf

das Staubtuch in den vollen Wäschekorb. Er hasste ihn jetzt schon.

Vor der Schwingtür stand eine Passantin, die gerade die Programmkästen studierte. Julian überlegte kurz, ob er sie darauf hinweisen sollte, dass der Wochenplan nicht mehr galt, aber er entschied sich dagegen, denn er wollte in kein längeres Gespräch verwickelt werden. Mit einem »Hi« ging er an ihr vorbei und trat auf den Gehweg, um nach MySF zu schauen. Der war jedoch nicht zu sehen. Julian mutmaßte, dass er wohlmöglich noch mal losgegangen war, um sich an der Ecke einen Kaffee zu holen. Er beschloss auf dem Gehweg zu warten.

»Jules?«, fragte da eine Stimme neben ihm, und er wandte sich um.

Es war die Frau, die vor den Programmkästen gestanden hatte. Sie hielt ihm ihre Hand entgegen. »Hi, Myra. Myra Jones«, sagte sie, ohne zu lächeln.

Mit ihrem kurzen Haarschnitt und der kleinen, zierlichen Figur erinnerte sie ihn sofort an die junge Natalie Portman aus dem Film *Garden State*. Ein wenig jungenhaft und mit festem Blick, der von einer gewissen Sturheit zeugte.

Julian musterte sie überrumpelt. »MySF?«

»So ist es.«

Er ergriff ihre Hand. »Ich hatte, ehrlich gesagt …«

»… einen Mann erwartet«, übernahm sie seinen Satz.

»Ja, tut mir leid. – Julian Beeman.«

»Braucht dir nicht leidzutun, Julian Beeman. Ich nehm's einfach als Kompliment«, entgegnete sie trocken und machte mit dem Kopf eine Bewegung in Richtung Schwingtür. »Wollen wir reingehen und mit der Besichtigung starten?«

»Klar.« Er trat an ihr vorbei und hielt ihr die Tür auf.

Sie war deutlich jünger als er – vielleicht Anfang dreißig –, doch ihre Körperhaltung strahlte ein unumstößliches Selbstbewusstsein aus. Mit geradem Yoga-Rücken und zur Brust gesenktem Kinn trat sie an ihm vorbei ins Foyer und schaute sich um.

Was wollte so eine mit einem Kino?, fragte sich Julian und überlegte, ob er es bei ihr am Ende mit einer Blindgängerin zu tun hatte. Eine von jenen Sozialtouristinnen, die sich gerne anderer Leute Leben anschauten, um dabei Inspiration für ihre kreative Arbeit zu finden oder schlicht, um der Langeweile zu entkommen.

»Warum steht auf der Website Marten Faulkner als Leiter des Kinos?«

Sie hatte recherchiert.

»Das ist noch der alte Eintrag, von früher. Ich wollt's immer ändern, aber ...« Julian machte eine Geste, die verdeutlichen sollte, dass er hier rund um die Uhr mit anderen Dingen beschäftigt war. »Bin schon froh, wenn ich jede Woche das aktuelle Programm hochgeladen kriege, ich mein *bekam*. Außerdem ... Es ist gewissermaßen auch eine Reminiszenz an meinen ehemaligen Chef.«

Sie nickte, zog ihr Smartphone aus der Tasche und begann, sich Notizen zu machen. Hier und da schoss sie ein Foto.

»Ist das alles noch original?« Sie wies die Treppe mit den geschnitzten Holzläufen hinauf und weiter zur Decke, wo die wuchtigen Kristalllüster hingen.

»Ja. 1922.«

Sie nickte und machte sich eine Notiz.

»Bist du Journalistin?«, fragte Julian.

»Nope. – Du schreibst, Kredit und Pacht belaufen sich zusammen auf 190 000 Dollar. Sonst noch irgendwelche Posten?«

Julian musste sich besinnen. Ihre sachlich-forsche Art irritierte ihn. »Also, wenn du so willst ... Es gibt da noch einen Wagen. Da ist der Parkausweis abgelaufen. Hat 'ne Kralle dran ... und auch noch ein paar Strom-, Telefon- und Wasserrechnungen.«

Er beließ es dabei, denn die von der Versicherung geforderten Renovierungsarbeiten an den Leitungen der Bühnenbeleuchtung würden wohlmöglich ihr Interesse kippen lassen – wenn sie überhaupt ernsthaft interessiert war.

»Also noch mal etwa tausend?«, konstatierte sie gelassen und tippte es in ihr Smartphone.

»Das Auto könnte ich auch behalten, falls da kein Bedarf besteht«, bemerkte Julian.

»Wenn's zu deinem Leben dazu gehört, dann gehört's dazu, Julian Beeman. Ich denke mal, du hast die AGBs gelesen?!«

»Klar.«

»Geht's da in den Zuschauerraum?« Sie wies zu den verzierten Holztüren.

»Ja.«

Eigentlich hatte der Anblick des alten Saals mit seinem goldenen Balkon, den Ornamenten an den Wänden sowie dem schweren roten Samtvorhang bisher aus jedem Besucher ein beeindrucktes »Wow« hervorgelockt, doch Myra Jones behielt ihren unternehmerischen Ernst, schaute sich aufmerksam um und schoss still ein paar Bilder.

»Warst du schon mal hier?«, fragte Julian.

Sie antwortete nicht. Stattdessen fragte sie: »Für wie viele Gäste ist der Saal ausgerichtet?«

»Fünfhundert, zuzüglich dreißig auf dem Balkon.«

Sie notierte es und ging weiter. Kopfschüttelnd folgte er ihr. »Sag mal, kann man sich dein Leben eigentlich auch anschauen? Ich tausch nämlich ebenfalls ungern die Katze im Sack«, merkte er widerwillig an.

Er konnte immer weniger glauben, dass sie tatsächlich aus der Kreativbranche kam, so sachlich und emotionslos wie sie hier vorging.

»Schauen wir doch mal«, sagte sie. »Noch hab ich dein Leben ja nicht vollständig gesehen und mich entschieden.«

Sie erreichten den Seitenausgang, von wo es zurück ins Foyer ging. Julian entschied sich kurzerhand, die Kabel doch anzusprechen, und blieb neben dem verbeulten Stromkasten stehen. Er wusste, es war gefährlich, aber er wollte sie testen.

»Die Leitungen müssten demnächst mal erneuert werden.«

Bisher hatte er die Briefe der Versicherung erfolgreich abgewehrt, aber in ihrem letzten Schreiben hatten sie ihm ein Ultimatum gesetzt: Bis zum Monatsende sollten die Stromkabel erneuert sein, ansonsten verlor das Kino den Versicherungsschutz.

Er zeigte auf die Reihe mit Lichtschaltern für den Saal. »Es kann nichts passieren, solange man die hier nicht alle auf einmal bedient. Die Bühnenbeleuchtung wird eh nicht gebraucht. Für den normalen Kinobetrieb reichen die vier hier links vollkommen aus. Dennoch, die Versicherungen sehen das ja immer etwas strenger.«

Myra nickte. Eine Notiz machte sie sich nicht.

In der Eingangshalle wies Julian ihr den Weg zum Balkon, und während sie die Treppe hochgingen, beobachtete er, wie sie mit der Hand über die alten Läufe strich. Es wirkte liebevoll und machte ihm Hoffnung.

Oben im Vorführraum befand sich noch der *Big Lebowski* im Projektor. Drei Tage zuvor hatte Julian sich vor seinem Verzweiflungsbesuch im *Dead End* eine letzte private Vorstellung nur für sich alleine gegönnt – mit Popcorn und allem, was dazugehörte. Als Abschiedsgeschenk. Der Dude in seinem Bademantel und am Abgrund seiner Loserexistenz schien ihm dazu genau der Richtige zu sein. Es war der einzige Film, den das Kino besaß und den er nicht leihen musste. Immer wieder hatten Marten Faulkner und er damit Lücken im Programm gefüllt und bis zum Ende damit für eine Handvoll nostalgischer Besucher gesorgt.

Julian spulte ihn zurück und fragte Myra über die Schulter: »Hast du Ahnung vom Abspielen?«

»Nö.« Sie blickte sich offenkundig desinteressiert in dem kleinen Raum um. »Ich denke mal, für so was gibt's ja wohl Leute.« Ihre Augen blieben bei Julian, als meine sie unter anderen ihn damit.

»Äh, klar …«, stotterte er. »Vorführer für 35 Millimeter werden zwar immer seltener, aber –«

»Ist ja auch eher oldschool, nicht wahr? Gibt's auch 'n Digitalprojektor?«

»Klar. Wobei 35 Millimeter immer noch die bessere Qualität liefert. Nicht umsonst drehen viele namhafte Filmemacher nach wie vor auf Zelluloid. Tarantino, Nolan, Scorsese ...« Er hätte sich gerne noch weiter über das Thema ausgelassen, denn es war ihm eine Herzensangelegenheit, aber Myra Jones wies längst über ihre Schulter zu den kleinen Fenstern in den Zuschauerraum und fragte mitten in seinen Satz hinein: »Gibt's einen Grundriss vom Saal?«

»Ähm ... Ja. Hab ich in meinen Unterlagen drüben.«

»Funktioniert die Klimaanlage bei voller Besetzung?«

Julian nickte. Ehe er mehr dazu sagen konnte, drehte Myra sich auf ihren abgewetzten Sneakers um und verließ den Raum, den Blick auf ihr Smartphone gerichtet, in das sie in Überschallgeschwindigkeit die Informationen eintippte.

»Hat's hier oben auch Wasseranschlüsse?«, kam es kurz darauf aus dem Flur.

Wasseranschlüsse? Julian musste sich zusammennehmen, um nicht missmutig zu reagieren. Schnell legte er die Filmrolle in der Dose ab und folgte ihr.

»Darf ich fragen, ob du konkrete Pläne hast? Es wirkt fast so«, sagte er.

Myra testete soeben die Beständigkeit des Treppengeländers, indem sie daran ruckelte. Mit einem zuckersüßen Lächeln drehte sie sich zu ihm um. »Selbst wenn, würde ich sie dir ganz sicher nicht verraten, Julian Beeman.« Sie nickte mit dem Kopf zu der Tür, die in den Wohntrakt führte. »Zeig mir doch noch die Wohnung, dann bist du mich wieder los.«

9.

Genau dieses Gefühl hatte Julian vermeiden wollen, als er ihr die Tür zu seinem Ein-Zimmer-Apartment öffnete. Unweigerlich fühlte er sich wie ein Gefangener, der seinem Wärter zur Inspektion die Zelle zeigen musste.

»Die Wohnung ist in der Pacht inbegriffen«, erklärte er, bemüht um einen möglichst selbstbewussten Ton. »Man kann aber auch was anderes mieten, wenn man's größer und schöner will.«

»Nö, wär ja Verschwendung«, bekam er von Myra zur Antwort. »Soll ja nicht bis an mein Lebensende sein.«

Ohne Aufforderung ließ sie sich auf die Couch fallen und scannte den Raum mit ihren haselnussbraunen Augen. »Hier lebst du also seit sechs Jahren, ja?«

Julian nickte. »Das Apartment hab ich von meinem Chef zusammen mit dem Kino übernommen.«

»Und er?«

»Parkinson. Ist leider verstorben.«

In ihrem Gesicht zeigte sich keine Reaktion.

»Ich hol uns mal 'n Wasser, okay?« Es war reiner Fluchtinstinkt, der Julian in die Küche trieb. Noch nie war er einer derart verunsichernden Frau begegnet.

»Mach das«, rief sie ihm nach, und über seine Schulter hinweg sah er, wie sie vollkommen selbstverständlich ihre beschuhten Füße hochzog und auf dem Sofa zum Schneidersitz zusammenfaltete.

In der Küche schüttelte er den Kopf. Was ging hier ab? In ihren zerrissenen Jeans und dem labberigen T-Shirt wirkte MySF alles andere als reich oder als ob sie es in ihrem Leben schon zu etwas gebracht hätte. Vielmehr kam sie ihm wie ein Tomboy vor, der sich einen Spaß daraus machte, in anderer Leute Leben einzudringen. Und dann wiederum gab sie sich so ganz und gar unternehmerisch mit ihren zielgerichteten Fragen. Julian hätte wer weiß was darum gegeben, um für ein paar Minuten in ihren Kopf schauen zu können.

Als er mit dem Tablett in den Wohnraum zurückkehrte, fand er seine Besucherin mit einem Lächeln auf den Lippen vor. Entspannt zurückgelehnt, blickte sie sich im Raum um und strich dabei versonnen über die löchrigen Stellen im Polsterbezug.

Julian stellte die Gläser und eine Schale mit Haferkeksen aus der Bäckerei seiner Mutter vor ihr ab.

»Und du lebst also wirklich in Sea Cliff, ja?« Er zog sich seinen Schreibtischstuhl heran, um ihr gegenüber Platz zu nehmen.

»Ja.« Sie schaute ihn über ihr Glas hinweg direkt an. »Bring ich damit deine Vorurteile erneut ins Wanken?«

»Welche Vorurteile?«

»Na, die, die du vor dir herträgst. Mann-Frau, reich-arm.«

»Wenn du so willst. Ehrlich gesagt, schon«, gestand er.

»Ehrlich ist immer gut, Julian Beeman.« Sie nahm sich einen Keks und biss hinein. Im nächsten Moment hielt sie inne und schaute darauf. »Mhm, wo sind die denn her? Die sind ja megaköstlich.«

»Meine Mutter führt eine Bäckerei. *Martha's Bakery* auf der Sechsten. Sie stammt aus Deutschland und backt nach den Rezepten ihrer Vorfahren.«

»Wow, wie cool ist das denn?! Das macht das Paket ja gleich noch attraktiver.« Sie steckte sich den restlichen Keks in den Mund und griff begierig nach dem nächsten. »Das mit der Bäckerei hättest du in dein Profil reinschreiben sollen. Du glaubst nicht, wie so was zieht.«

»Danke, aber meine Mutter mag's lieber privat. Sie ist noch eine von den Analogen.«

»Aber mit anbieten tust du sie schon, oder? Und deine Schwester.«

»Ja, äh ...« Julian geriet ins Schleudern. Sie erreichten soeben jenen Teil seines Angebots, bei dem es zu improvisieren galt. Noch hatte er Susan und seine Mutter ja nicht eingeweiht, geschweige denn für seine Pläne gewonnen. »Muss natürlich auf gegenseitigem Einverständnis beruhen, ist ja klar«, sagte er.

»Na, da müsstest du dir bei mir keine Sorgen machen. Mütter lieben mich, und mit Schwestern hatte ich bisher auch kein Problem.«

»Das heißt, du hast auch Familie? Leider konnte ich dein Profil ja bisher noch nicht sehen.« Er musterte sie neugierig.

»Willst du wissen, was ich von deinem Leben halte?«, fragte sie und ließ seine Frage damit unbeantwortet.

»Äh ... Klar. Warum nicht?«

Sie trank einen Schluck Wasser und schaute sich noch einmal in seinem Zimmer um. Dann landete sie mit ihrem unverhohlenen Blick bei ihm. »Ich denke, hier gibt's noch jede Menge ungehobenes Potenzial, Julian Beeman. Und wenn du Lust hast, können wir gerne tauschen.«

Julian wusste nicht, welchem Impuls er zuerst folgen sollte. Seinem Unmut über die unterschwellige Kritik, dass er nicht genug aus seinem Leben gemacht hätte, oder der Überraschung darüber, dass Myra Jones sein Leben so gut gefiel, dass sie es übernehmen wollte.

»Ähm ... okay ...«, murmelte er.

»Prima, dann hätten wir das ja geklärt.« Beherzt griff sie nach dem letzten Haferplätzchen und stand auf. »Ich schick dir gleich den Zugang zu meinem Profil, dann kannst du's dir in Ruhe angucken. Wenn du Fragen hast, du weißt ja, wie du mich kriegst.« Ohne auf eine Antwort zu warten, schritt sie mit einem Wink an ihm vorbei und verließ die Wohnung. »Ich find schon selber raus, danke.«

Eh Julian etwas entgegnen konnte, klappte die Tür hinter ihr ins Schloss, und er blieb sprachlos auf seinem Stuhl zurück.

In der Ferne fiel nun auch die Flurtür zu, die den Wohnbereich vom Kino trennte, danach herrschte Stille. Totenstille.

Zwei Minuten später – Myra konnte erst an der Bushaltestelle oder bei ihrem Auto angelangt sein – ließ der Ton einer eingehenden Nachricht in seinem Computer ihn zusammenschrecken. *Klong*.

Hier der Zugang zu meinem Leben. Viel Spaß! MySF

Julian folgte dem Link und betrachtete staunend, was MySF ihm offerierte. Es war ebenso unwirklich wie unglaubhaft. Wie in einem Schöner-Wohnen-Katalog übertrafen sich die

Aussichten auf ein Leben, das phantastischer nicht sein könnte. Da gab es eine kleine orangefarbene Villa im mediterranen Stil samt Privatzugang zum Meer und Blick auf die Golden Gate Bridge. Das Haus schien erst kürzlich renoviert worden zu sein, mit Marmorfliesen und edler Farbe an den Wänden. Die Küche war für Sterne-Köche ausgerüstet und schien keinen Wunsch offen zu lassen. Im Wohnzimmer gab es eine gemütliche Sofalandschaft, einen ausladenden Esstisch sowie eine Office-Ecke mit dem neuesten Computermodell von Apple. Über die gesamte Breite des Raumes zog sich eine Fensterfront, die einen gleitenden Übergang auf die Terrasse und die dahinterliegende weite Natur mit Strand, Meer und den Hügeln des Marin County bot.

Im zweiten Stock des Hauses gab es zwei Schlafzimmer, jeweils mit eigenem Bad und ebenbürtigen Panoramen.

Es war ein Leben, wie man es sich herrlicher nicht ausdenken konnte, und Julian stockte der Atem bei der Betrachtung.

Unter *Beruf* schrieb Myra, es seien Bestsellerromane unter Pseudonym geschrieben worden. Auf Wunsch könne ihre Tauschpartnerin oder ihr Tauschpartner den errungenen Erfolg gerne fortführen. Der Klarname werde erst bei Übernahme verraten.

Vor der Tür der kleinen Villa wuchsen Orangen- und Zitronenbäume, und in der Garage wartete ein kaum gefahrener roter Mustang.

Als Julian am Ende der Beschreibung angelangt war, sackte er sprachlos in seinen Stuhl zurück.

MySF: Sehe, du guckst dir gerade mein Leben an.
Gefällt's dir?

Er zögerte.

Jules: Warum will eine wie du ihre Existenz aufgeben?
MySF: Hab alles darin erreicht. Brauch eine neue Herausforderung.
Jules: Dann siehst du mein Leben also als eine Herausforderung an?
MySF: Ist nicht jedes Leben eine Herausforderung?
Jules: Manche nennen es auch Erfüllung.
MySF: Dann machen die sich das Leben echt schwer.

Julian betrachtete ihre Zeilen. Diese Myra Jones schaffte es zielgenau, Aufruhr in ihm zu entfachen – positiv wie negativ. Ja, es wirkte fast, als verspüre sie Spaß daran, ihr Gegenüber zu reizen und aus der Reserve zu locken.

MySF: Wenn du willst, kannst du morgen am frühen Nachmittag vorbeikommen. Überleg's dir gut, Julian Beeman. Zweite Chancen gibt's bei mir nicht. Wenn du bereit bist, schicke ich dir die Adresse. MJ

Zack war sie weg und hatte mal wieder als Erste bestimmt, wer hier den Stecker zog.

Julian stieß Luft aus.

Als er zu ihrem Profil zurückkehrte, fand er es wieder verschleiert. *Zugang abgelaufen.*

Wer war diese Frau?

Er gab ihren Namen in die Suchmaschine seines Browsers ein, doch bekam er kein Ergebnis, das zu ihr passte. Auch in Kombination mit ihrem Alias nicht.

Verunsichert ließ er von seiner Tastatur ab und starrte auf den Bildschirm.

Wie schaffte sie es, in dieser Welt keinen Fußabdruck zu hinterlassen?

Es war rätselhaft. Wenn nicht gar unheimlich.

Aber auch faszinierend.

Jules: Hey Myra, ja, schick mir bitte deine Adresse. Bin dann morgen um 3 da. JB

Gespannt verharrte er vor seinem Computer und wechselte im Minutentakt zwischen Chatfenster und Nachrichtenbereich, aber er bekam keine Antwort. Myra Jones hüllte sich in Schweigen.

10.

Julian verspürte das dringende Bedürfnis, sich mit jemandem auszutauschen. Weil Gerry nicht zu erreichen war und er sonst niemandem von seinem *LifeExchange*-Projekt erzählt hatte, textete er am nächsten Morgen kurzerhand Rebecca über das Chatfenster an. Die Nacht war die reinste Tortur gewesen, und er hatte sich von einer Seite auf die andere geworfen, zunehmend wütend, dass MySF sich totstellte.

Jules: Hi, Rebecca, wie geht's? Hast du schon ein Angebot?

Er wollte nicht gleich mit der Tür ins Haus fallen.

NapaRebe: Hi, das ist ja nett. Ja, ein paar sind schon eingegangen, aber noch nichts, was mich wirklich überzeugt hat. Und bei dir?
Jules: Ähnlich. Nur eins, das ziemlich abgefahren wirkt. Bin mir aber nicht ganz sicher, ob ich dem Braten trauen kann.
NapaRebe: Inwiefern?
Jules: Die Frau ist ziemlich merkwürdig. Ich verstehe nicht, warum sie mein Leben will. Sie war hier, wollte tauschen, und jetzt ist sie abgetaucht. Keine Ahnung, was ich davon halten soll.

Es dauerte einen Moment bis Rebeccas Antwort kam. Sie fiel anders aus, als Julian es erwartet hatte.

NapaRebe: Hattest du je einen Lebenstraum? Und wenn ja, was würdest du tun, um ihn zu verwirklichen?

Julian stockte.

Jules: Warum fragst du das?
NapaRebe: Noch hast du dich ja für nichts entschieden.
Jules: Ehrlich gesagt, gehöre ich nicht zu den Menschen, die den einen Traum haben und dann alles darauf ausrichten.

Das einzige Mal, dass er diese brennende Sehnsucht nach nur dem einen Beruf verspürt hatte, war in seiner Kindheit gewesen, als er Rettungshelfer werden wollte. Jetzt und sofort und für immer. Es war der Tag, an dem sie die Mitteilung bekamen, dass sein Vater John Beeman mit dem Auto tödlich verunglückt und zu spät entdeckt worden war, um noch gerettet werden zu können. Wochenlang hatte Julian danach auf seine Mutter eingeredet und gebettelt, dass sie ihn an einem Nothelfer-Workshop teilnehmen ließ, doch ein Achtjähriger wurde da nicht akzeptiert. Danach hatte er aufgehört, sich konkrete Ziele zu setzen und zu planen.

NapaRebe: Dann war das Kino eher Zufall?
Jules: Zufall? Bestimmung? Wer weiß das schon?
Hast du je vollkommen unbeeinflusst die Wahl gehabt?
NapaRebe: Ja, sonst säße ich jetzt nicht hier auf
meiner Bank, von Rebstöcken umgeben.

Jules: Ich behaupte trotzdem, dass die persönlichen Wünsche nicht alles steuern können. Es gibt ja auch noch den Einfluss der Außenwelt.
NapaRebe: Frei nach Karl Marx. Bestimmt unser Bewusstsein das Sein, oder bestimmt das Sein unser Bewusstsein?
Jules: Ich bin mittlerweile an dem Punkt, dass ich glaube, die Umstände sind einfach stärker. Zumindest habe ich nicht den Eindruck, dass ich gegen Netflix und Co. ankommen könnte.
NapaRebe: Kann ich gut verstehen. Ich hab mich auch nie so machtlos gefühlt wie gerade. Und trotzdem bin ich überzeugt, dass ich zumindest den Lauf meines eigenen Lebens noch im Griff habe.
Jules: Das ist schön! Ich wünschte, ich könnte das auch von mir sagen. Aber gerade eben fühle ich mich wie einer, der mit einem Burger glücklich gewesen wäre und dann die Chance auf ein Trüffelfilet bekommt, so dass der Burger sich plötzlich wie eine zweite Wahl anfühlt.
NapaRebe: :))) Warte mal ab, wenn du erst den Truthahn siehst … alles Dinge, die ich durch mein klar gesetztes Ziel verpasse. Ein wenig beneide ich dich schon um deine Offenheit. Immerhin haben wir ja nur das eine Leben, und es gibt sooo viele spannende Möglichkeiten!

Julian musste lächeln. Rebecca hatte recht. *LifeExchange* war im Grunde wie eine riesige Delikatessabteilung für Lebensentwürfe, und man fand hier so ziemlich alles, was man sich an Existenzen vorstellen oder bis dahin auch noch nicht vorstellen konnte. Man wandelte durch die digitalen Flure auf der Suche nach dem bestmöglichen Leben. Manche User konnten es sich finanziell leisten, über Monate hinweg an den Regalen vorbeizuschlendern, bis sie das für sie perfekte Leben entdeckten, andere – wie Alex – ließen sich spontan von einem Angebot begeistern und griffen kurzerhand zu. Auch Julian hatte für einen Moment einen Blick auf seine mögliche Zukunft werfen können – schillernd und geradezu unwirklich phantastisch. Sein eigenes Leben kam ihm spätestens jetzt wie eine Ramschware mit abgelaufenem Verfallsdatum vor, die man – egal wie – loswerden musste. Und er fragte sich, was Myra Jones mit dem »ungehobenen Potenzial« wohl gemeint hatte. Und warum ließ sie ihn nun im Ungewissen? Hatte sie doch etwas Besseres gefunden, oder wollte sie ihm am Ende nur kostbare Zeit auf Life-Exchange stehlen? War womöglich alles bloß Teil eines kruden Spiels mit ihm?

NapaRebe: Ich wünsche dir viel Glück und drück dir die Daumen, dass es gut für dich ausgeht!
Jules: Danke. Ich dir auch. Wir hören uns.

Julian schloss das Fenster. Er konnte sich nicht erinnern, wann er das letzte Mal mit einer Frau so schnell so vertraut ins Gespräch gekommen war. Fast schien es ihm, als würden sie sich schon seit Ewigkeiten kennen, dabei hatten sie sich noch nicht mal via Video gesehen. War es das, was einzig das Internet ermöglichen konnte? Eine so unbelastete Direktheit, wie sie im persönlichen Umgang nie möglich war? Wie oft hörte er sich selbst und seine eigene Generation, ebenso wie auch seine Mutter, darüber unken, dass die jungen Menschen mit ihrer Smartphonebesessenheit zu Autisten und empathielosen Wesen mutierten, die nicht mehr fähig waren, sich in Worten auszudrücken, sondern nur noch mit Emojis und Likes. Aber vielleicht war genau das Gegenteil der Fall. Oder konnte er Rebecca am Ende auch nicht trauen – so wie Myra Jones –, und war die vermeintliche Nähe im digitalen Raum ebenso ein Fake, wie sie zur Kurzlebigkeit verdammt war? Er würde es sehen.

MySF: 160 Sea Cliff Avenue. CU

Julian richtete sich auf seinem Stuhl auf. Sein Herzschlag nahm sogleich an Fahrt auf. Das Trüffelfilet stand wieder auf der Karte. Nun galt es, die Wahl zu treffen.

11.

Die Sea Cliff Avenue war Julian von Spaziergängen bekannt, denn der idyllische Küstenweg, der *Coastal Trail*, der vom Ocean Beach in San Franciscos Westen bis hoch zur Golden Gate Bridge verlief, führte mitten durch das beschauliche Viertel mit den hübschen Villen. Wie eine Insel lag das Wohngebiet zwischen den beiden Naturoasen Lands End und dem Presidio Park, fernab der Innenstadt.

Julian hatte am Ende die Strecke vom *Astor* bis hierher zu Fuß zurückgelegt, da er sich zu anderweitigen Beschäftigungen an diesem Tag nicht mehr fähig fühlte. Nun schlenderte er durch die pittoresken Straßen mit ihren Anwesen und Gärten. Es war die gleiche Stadt und doch eine andere Welt, eine Mischung aus europäischem Küstenort mit gepflegter viktorianischer Architektur und der Ruhe eines verschlafenen Vororts. Dabei wirkten die Häuser keineswegs protzig oder betont glamourös wie in San Franciscos Gigantenviertel Pacific Heights, wo die Chefs der einschlägigen Dotcomfirmen in sich gegenseitig überbietenden Märchenschlössern auf der sogenannten *Billionaires' Row* lebten. Hier draußen schien es um Ruhe, Genuss und Natur pur zu gehen. Näher konnte man in dieser Stadt dem Pazifik und den über den Wellen segelnden Pelikanen kaum kommen.

Gerade passierte er ein provenzalisch anmutendes Haus mit Garten, in dem ein paar mexikanische Gärtner still das Laub vom Rasen kehrten, und fand sich an der nächsten Einfahrt an seinem Ziel. Ein schmaler Weg führte zwischen zwei Grundstücken hindurch zu der zurückversetzten, kleinen, orangefarbenen Villa. Wie auf den Fotos standen zwei Zitrusbäume rechts und links vom Hauseingang, neben der schweren Holztür hing eine Kette als Klingelzug.

Julian atmete noch einmal durch, dann trat er vor und zog daran.

Im Inneren ertönte ein Gong, der einer Kirchenglocke glich, gefolgt von Stille. Weder Schritte noch Geräusche waren zu hören. Gerade wollte er ein zweites Mal nach der Kette greifen, da ging plötzlich die Tür auf, und Myra Jones stand vor ihm. Sie war barfuß, trug eine Shorts, dazu ein ärmelloses Top, und unter den Trägern lugten die Schnüre ihres Bikinis hervor. Ihre Wangen waren gerötet und ihre Haut feucht. Offensichtlich hatte sie sich gesonnt.

»Hi, Julian Beeman.« Mit einer gespielt huldvollen Geste trat sie zur Seite und lud ihn ein, in ihr Haus zu treten.

Zwar war er durch Myras Bilder auf die Aussicht vorbereitet, es verschlug ihm dennoch die Sprache, als er nun live erleben konnte, wie der Blick ungebremst über die Stufen hinweg in das tiefer liegende Wohnzimmer und von dort aus weiter durch das zimmerbreite Panoramafenster auf das tosende Meer hinaus zum Horizont flog.

»Wow.«

Es wirkte wie eine Zu-schön-um-wahr-zu-sein-Tapete, wenn nicht die Containerschiffe gewesen wären, die sich langsam über das Wasser in Richtung Golden Gate Bridge schoben, um ihre Ladung in den Hafen von Oakland zu transportieren.

»Ja, der Blick hat's mir auch sofort angetan«, bemerkte Myra.

Julian konnte sich nur schwer von dem Panorama lösen, um sich wieder seiner Gastgeberin zuzuwenden.

»Willst du einen Eistee?«, fragte sie. »Hab gerade auf der Terrasse meinen Feierabend eingeläutet.«

»Gerne.«

Eigentlich wollte er ihr in die Küche folgen, doch wies sie ihn an, schon mal auf die Terrasse vorzugehen.

»Sieh dich ruhig um«, bedeutete sie ungewohnt sanft.

Der Wohnbereich war im Gegensatz zum Eingangsbereich mit weichen Teppichen ausgelegt, und auf Sofa und Sesseln gab es Kissen in bunten Farben.

In der Mitte des etwa fünfzig Quadratmeter großen Raums stand ein langer Esstisch mit einer Platte aus Walnussholz. Drumherum boten eine Bank und Stühle Platz für mindestens zwölf Gäste. An der Wand gegenüber der Couch gab es ein weiß gestrichenes Rechteck, das als Projektionsfläche für den unter der Decke hängenden Beamer diente. Julian betrachtete den Projektor mit gemischten Gefühlen, denn genau diese Geräte waren es, die die Leute in letzter Zeit vom Besuch seines Kinos abhielten. Bestenfalls bewies ihm der Projektor aber auch, dass Myra eine Filmliebhaberin war, die es mit dem *Astor* ernst meinte.

Julians Blick glitt weiter zum Schreibtisch mit dem iMac.

Er fand, dass der Arbeitsplatz für eine Autorin seltsam karg wirkte, weder lagen hier Stifte noch Zettel oder Papiere herum, und es gab auch kein Wandboard oder Ähnliches mit Notizen oder den Plots von Geschichten. Genauso leblos wirkte auch alles andere. So schön das Ambiente des Hauses war, so glatt und unpersönlich erschien es. Wie aus einem Einrichtungskatalog. Perfekt, aber ohne eine Spur von Seele und persönlichem Touch.

»Stimmt irgendwas nicht?« Myra stand plötzlich hinter ihm, und er zuckte zusammen. In den Händen hielt sie ein Tablett mit einer Eisteekaraffe, zwei Gläsern und Muffins. Ihre nackten Füße versanken im flauschigen Teppich, weshalb er sie nicht hatte kommen hören.

»Ehrlich gesagt, hab ich mir den Schreibtisch einer Schriftstellerin immer anders vorgestellt«, gestand er. »Mit vielen Notizblättern und einer Pinnwand und so. – Was schreibst du eigentlich?«

»Gangstergeschichten.«

Sie trat an ihm vorbei und stellte Getränke und Teller draußen auf dem Terrassentisch ab.

Sie wusste, dass sie seine Erwartungen damit ein weiteres Mal auf den Kopf gestellt hatte. Nie wäre er darauf gekommen, dass diese kleine Person blutrünstige Mafia-Storys schrieb. Aber ... vielleicht passte es auch wie die Faust aufs Auge, wenn er MySFs raue, unverfrorene Art bedachte.

»Mehr kann ich dir leider nicht verraten, schließlich sind wir uns ja noch nicht handelseinig.« Sie schob ihm sein Glas zu und wies zum Stuhl ihr gegenüber. Nur zwanzig Meter von ihnen entfernt rauschte das Meer und klatschte auf den Strand. Darüber flogen kreischend die Möwen und Pelikane. Nach rechts hin sah man im Anschnitt die rote Brücke, darüber der wolkenlose, strahlend blaue Himmel.

Während es Julian kaum gelang, sich von dem einzigartigen Blick zu lösen, schien Myra auch hiervon seltsam unberührt. Mit dem Rücken zum Wasser saß sie, die Füße auf der Sitzfläche aufgestellt, und griff nach einem Muffin.

»Und, was spielt sich jetzt gerade in deinem Kopf ab?«, fragte sie.

»Ich …« Julian suchte einen Moment nach den richtigen Worten. Dann stellte er jene Frage, die ihn schon eine ganze Weile beschäftigte: »Sollte man nicht ein wenig Talent zum Schreiben haben, wenn man in das Leben einer Bestsellerautorin einsteigt?«

»Ich gehe davon aus, du meinst mit *man* dich?!«, entgegnete sie spöttisch.

»Ja, klar.«

»Na, dann hast du dir ja bestimmt schon mal eine Geschichte ausgedacht und sie aufgeschrieben, oder?«

»Klar, aber –«

»Der Rest ist nur eine Frage des Willens. Schreiben ist wie alles andere ein Handwerk, das man lernen kann. Was es dafür in erster Linie braucht, ist Durchhaltevermögen und Disziplin.«

»Das hab ich«, lachte Julian.

»Na dann.« Myra Jones machte eine Geste, die ihm bedeutete, dass es mehr zu diesem Thema auch nicht zu sagen gab. Sie biss in ihr Gebäck.

»Macht es dir denn keinen Spaß mehr?«, fragte Julian.

»Doch.«

»Und warum willst du das Schreiben dann aufgeben? Es

scheint ja, dass du ganz erfolgreich bist.« Er wies um sich. »Und das hier alles ist doch ein Traum.«

Myra ließ ihre Füße auf den Boden gleiten und beugte sich über den Tisch zu ihm. »Ich dachte, ich hätte dir die Frage bereits gestern beantwortet, Julian Beeman«, sagte sie ernst. »Ich suche nach einer neuen Herausforderung.«

»Ich versteh's trotzdem nicht. Ich meine, die Villa gehört doch dir, oder?«

»Ja, sie gehört mir.«

»Und auch die würdest du mir übergeben? Ich meine ...«

»Ja, das würde ich. So hab ich's doch in meinem Profil geschrieben, oder?«

»Ja, schon, aber –«

»Was ist dein Problem, Julian Beeman?«, unterbrach sie ihn.

»Ich verstehe einfach nicht, warum du das tust.«

»Musst du ja auch nicht.«

»Aber für das Haus hier hast du doch sicher 'ne Riesenstange Geld hingelegt. Das gibt man doch nicht einfach so weg.«

»Ich hab Glück gehabt. Es waren nur ein paar Millionen.«

»Was? Aber –«

Myra Jones unterbrach ihn: »Bist du hier, um mich zu analysieren oder um dich zu entscheiden, ob du mein Leben willst?« Sie stellte ihren Teller vor sich ab. »Ich versteh nämlich nicht, was meine Lebensauffassung mit deinem Entschluss zu tun hat.«

Julian betrachtete sie verblüfft.

»Tut mir leid«, stotterte er. »Ich wollte dir nicht zu nahetreten. Ich versuch nur –«

»Falls es dir hilft: Ich habe mit meinem letzten Buch in wenigen Wochen über vier Millionen gemacht. Da hat so ein Haus vielleicht eine andere Bedeutung als ein Schuldenberg von zweihunderttausend für jemanden wie dich.«

Der Satz klang wie eine Ohrfeige, auch wenn er vielleicht nicht so gemeint war.

»Ja, das hat's in der Tat.« Julian richtete sich auf. Ihm war plötzlich nach Gehen zumute.

»Du musst den Job nicht übernehmen, wenn du ihn nicht willst«, setzte sie fort. »Es ist eine Option, mehr nicht. Ein gemachtes Nest. Wenn du was anderes machen willst, machst du was anderes.«

Er nickte und fühlte sich dabei unweigerlich wie ein Schüler. Sie war es, die hier am längeren Hebel saß und ihm, wie Hendrik Hendriksen, die Möglichkeiten von *LifeExchange* erläuterte.

»Wenn du lieber kellnern willst, kannst du dich zum Beispiel im *Angelina's* auf der California melden. Ich hab da auch mit ausgeholfen. Ist 'n echt netter Laden.«

Sie schenkte ihm ein Lächeln, das wirkte, als sei sie mittlerweile selbst zu der Überzeugung gelangt, dass er für ein Autorendasein nicht geeignet war.

»Danke. Schon gut.« Er griff nach seinem Glas. »Weiß dein Verlag, wer hinter dem Pseudonym steckt?«

»Nein. Es ist männlich.«

»Männlich? Echt?«

Myra nickte und fuhr fort: »Die Post geht an 'ne Box. Ansonsten läuft die Kommunikation über Mail. Mehr braucht es nicht.« Sie wies zum Computer im Wohnzimmer. »Die E-Mail-Adresse ist eingerichtet.«

Sie stand auf. »Willst du jetzt noch den Rest sehen, oder hast du genug?«

»Nein, gerne.«

Er folgte ihr.

Eine schmale Holztreppe gegenüber der Küche, die durch eine Wand von der Eingangshalle abgeschirmt war, führte hinauf in den ersten Stock. Hier lagen das Schlafzimmer, ein geräumiges Bad sowie eine Kombination aus Arbeits- und Gästezimmer, so wie Julian sie bereits in ihrem Profil gesehen hatte.

»Die Zimmeraufteilung kann man nach Geschmack ändern. Mir persönlich hat das Rauschen des Meeres in der Nacht gut gefallen, aber es ist ja nicht jedermanns Sache.« Myra wies ins Schlafzimmer, das einen ebenso sagenhaften Blick auf den Pazifik bot wie das Wohnzimmer, auch wenn hier die Fenster nicht bis zum Boden reichten. Genauso wie im Erdgeschoss waren auch die Räume hier oben schlicht und geschmackvoll eingerichtet, und sie vermittelten ebenso den Eindruck einer Ferienwohnung. Denn, wo auch immer Julian hinsah, fand er keine persönlichen Gegenstände, noch nicht einmal ein Buch neben dem Bett.

Wahrscheinlich war sie genauso vorgegangen wie er und hatte vor seinem Eintreffen das meiste weggeräumt, mutmaßte er beim Anblick der kühlen Ordnung. Doch als Myra ihm einen Einblick in die Schränke gab, um den darin befindlichen Stauraum zu zeigen, stellte er fest, dass auch diese bis auf ein paar Kleidungsstücke leer waren.

»Darf ich fragen, seit wann du hier lebst?«, fragte er.

»Halbes Jahr«, war die knappe Antwort.

»Ein halbes Jahr, und schon willst du wieder –?« Er bremste sich und sprach nicht weiter.

»So ist es«, bemerkte sie und drehte ab, um die Treppe zurück nach unten zu nehmen.

Sie ist wie ein Puzzle, in dem kein Teil zum anderen passt, fand Julian und folgte ihr kopfschüttelnd. So klein und zierlich wie sie war, wohnte ihr gleichzeitig eine messerscharfe Kraft inne, die ihn mit nur wenigen Sätzen in Stücke schneiden konnte. Wäre sie dabei nicht so zielstrebig, könnte man fast glauben, ihr sei alles egal, was um sie herum passierte. Reichtum, Erfolg, das Meer ... Fehlte ihr am Ende die Fähigkeit zur Empathie? War sie krank?

Mit dem frustrierenden Gefühl, dass er – egal, an welchem Ende er ansetzte – der Motivation und den Gedankengängen dieser Frau wohl nie auf den Grund kommen würde, beschloss Julian, seine Gedanken in eine andere Richtung zu lenken. Sah er sich als Bewohner dieses Hauses? Traute er sich die Arbeit als Autor zu? Wollte er tatsächlich in ein solches Leben einsteigen?

Ja.

Ja.

Und noch mal: Ja.

Zurück in der Eingangshalle wollte er nur noch eines von ihr wissen: »Warum ein Pseudonym? Warum schreibst du nicht unter deinem Namen?«

Ihre Antwort fiel genauso knapp aus wie alle anderen. »Weil es mir Freiheit gibt.«

»Freiheit wozu?«

»Dieses Leben auch wieder zu verlassen«, entgegnete sie

und wies auf die kleine Tür hinter sich, die neben einer anderen – wahrscheinlich dem Gäste-WC – lag. »Jetzt noch das Auto, dann haben wir's.«

Wie in ihrem Profil bereits angekündigt, wartete in der Garage der blank polierte rote Mustang. Während Julian ihn fasziniert umkreiste, klärte Myra ihn über die Fakten auf: Er war kaum gefahren, da sie ihn eher aus steuerlichen Gründen angeschafft hatte. Natürlich konnte man ihn auch verkaufen. Im Handschuhfach befanden sich alle Unterlagen, auch zur Versicherung.

»Darf ich fragen, warum du ihn kaum benutzt hast?«

»Ich fahre lieber öffentlich. Da kommt man schneller zu neuen Geschichten.«

»Du meinst Gangstergeschichten? Hier in San Francisco?«, fragte Julian überrascht.

»Nein, die Geschichten spielen in einer anderen Stadt.«

»New York etwa?«

Myra ließ die Frage unbeantwortet und öffnete mit der Fernbedienung das Garagentor. »Damit du auch sicher sein kannst, dass ich dir keinen Mist erzähle oder eine Hochstaplerin bin«, bemerkte sie und wandte sich dem Regal neben sich zu, wo ein Stapel Papiere bereitlag, »hier meine Besitzurkunde vom Haus.«

Sie übergab Julian das Dokument, damit er es überfliegen konnte. Die Villa war tatsächlich auf ihren Namen ausgestellt. Ein weiteres Schreiben regelte die Übertragung auf jemand anderen. Es fehlte nur noch der Name darauf.

Sie war auf alles vorbereitet. Es sollte Julian beruhigen, doch bewirkte es das Gegenteil.

»Falls du dich entscheidest, mit mir zu tauschen, dann wäre mein Vorschlag, dass alle zukünftigen Buchtantiemen an dich gehen und du selbst bestimmst, was mit dem Pseudonym geschieht. Falls du den Job im *Angelina's* willst, frag einfach nach Helen. Wenn du magst, können wir über alles auch ein Deal-Memo machen und bei *LifeExchange* hinterlegen. Das ist in meinem Premiumstatus mit inbegriffen. Von mir aus wäre das aber nicht nötig. Liegt ganz bei dir.« Sie stemmte die Hände in die Seiten und blickte ihn herausfordernd an. »Hast du sonst noch Fragen, Julian Beeman?«

Er hatte jede Menge, doch ahnte er, dass er durch deren Beantwortung auch nicht schlauer werden würde. Im Gegenteil.

»Nein. Danke.«

»Alles klar. Dann sag bald Bescheid. In deinem Leben gibt's ja noch so einiges bis zum Monatsende zu regeln.« Ohne auf eine Antwort zu warten, betätigte sie den Knopf am Garagentor, und er sprang gerade noch rechtzeitig zurück, um nicht davon getroffen zu werden. *Klack*, rastete die Pforte ein, und er stand wie aus dem Paradies hinausgeworfen da.

Aufgewühlt trat er zurück und blickte zu der Villa. Wenn Myra Jones ein Tier wäre, dachte er, dann am ehesten eine Schlange – schillernd und wendig, mit aalglatter Haut. Wollte man sie greifen, entwich sie flugs. Kam man ihr zu nahe, zeigte sie ihre giftigen Zähne.

Konnte sie ihm in irgendeiner Weise gefährlich werden?

Er wusste es nicht.

12.

Du sollst sie ja nicht heiraten, sondern ihr Leben übernehmen«, bemerkte Gerry.

Es war kurz vor sechs, und an der Bar des *Dead End* hatten sich neben Julian die ersten Happy-Hour-Besucher eingefunden, um lautstark miteinander anzustoßen.

»Wenn ich ihr mein Leben überlasse«, versuchte er, seinem Freund noch einmal in anderen Worten seine Sorge zu erklären, »dann muss ich ihr doch vertrauen können und vice versa.«

Er war zuvor beim *City Lights* Buchladen auf der Columbus Avenue gewesen und hatte nach einem Bestsellerautor für Gangstergeschichten gefragt. Auf Anhieb konnte ihm die Buchhändlerin fünfzehn Namen nennen.

»Und welcher davon war in den ersten Wochen gleich ein Millionen-Seller?«, fragte er – wohl wissend, dass diese Information natürlich auch erfunden sein konnte.

»Da fällt mir eigentlich nur Memphis ein. Seine Geschichten spielen in Chicago. Ich habe zwar mal raunen hören, dass er hier leben soll, bin mir aber nicht sicher. Soweit ich weiß, legt er viel Wert auf die Wahrung seiner Anonymität.«

»Ja, das könnte er sein«, entgegnete Julian. »Haben Sie was von ihm da?«

»Also die ersten sechs Bände der *Chicago Stories* haben sich, ehrlich gesagt, eher zäh verkauft. Aber der letzte hat's raketenartig auf die Bestsellerlisten geschafft. *One Million For A Dead Body*. Den müssten wir eigentlich dahaben.«

Sie eilte los, durch das schmale Labyrinth von dunklen Holzregalen, und kam kurz darauf mit dem Buch zurück.

»Ich könnte noch mal im Computer nach den anderen schauen, wenn Sie wollen, aber ich glaube, ein Großteil ist bereits vergriffen.«

»Danke, der hier genügt mir erst mal.« Er schob ihr seine Kreditkarte über den Tresen. Es war der letzte Betrag, mit dem er sie belasten durfte, ansonsten würde es für sechs Tage bei *LifeExchange* nicht reichen.

»In welcher Weise könnte sie dich denn reinlegen?«, wollte Gerry wissen. »Ich mein, nehmen wir mal an, die Villa und all das stellte sich als Betrug dar. Selbst dann stündest du doch besser da als jetzt, denn sie übernähme ja deine Schulden und Pflichten.«

»Und wenn sie's nicht tut? Warum auch immer?«

Sein Freund winkte schnaufend ab und wandte sich wieder dem Zapfhahn zu, um ein paar frische Biere für seine Kundschaft zu generieren. »Ich glaube, du kannst einfach dein Glück nicht fassen.«

Julian blätterte überfordert durch das Buch, das neben ihm auf dem Tresen lag. Wahrscheinlich hatte Gerry recht. Er fühlte sich gerade wie einer, der einen Marathon gelaufen war, bei dem er jede Sekunde dachte, dass er es nicht schaffen würde. Und dann ging er nicht nur als erfolgreicher Teilnehmer durchs Ziel, sondern sogar als Sieger. Es war ebenso unplausibel wie phantastisch. Und trotzdem gärte diese Sorge in ihm, dass Myra Jones ihm etwas Wichtiges verschwieg. Ob es für ihn essenziell war oder nicht, was sie ihm verschwieg würde sich wohlmöglich erst zeigen, wenn er in den Tauschhandel eingewilligt hatte und es kein Zurück mehr gab.

Er nippte an seinem Bier, da stand sein Kumpel wieder vor ihm. »Also für mich klingt das nach 'nem Angebot, das man gar nicht ablehnen kann, Bee, so gut ist das. Weißt du, wie viel Millionen Menschen sich nach so 'nem Leben die Finger lecken?!«

»Ja, das weiß ich.« Julian ließ sein Glas gegen das ihm hingehaltene Wasserglas schlagen. »Meinen Segen hast du, Bee«, bedeutete Gerry. Doch hielt er in der nächsten Sekunde inne. »Halt, nein. Wie sieht diese Myra überhaupt aus? Immerhin steh ich ja hier als bester Freund zur Verfügung.«

»Keine Sorge. Die braucht, glaub ich niemanden. Sie ist hübsch, zierlich, aber mit Haaren auf den Zähnen.«

»Urgh, alles klar.« Gerry lachte. »Vielleicht sollten wir dann doch noch mal nach was anderem Ausschau halten.«

Und, wie war es?, lautete Rebeccas kurze Mail, als Julian um neun in seiner Wohnung eintraf und den Computer aus dem Ruhestand weckte. NapaRebe war online, und er wechselte in den Chat.

Jules: Es war genauso wie beschrieben.
NapaRebe: Also gut?!
Jules: Ja. Ein absoluter Traum.
NapaRebe: Und?

Jules: Ich werde meine Tauschpartnerin noch einer letzten Prüfung unterziehen, dann entscheide ich.

Julian war die Idee im Bus auf dem Rückweg vom *Dead End* gekommen. Er würde Myra Jones zu einem Test einladen, um zu sehen, ob sie des Astor-Kinos und damit Marten Faulkners Erbe würdig war. Er war es sich und seinem alten Chef schuldig.

Eine Weile gingen noch zwischen ihm und Rebecca die Nachrichten hin und her, dann wünschten sie sich eine Gute Nacht, und Julian ließ seinen Rechner runterfahren. Aus dem Augenwinkel sah er gerade noch, dass in seiner Mailbox sechs weitere Anfragen und Angebote eingegangen waren, doch wusste er, dass er an diesem Tag eh nicht mehr objektiv sein würde.

Ging er damit ein Risiko ein?

Ganz bestimmt.

Dennoch stellte er seine Entscheidung nicht weiter infrage und legte sich stattdessen ins Bett, um den im Buchladen erstandenen Gangsterroman zu lesen.

Als Blue in seine Tasse schaute, blickten ihm ihre veilchenblauen Augen entgegen. Wie auf dem Meeresgrund lagen sie dort unten auf dem kalten Porzellanboden und starrten ihn leblos an. Diese unvergesslichen, sanften Augen, die mehr ausdrücken konnten als hundert Worte. Wie oft hatte er sie in den letzten Jahren voller Leidenschaft und Wehmut betrachtet und dabei gehofft, er möge sie eines Tages mit seiner Liebe für immer zum Strahlen bringen. Aber er war gefangen gewesen. Gefangen in sich selbst und der Verantwortung für Selma und die Kinder. Sie hätten ihn niemals ziehen lassen. Ebenso wenig wie seine Brüder.

Immerhin war Blue der Einzige unter ihnen, der innerhalb von Sekunden saubere Ware von einem gekonnten Verschnitt unterscheiden konnte und damit der Garant für ihre Geschäfte war. Lange hatten Big D und seine Leute ihn in Frieden gelassen. Jetzt schickten sie ihm ihre Kriegserklärung und trafen ihn an seiner schwächsten Stelle. Rachel.

Um Fassung bemüht, legte er die Hand auf den Becher und schob ihn von sich. Er würde ein Grab für sie finden, das ihrer angemessen war. Ein Ort, der für sie beide eine Bedeutung hatte. Doch erst einmal musste er den Rest ihres Körpers finden. Und Rache nehmen.

Julian las die halbe Nacht hindurch.

Obwohl er kein großer Fan von Mafiageschichten war, entwickelte diese hier einen solchen Sog, dass er erst wieder frei atmen konnte, als er um ihren Ausgang wusste.

Die Story barg trotz aller Klischees so viele ungeahnte Überraschungen in sich, dass sie an keiner Stelle die Spannung verlor. Die Geschichte war so kaltblütig wie verführerisch, und Julian hätte es nicht erstaunt, wenn tatsächlich Myra Jones dahintersteckte.

13.

Hi, Jules, dein Angebot gefällt mir. Hab schon einige Kinos im Land wieder auf Vordermann gebracht. Hätte statt eines Tauschlebens allerdings nur eine Stange Geld anzubieten. Melde dich mal. Harry007

Die Nachricht stammte aus Florida. Harry007 war wie Myra Premiummitglied und ließ Julian am Ende seiner Mail das Passwort zukommen, mit dem er auf seine Seite schauen konnte.

Das Profilbild zeigte einen Mann von Mitte fünfzig mit Bauch, Glatze und einem Bier in der Hand. Neben ihm stand ein teurer Golfcaddy. Auf seinem Gesicht lag das Lächeln eines 3er-Handicap-Spielers, und Julian konnte sich nur zu gut vorstellen, wie Harrys fünfundzwanzigjährige blondierte Freundin mit eindrücklichem Kunstbusen das Bild geschossen hatte, denn ihre Silhouette spiegelte sich, wohl nicht zufällig, in seiner Sonnenbrille wider.

Nein, so einem würde er ganz sicher nicht das *Astor* anvertrauen. Das würde ihm der alte Faulkner – selbst da, wo er jetzt war – nicht verzeihen.

Er verließ Harrys 007-Seite und schrieb ihm eine Nachricht, in der er dankend ablehnte. Danach öffnete er das Chatfenster und gab auf gut Glück eine Anfrage an MySF ein.

Jules: Guten Morgen, Myra, bist du da?

Ihre Antwort kam nach nur wenigen Sekunden.

MySF: Yep.
Jules: Bist du Memphis?

Ohne ein Zögern schrieb MySF: *Wer ist Memphis?*
Sie spielte mit ihm, das spürte er.

Jules: Nehmen wir an, du wärst es: Müsste man sich dann nicht ziemlich gut in Chicago auskennen?
MySF: Heutzutage muss man nirgends mehr hingereist sein, um sich auszukennen. Schon mal was von Street View gehört?

Julian ignorierte ihre Belehrung und ging in die Offensive.

Jules: Was würdest du aus dem Astor machen?

Ihre Antwort kam ohne Zögern.

MySF: Einen Erfolg natürlich.

Julians schnaufte. Nicht aufregen, mahnte er sich zur Ruhe. Sie war eine Schlange. Sie spielte mit ihm.

Jules: Selbstzweifel kennst du nicht, oder?
MySF: Selbstzweifel sind reine Zeitverschwendung und führen zu nichts.

Jules: Nie eine Niederlage erlebt?
MySF: Hab mich dagegen entschieden.
Jules: Das siehst du also als eine Entscheidung an, ja?
MySF: Julian Beeman, was willst du von mir?
Jules: Wie heißt dein Lieblingsfilm?
MySF: Brauchst du das für dein Poesiealbum?
Jules: Nein, für meine Entscheidung.
MySF: 500 Days of Summer.

Er musste grinsen. Endlich war er zu einem Hauch von Emotion vorgedrungen.

Jules: Ich würde dich gerne zu einer privaten Vorstellung heute Abend ins Astor einladen.

Es dauerte, bis ihre Antwort kam.

MySF: Nur, wenn es die angemessene Verpflegung und einen eisgekühlten Sauvignon Gris dazu gibt.
Jules: Werde mich bemühen.
MySF: Bin um sechs da.

Das Fenster schloss sich. Wie immer hatte MySF die Kontrolle nur scheinbar abgegeben. War das vielleicht der Schlüssel zu ihrem Erfolg, überlegte Julian, niemals jemand anderem die Führung überlassen?!

Er wusste, dass die Entscheidung hochgradig leichtsinnig war, doch ließ er die restlichen Anfragen in seinem *Life-Exchange*-Postfach ungelesen und funkte stattdessen Rebecca an.

Jules: Hi, Rebecca, kannst du mir zufälligerweise sagen, was ein Sauvignon Gris ist? Hab noch nie davon gehört.
NapaRebe: Ah, da hat jemand Geschmack. Glückwunsch. Einen reinen Sauvignon Gris baut hier nur ein einziges Weingut an. Es liegt nördlich von uns im Chalk Hill.
Jules: Und wie kommt man da dran?
NapaRebe: Hinfahren oder schicken lassen. Ist aber nicht ganz billig.

Na, klar. Wunderte ihn das? Nein.

Jules: Sonst nirgends?
NapaRebe: Wenn du großes Glück hast, verkaufen dir die Leute vom Zoe's eine Flasche. Die sind die Einzigen, die ich kenne, die ihn auf der Karte haben.

Das *Zoe's* lag auf der Market Street nicht weit vom Tenderloin-Bezirk, der zur Heimat für viele Obdachlose geworden war. Mit seinen riesigen Fensterscheiben, durch die auch die Passanten stets an den kulinarischen Extravaganzen teilhaben konnten, hatte sich das *Zoe's* über die Jahre zu einem der wenigen Langzeit-Szenelokale in diesem Viertel der Extreme etabliert. Julian selbst hatte sich dort noch kein Essen gegönnt, aber er wusste, dass zu den Spezialitäten des Restaurants unter anderem die vierstöckigen Austern-Etageren gehörten, ebenso die streichholzgroßen Pommes à la *Zoe's*. Laut Internet hatten sie seit 12.00 Uhr geöffnet.

Jules: Danke. Du hast was bei mir gut.
NapaRebe: :) Ich werde darauf zurückkommen.

Julian war froh, dass Rebecca nicht gefragt hatte, wofür er den Wein brauchte. Wahrscheinlich mutmaßte sie, er habe ein Date.

»Hey, Chang, ich brauch noch mal 500 *Days of Summer* von euch!« Julian rief seinen Wunsch wie so oft ins Telefon, denn sein Verleiher saß mal wieder im Auto und hatte das Handy auf Lautsprecher gestellt. Chang liebte das und war von einer professionellen Freisprechanlage oder einem Headset nicht zu überzeugen.

»*Dude*, bist du wieder im Geschäft?«, rief er erfreut zurück.

»Nein, nur für heute Nacht. Sondervorstellung.«

»Den haben wir nur auf 35 Millimeter da.«

»Kein Problem.«

»Zweihundertfünfzig Vorkasse.«

»Tut mir leid, Chang.« Julian hatte trotz mühsamer Verhandlungen im *Zoe's* für Myras Wein dreiundachtzig Dollar hinblättern müssen, und es blieben ihm noch exakt achtzig Dollar übrig. »Ich dachte, du würdest ihn mir vielleicht als Abschiedsgeschenk so überlassen. Als langjähriger Stammkunde. Ich brauch ihn auch nur für ein paar Stunden. Um Mitternacht hast du ihn zurück.«

»*Dude*, das –« Julian hörte an Changs Stimme, wie unangenehm es ihm war. »Du kennst doch meinen Grandpa. Der lässt mir so was nicht durchgehen.«

In der Tat hatte der alte Wang Lee Julian schon so manches Mal spüren lassen, dass er sich mitnichten als Wohlfahrtsamt für Kunstliebhaber verstand, sondern als knallharter Geschäftsmann. Der Filmverleih stellte nur einen kleinen Zweig seines Lee-Imperiums dar, das sich ansonsten aus Lebensmittel- und Haushaltsläden in Chinatown zusammensetzte ebenso wie aus mehreren Dim-Sum-Restaurants auf dem Geary Boulevard – alles in den Händen seiner Familie.

Julian überlegte. Auf keinen Fall wollte er auf eine DVD am Fernseher ausweichen. Das hätte seine Aktion ihres Sinns geraubt.

»Tut mir leid, vielleicht klappt's ja 'n anderes Mal«, hörte er Chang das Gespräch beenden. »Mach's gut, *dude*.«

»Hey, halt. Warte mal!«, rief Julian.

Der Dude!

»Chang, was, wenn ich euch den *Lebowski* im Gegenzug überlasse? Ist noch in Topzustand.«

Spätestens jetzt wusste Chang, wie wichtig es Julian war, denn sein Großvater Wang hatte schon mehrfach versucht, dem *Astor* seine einzige Filmrolle abzuluchsen, die es besaß.

»Kein Kratzer?« Changs Stimme war plötzlich klar und gut zu vernehmen. Er hatte sein Handy ans Ohr genommen.

»Kein Kratzer. Ehrenwort.«

Ein Moment herrschte Stille, dann gab Chang mit einem Schnalzen sein Okay. »Weil du's bist, Beeman.«

Julian atmete erleichtert durch. Jetzt galt es nur noch, von seiner Mutter ein paar Laugenbrezeln zu organisieren und ihren Ärger über ihn zu lindern, weil er sie noch nicht zurückgerufen hatte. Schweren Herzens investierte er dazu im Eckladen der Sechzehnten dreißig Dollar in einen Blumenstrauß und machte sich auf den Weg.

Martha's Bakery lag ein paar Blocks die Sechste Straße hinunter inmitten des South-of-Market-Viertels. Auch hier sammelten sich die Gestrandeten, die einst von San Franciscos liberalem Ruf angezogen worden waren und nun feststellen mussten, dass man sich in der ehemaligen Hippiemetropole selbst als Normalverdiener kaum noch ein Bett in einer WG leisten konnte.

Die Bäckerei von Julians Mutter wirkte da wie eine letzte, übrig gebliebene Oase aus vergangenen Zeiten.

Kaum dass er die Tür aufschob, bimmelte die alte Messingglocke über seinem Kopf, und der Duft von Frischgebackenem strömte ihm in die Nase. Heute war es eine Mischung aus gerösteten Nüssen, knuspriger Sauerteigkruste und mit Zimt bestäubten Rosinenschnecken. Ansonsten war in *Martha's Bakery* alles genau wie in den letzten dreißig Jahren auch. An der dunklen Holzvertäfelung hing eine altdeutsche Kuckucksuhr, und in der Ecke stand eine historische Handschneidemaschine für Brot, die Julians Großeltern zur Eröffnung des Ladens aus Thüringen geschickt hatten. Am Ende des Raumes thronte die wuchtige Holztheke mit der prall gefüllten Auslage und den Brotregalen dahinter.

Wie immer fand sich eine Schlange geduldig wartender Kunden davor, die, anstatt auf ihren Smartphones herumzutippen, begierig die Köpfe reckten, um einen Blick auf das Angebot zu erhaschen und sich zu entscheiden. Neben ein paar üppigen Torten stapelten sich heute Zimtschnecken, Rosinenbrötchen, Florentiner und Plundertaschen mit unterschiedlichen Füllungen hinter dem Glas.

Auf dem Tresen standen zudem mehrere Holzständer mit Laugenbrezeln und Bierteigschnecken.

Julian war es ein Rätsel, wie seine Mutter es mit ihren über sechzig Jahren nach wie vor schaffte, diese Fülle in ihrer kleinen Backstube zu erzeugen, ohne die Lust zu verlieren oder müde zu werden.

»Hey, Mister Beeman, schön dich zu sehen!«

Es war Sonja, die heute hinter der Theke stand und mit einer Auszubildenden die Kundschaft bediente. Julian kannte sie, seit er klein war, und sie warfen sich Luftküsse zu. Mit seinem Blumenstrauß schob er sich durch die schmale Schiebetür am Verkaufstresen vorbei in den dahinterliegenden Flur, der zum Backreich seiner Mutter führte.

Wie jedes Mal versetzte ihn der Gang in seine Kindheit zurück, wenn er mit seinem Ranzen auf dem Rücken aus der Schule heimgekehrt war und seine Mutter ihn mit einem Teller Gebäck in ihrem Arbeitsreich erwartete.

Häufig waren es Neukreationen, die er für sie testen sollte, und nicht selten blieb er nach dem gemeinsamen Schmaus noch eine Weile bei ihr, um neben dem warmen Ofen seine Hausaufgaben zu machen, bevor er schließlich nach oben in die über der Bäckerei liegende Wohnung verschwand, um zu spielen.

»Julian!« Seine Mutter ließ bei seinem Anblick ihr Teigholz fallen, um ihm entgegenzueilen. »Warum hör ich denn nichts von dir?!«

Ihre sorgenvolle Umarmung hinterließ wie immer Spuren von Mehl und Teig an seiner Kleidung.

»Tut mir leid, Mom, aber ich hab's nicht früher geschafft.« Julian klopfte sich das Mehl von der Jacke und reichte ihr die Blumen.

»Setz dich«, befahl sie und schob ihn in der für sie typischen Art auf den Hocker neben ihrer Arbeitsinsel. »Ich hole dir frische Butterbrezeln.« Dann eilte sie los, um eine Vase für die Blumen zu suchen.

Auf dem Tisch lagen liebevoll dekorierte Nusskämme, die darauf warteten, in den Ofen geschoben zu werden. Die Füllung roch unwiderstehlich gut, und Julian griff nach einem Löffel, um den letzten Rest der Masse aus dem Topf zu kratzen.

»Mhm!«

Das Rezept gehörte zu den vielen, die seine Mutter damals – nach dem Tod ihres Mannes – von ihren Eltern geschickt bekommen hatte, damit sie ihr eigenes Unternehmen gründen und sich und die beiden Kinder davon ernähren konnte. Schon oft hatten bekannte Bäckereiketten versucht, gegen viel Geld Marthas Rezepte zu erwerben, doch Julians Mutter versteckte sie wie geheime Juwelen an einem Ort, den noch nicht mal er und Susan kannten.

»Hier, sie sind noch warm. Hab sie soeben aus der Röhre geholt.« Seine Mutter stellte den Teller mit rotbraunen Brezeln vor ihm ab, aus deren dicken Teigkörpern Butter rann.

Während Julian genussvoll hineinbiss, schob sie ihre Bleche in den Ofen und stellte die Uhr. Dann setzte sie sich ihm gegenüber. »Und jetzt sag, was das alles zu bedeuten hat. Ich kann nicht glauben, was Susan mir da erzählt hat. Was ist das für ein *Blödsinn?*«

Obwohl sie seit Julians Geburt vor allem in Englisch mit ihm sprach, behielt Martha es sich vor, manche Wörter weiter auf Deutsch zu sagen, wenn sie fand, dass sie die Dinge besser auf den Punkt brachten, so wie *Blödsinn*.

»Ich will mein Leben gegen ein anderes tauschen, Mom.«

»Wie kannst du ein Leben tauschen? Davon hab ich ja noch nie gehört! Wie kommst du nur auf so einen *Quatsch*, Julian?«

»Das ist kein *Quatsch*. Es ist meine Chance. Überleg doch mal: Du musstest damals über eine Mauer fliehen, um in einem anderen Land ein neues Leben zu beginnen. Ich kann das heute im Internet. Das ist doch super.«

»Ich bin einer Diktatur entflohen! Das willst du doch wohl nicht vergleichen?!«

»Nein, aber meine Situation ist gerade ebenso ausweglos, und ich versuche nicht zuletzt, dem Gefängnis zu entfliehen.«

»Dem Gefängnis?! Mein Sohn! Hab ich dir etwa nicht alles mitgegeben, um ein glücklicher Mensch zu sein? Du hast Talent, Julian, Esprit, Ideen und stehst noch mitten im Leben. Warum machst du diesen Irrsinn mit und konzentrierst dich nicht auf deine Fähigkeiten? Dieses verdammte Internet macht euch doch alle ganz krank im Kopf.«

Julian griff nach der zweiten Brezel. Er kannte diese Diskussionen bis zum Abwinken. Seine Mutter war eine analoge Amphibie, wie sie selbst für einen Mark Zuckerberg mit viel Phantasie nicht vorstellbar war. Aufgebracht tippte sie sich gegen ihre beschürzte Brust. »Hier drin steckt alles, was du benötigst. Leidenschaft und ein fester Wille. Mehr braucht es nicht. Glaub nicht, dass ich nicht weiß, was es heißt, kurz vor dem Aus zu stehen. Vor über zehn Jahren haben hier auch alle nur weißes Pappbrot haben wollen. Und jetzt? Schau in meinen Laden. Wenn ich wollte, könnte ich rund um die Uhr aufhaben. Und du, du könntest hier einsteigen. Aber das ist dir ja zu unbequem – jeden Morgen um vier aufstehen.«

»Nein, Mom, das ist es nicht. Ich bin nur kein Bäcker. Noch nie gewesen. Denk bitte an meine Kuchenversuche. Mir fehlt die Geduld dazu und auch das Talent.«

»Ach, ja? Und was soll es dann jetzt werden, wenn nicht mehr das Kino? Ich dachte, das *Astor* sei immer dein Ein und Alles gewesen.«

»War es ja auch. Aber guter Wille alleine reicht nun mal leider nicht.«

Seine Mutter verzog das Gesicht und kehrte mit einem Kopfschütteln zu ihrer Arbeit zurück. Er sah ihr an, dass sie anderer Meinung war. Dass sie glaubte, er gebe zu leicht auf, und dass sie seine Entscheidung auch als ihr eigenes Scheitern empfand. Er, der ihr eigen Fleisch und Blut war, legte nicht den gleichen Biss an den Tag wie sie, mit dem man doch alles erreichen konnte, wenn man es nur wollte.

Julian stand auf und legte ihr liebevoll die Hand auf die Schulter. »Mach dir keine Sorgen, Mom, ich krieg das schon hin. Alles, worum ich euch bitten würde, ist, dass ihr ein wenig offen seid, für wen auch immer, der mir vielleicht folgt.«

Seine Mutter hielt in ihrem Knetvorgang inne und schaute ihn verwundert an. »Was meinst du? Wofür offen?«

»Kann sein, dass ich mit einer Frau tausche. Vielleicht will sie Kontakt zu euch haben. Es gehört zum Konzept von *Life-Exchange*.«

Martha schluckte. Überfordert rieb sie sich die Hände an dem aus ihrer Schürzentasche lugenden Handtuch ab. »Willst du damit etwa sagen«, stotterte sie bekümmert,

»dass du dann auch deine Familie verlässt? – Du bist doch noch mein Sohn, Julian, oder?«

»Ja, Mom, mich wirst du nicht los, keine Sorge.« Er lehnte sich vor und gab ihr einen Kuss auf die Wange. Es berührte ihn jedes Mal wieder, wie sie ihn trotz seiner fast vierzig Jahre nach wie vor als ihr Kind ansah. Ihr Küken, das mit dem Schulranzen bei ihr Einkehr hielt und von ihr beschützt werden musste.

»Du weißt, dass ich dir all mein Geld geben würde, wenn ich etwas besäße.«

»Ja, das weiß ich, Mom. Ich würde es trotzdem nicht nehmen, weil ich das hier alleine hinkriegen muss.«

Auf bald, sagte er auf Deutsch und ging. Zu gerne hätte er ihre Sprache besser beherrscht, aber Martha hatte sich mit ihrem Sprung nach Amerika im wahrsten Sinne des Wortes auch von ihrer Muttersprache verabschiedet. Ein Neustart eben. Vielleicht war das der Grund, warum sie so etwas für ihn nicht wünschte. Weil sie wusste, was dabei verlorengehen konnte.

14.

Um fünf am Nachmittag traf Chang wie verabredet im *Astor* ein und brachte die gewünschte Filmrolle. Julian hatte den *Big Lebowski* auf der Theke im Foyer für ihn bereitgelegt, und Chang holte seine Baumwollhandschuhe raus, um ihn von allen Seiten zu beäugen.

»Von wem habt ihr den?«

»Vom *Cosmo Theatre*. Marten Faulkner hat ihn damals im Rahmen der Schließung ersteigert. Du weißt, als das Multiplex auf der Van Ness alles platt gemacht hat.«

»Tja, und jetzt gibt's das auch schon nicht mehr.« Chang schloss die Dose. »Schande ist das.«

Er gehörte wie Julian zu den letzten Vollblutkinoliebhabern. Sogar die Lieferungen nach Santa Rosa oben im Norden führte er meistens selber aus, statt die Post zu nutzen, einfach weil er die Luft in den wenigen verbliebenen Lichtspielhäusern noch so lange einatmen wollte, wie es sie gab.

»Du weißt, wenn's nach mir gegangen wäre, hättest du den *Summer*-Streifen umsonst bekommen.« Er tippte auf die mitgebrachte Dose.

»Schon gut, Chang. Kein Problem«, entgegnete Julian und begleitete ihn zur Tür. »Du hast mir auch so extrem geholfen.«

»Ist das am Ende ’n weiblicher *Summer*-Fan, für den du hier den ganzen Aufriss machst?«

»Ja, aber nicht so, wie du denkst.« Julian spürte, wie ihm ungewollt die Hitze ins Gesicht stieg. »Die Frau will vielleicht meine Nachfolgerin werden.«

Chang grinste verwegen. »Alles klar. Dann vergiss aber nicht, ihr meine Adresse zu geben, ja?«

»Klar, was denkst du denn.« Julian boxte gegen die hingehaltene Faust und winkte Chang nach. »Ich bring dir den Film bis zehn rüber.«

»Viel Spaß, *dude*. Und vergiss nicht: Summer liegt falsch. Alle Frauen wollen Liebe.«

Julian schmunzelte und musste sofort an die Szene denken, die Chang meinte: Summer und Tom sitzen mit Freunden in einer Bar und reden über Liebe. Tom ist gerade dabei, sich schwer in Summer zu verknallen, da sagt sie: »Es gibt keine Liebe. Das ist reine Phantasie.« Vollkommen überzeugt, erläutert sie den anderen, dass man viel glücklicher sei, wenn man nicht liebt, da alle Beziehungen eh früher oder später auseinandergingen. Doch Tom will es nicht wahrhaben und kämpft weiter um ihre Zuneigung – 500 Tage lang.

Julian schaute auf die Uhr. Es blieben ihm noch genau zwanzig Minuten bis Myra kam – mit eingerechnet, dass sie sich wieder um fünfzehn Minuten verfrühte. Schnell lief er mit dem geliehenen Film die Treppe hinauf und spannte ihn in den Projektor ein. Anschließend eilte er in seine Wohnung, wo die Brezeln – wie seine Mutter es ihm beigebracht hatte – noch mit Butter »geimpft« werden mussten. Dann lief er los, um seinem Besuch zu öffnen.

Wie bei ihren letzten Treffen war MySF lässig gekleidet, doch kam es Julian so vor, als habe sie ein wenig Rouge und Wimperntusche aufgetragen.

»Hi, Julian Beeman. Alles klar?«

»Ja.« So wie sie ihn am Tag zuvor in ihre Villa eingelassen hatte, wies er ihr nun den Weg in Richtung Kinosaal. »Voilà, bitte da entlang.«

Am Ende des mit rotem Teppich ausgelegten Mittelgangs stand der Weinkühler neben einem Tisch, auf den er die Schale mit Brezeln und die Gläser gestellt hatte.

»Wow, kommen die etwa auch aus der Bäckerei deiner Mutter?«, fragte Myra.

Julian nickte und reichte ihr ein Glas mit eisgekühltem Wein. »Und hier der Sauvignon Gris.«

Myra verzog keine Miene. »Du hast es also tatsächlich geschafft, ihn zu bekommen?! Glückwunsch«, bemerkte sie und klang dabei wie eine Konkurrentin, die zugeben musste, dass sie diesen Lauf verloren hatte. Aber nur diesen.

»Tja, da kannst du mal sehen, Memphis«, legte Julian noch einen drauf und hob sein Glas.

Es war nur ein kurzer Moment der Irritation, ein Zucken um ihre Augen, das ihm verriet, dass er sie erwischt hatte. In der nächsten Sekunde war der Moment jedoch schon verflogen und mit einem Schluck Wein hinuntergespült.

»Und was ist der Plan für den heutigen Abend?«, wollte sie von ihm wissen.

»*500 Days of Summer.*« Er wies in den Raum. »Nur für dich. Es gibt freie Platzwahl und ein abschließendes Gespräch.«

»Na, da bin ich ja mal gespannt«, murmelte sie und ließ sich in der ersten Reihe am Rand nieder.

»Das ist dein Lieblingsplatz? Echt jetzt?« Julian hätte darauf wetten können, dass Myra Jones ein Letzte-Reihe-Typ war – so wie sie von allem gerne Abstand hielt.

»Tja, da siehst du es. Wieder mal verschätzt, was?«

»Nein, nur was dazugelernt«, parierte Julian ihre Spitze und schob den Weinkühler und den Tisch näher zu ihr heran, damit sie sich auch während des Films bequem davon bedienen konnte.

»Noch irgendwelche Wünsche?«

»Nein. Alles gut«, sagte sie und zog wie immer ihre Füße auf das Sitzpolster hoch, ohne vorher die Schuhe auszuziehen.

Julian ahnte, dass sie ihn auch damit provozieren wollte, doch er behielt sein Missfallen für sich und lief los, um das Licht im Saal zu dimmen und oben im Vorführraum den Film zu starten.

Wie immer in den letzten Jahren schlich er sich erst, nachdem er Ton und Bild noch einmal per Hand justiert hatte, in die Dunkelheit zurück und glitt lautlos neben Myra in den Sessel.

Die schien davon nichts mehr mitzubekommen – oder sie tat zumindest so –, denn sie würdigte ihn keines Blickes und richtete ihre Aufmerksamkeit, den Kopf an der Lehne, die Beine im Schneidersitz, in der einen Hand ihr Weinglas, in der anderen die Brezel, ganz und gar auf die Leinwand, wo sich soeben die ersten Szenen abspielten.

Immer mal wieder blickte Julian während der Vorführung unauffällig zu ihr rüber, um zu sehen, wie sie auf den Film reagierte, doch fand er ihre Gesichtszüge jedes Mal merkwürdig reglos vor. Nur an jener Stelle, als Tom und Summer ein zweites Mal durch das Einrichtungshaus liefen und es nicht mehr schafften, die gleiche Nähe wie beim ersten Mal herzustellen, meinte er, in Myras Augen einen feuchten Glanz zu erkennen. Im nächsten Augenblick aber beugte sie sich schon vor, um sich Wein nachzuschenken, und die Emotion war verschwunden.

Als der Film zum Ende kam, gab sie schließlich ein glucksendes Lachen von sich und richtete sich zufrieden in ihrem Sitz auf. Mehr Regungen gab es nicht, was Julian in Anbetracht dessen, dass es sich um ihren Lieblingsfilm handelte, überraschte.

Wie sonst auch ließ er den Abspann bis zum Ende weiterlaufen und wandte sich ihr zu.

»Wie kommt's, dass das dein Lieblingsfilm ist?«

Er musste bei seiner Frage unweigerlich an seinen ehemaligen Chef denken, wie er ihn damals bei seinem Einstellungsgespräch verhört hatte. *Warum ist das dein Lieblingsfilm? Wie würdest du seinen Kern in drei Sätzen beschreiben? Was denkst du, was er für die Filmgeschichte bedeutet?*

Myra warf ihm einen amüsierten Blick zu, der auch als verächtlich gedeutet werden konnte. »Dann ist das hier also eine Prüfung, ja?«

»In gewisser Weise. Stört dich das?«

»Nein.«

»Na, dann.«

Myra musste sich sichtlich einen Ruck geben, denn die Situation schien ihr entgegen ihrer Aussage zu missfallen.

»Ich mag die Erzählweise«, begann sie widerwillig, »wie sie zwischen den fünfhundert Tagen vor- und zurückspringt.

Der Film ist ja schon älter, hat aber trotzdem nach wie vor etwas Innovatives und Inspirierendes.«

Julian nickte. Es klang aufgesagt. »Und was genau macht ihn zu deinem Lieblingsfilm?«

Ihre Füße glitten auf den Boden. Ihre Gesichtszüge waren durch die auf der Leinwand ablaufenden Credits nur schemenhaft ausgeleuchtet, aber der strenge Ton ihrer Stimme, machte ihre Haltung eindeutig. »Ich gehe mal davon aus, Julian Beeman, dass du mich hierher eingeladen hast, um herauszufinden, ob du mir trauen kannst, richtig?« Sie blickte ihn gerade an und fuhr, bevor er etwas erwidern konnte, fort: »Ich kann dir dazu nur eines sagen: Es bleibt dir nichts anderes übrig. Entweder du tust es, oder du lässt es sein.«

»Du hast gesagt, du willst das *Astor* in einen Erfolg verwandeln ...«, sagte Julian betont ruhig. »Es würde mich interessieren, wie du das genau machen willst.«

»Das werden wir sehen, wenn es so weit ist.«

»Was genau bedeutet Erfolg für dich?«, beharrte er.

»Erfolg ist die Bestätigung für dein Tun. Es ist der Motor für unser Streben – ohne ihn können wir nicht überleben.«

Myras Aussage, so überzeugt sie sie auch vorbrachte, klang, als stamme sie aus einem Leitfaden für menschliches Handeln.

»Wenn du so scharf auf Erfolg bist, wie kommt's dann, dass dein Lieblingsfilm ein Liebesfilm ist – ohne Happy End?«

»Das hier war doch kein Liebesfilm!«, rief sie empört aus. »Was wir hier gesehen haben, war die Diskrepanz zwischen Realität und Wunschtraum. Zwei Menschen, die Dinge verschieden erleben und interpretieren. Dass Tom denkt, es wäre Liebe, ist doch nicht Summers Problem, deswegen gehört der Film doch nicht automatisch zu einem solchen Genre.«

Julian konnte nicht anders als lächeln. Myra Jones hatte ihm gerade etwas über sich selbst erzählt.

»Wenn du mich fragst, dann hat Summer Angst, sich auf Toms Leidenschaft einzulassen und dadurch verletzbar zu werden«, entgegnete er. »Deshalb entscheidet sie sich am Ende auch lieber für den Falschen. Um die Kontrolle zu behalten.«

»Tja, dann hast du leider den Film nicht verstanden. Es geht hier nämlich nicht um Summer, sondern allein um die Hauptfigur. Tom. Er hat durch sie zu seiner eigentlichen Bestimmung zurückgefunden, nämlich als Architekt zu arbeiten, statt Grußkarten zu designen. Es ist eine Selbstfindungsgeschichte, nichts anderes, Julian Beeman.«

Der Abspann war vorbei, und die Leinwand tauchte den Saal in Dunkelheit. Myra schien das jedoch nicht zu irritieren, denn sie sprach genauso bestimmt weiter wie zuvor: »Und wenn du mich hier auf die Moral der Geschichte hin prüfen willst, dann kann ich dir nur so viel sagen: Erfolg und Liebe zusammen gibt es nicht. Weil nämlich Leidenschaft der schlechteste Karriereberater ist, den man sich aussuchen kann.«

»Danke. Ich werd's mir merken«, gab er zurück und wusste, dass er damit mehr Antworten gefunden hatte, als Myra glaubte. Nicht nur, dass sie sich mit ihrer beherzten Rede als eine Schwester von Summer erwies, er spürte auch, dass ihm eine Frau gegenübersaß, die sich im Gegensatz zu ihm entschieden hatte, allein den beruflichen Erfolg zur

Richtschnur ihres Lebens zu erklären, nicht die Gefühle oder das eigene Bauchgefühl. Das, was in ihrem Leben zählte, war allein das Ergebnis, das unter der Rechnung stand, und es musste um jeden Preis ein Gewinn sein.

»Danke, dass du dir die Zeit genommen hast. Ich bringe dich noch zur Tür«, sagte er in die Stille hinein und erhob sich.

Es war zu dunkel, um es zu sehen, aber er war sich sicher, dass er seine Besucherin damit ein weiteres Mal an diesem Abend brüskiert hatte. Dies war sein Abend gewesen, und so sehr sie es auch versucht hatte, war es ihr nicht gelungen, die Regie zu übernehmen. Er bestimmte hier. Auch, wann es zu Ende war.

»Ich gebe dir bis morgen Bescheid«, ließ er sie mit einem Lächeln zum Abschied wissen und schloss hinter ihr die Schwingtüren ab.

Als Myra Jones die Straße hinunter verschwunden war, atmete er tief durch. Was für eine Frau.

15.

Wenn du immer noch tauschen willst: Ich bin bereit. Julian

Seine Entscheidung war in der Nacht gefallen, doch hatte er bis zum nächsten Morgen gewartet, um sie Myra mitzuteilen. Konnte sie ihn als würdige Nachfolgerin überzeugen? Ja und Nein. Er war sich sicher, dass sie ihrem Publikum niemals die gleiche Liebe für den Film vermitteln konnte, wie er und Faulkner es getan hatten. Aber sie brachte die nötige Zähigkeit auf, um für das *Astor* zu kämpfen und es am Leben zu erhalten. Was am Ende wichtiger war, würde sich zeigen.

Es dauerte ein paar Minuten, dann ploppte an der Chatblase eine rote Eins auf. Die Nachricht kam jedoch nicht von MySF, sondern von Rebecca.

NapaRebe: Und, wie ist es gelaufen?

Julian brauchte einen Moment, um seine Enttäuschung zu überwinden.

Jules: Ich habe in dieser Sekunde zugesagt.
NapaRebe: Wow, dann ist sie also die Richtige für dein schönes Kino, ja?

Jules: Ich hoffe mal. Wissen werd ich's erst, wenn ich's nicht mehr ändern kann. ;O)

MySF: Alles klar. Wie sollen wir's machen?

Julians Herz machte einen Satz. Umgehend verließ er den Chat mit Rebecca und wechselte zu MySF.

Jules: Von mir aus gerne noch heute.

Einmal entschieden, wollte er nichts mehr dazwischenkommen lassen – auch keine Zweifel. Zudem sparte er sich auf diese Weise die Rate für den sechsten Tag.

MySF: Kein Problem. Der Schlüssel liegt ab zwölf bei mir unter der Matte.

Julian schüttelte fasziniert den Kopf. Es klang, als ginge es für sie nur um eine kurzzeitige Ferienvermietung und nicht um die unwiderrufliche Übertragung ihres Lebens an ihn.

MySF: Eins ist mir noch wichtig klarzustellen, auch wenn es eigentlich schon in den AGBs von LE steht: Jeder hält sich aus dem Leben des anderen raus, und man kann in seinem neuen Dasein tun und lassen, was man will.

Julians Hände begannen über der Tastatur zu beben. Er hatte die AGBs nur überflogen und sich darüber bis jetzt keinerlei Gedanken gemacht. Ein Fehler?

Alles klar, schrieb er.

NapaRebe: Bist du noch da, Jules?

Leider musste er Rebecca gerade ignorieren.

Jules: Gibt's noch irgendetwas, das ich sonst wissen sollte?
MySF: Nö, nur den Deal-Button anklicken. Der Rest geht automatisch.

Sie hatte sich mit der Seite sichtlich eingehender auseinandergesetzt als er.

NapaRebe: Ich muss jetzt leider los zu meinem Pferd. Hoffe, wir hören uns noch.

Jules: Okay. Mein Schlüssel liegt im Briefkasten. Rechts neben der Eingangstür. Man sieht von außen nicht, dass das Türchen nur angelehnt ist.

Julians Puls pochte bis in die Ohren. Vergaß er gerade etwas Wichtiges, was er später bereuen könnte? Sein Kopf war wie leergefegt, Schweiß rann ihm unter den Achseln vor. War es richtig, was er hier tat? Unverrückbar und nicht zu revidieren? Julian Beemans Leben.

Von Myra kam keine Reaktion mehr, stattdessen ploppte auf seinem Bildschirm ein Fenster mit einem Deal-Button auf: *Zum Tauschabschluss bitte hier klicken.*

Julian holte Luft. Jetzt oder nie.

Mit dem flackernden Cusorzeichen tippte er auf das Feld.

Herzlichen Glückwunsch zu deinem neuen Leben, Jules!

Nur eine Sekunde später ging eine Mail von *LifeExchange* in seinem Postfach ein, doch er ignorierte sie. Zuerst wollte er Rebecca antworten.

Jules: Hi, Rebecca, tut mir leid

Weiter kam er nicht, denn da legte sich ein Balken über seinen Bildschirm und machte jede weitere Aktion unmöglich.

Deine Sitzung bei LifeExchange ist hiermit beendet.

Hi, Julian, schrieb Sarah in ihrer Mail, *Glückwunsch zum LifeExchange-Deal! Wir wünschen dir alles Gute, viel Freude und Erfolg in deinem neuen Leben. Dein Account wurde soeben gelöscht und der Mitgliedsbetrag von deiner Kreditkarte eingezogen. Anbei findest du die Rechnung. Wir hoffen, wir haben dich glücklich gemacht. Mach's gut und empfiehl uns gerne weiter! LG, Sarah*

Julian sackte gegen die Lehne seines Stuhls. Die letzte halbe Stunde kam ihm vor wie eine Fahrt im Rennauto. Mit der gleichen Wucht, wie er in die Welt von *LifeExchange* aufgenommen worden war, sah er sich nun wieder aus ihr hinauskatapultiert. Aus dem Geburtskanal entlassen, fand er sich zurück in seinem alten Leben, doch nur noch für wenige Stunden. Dann hieß es, aufzubrechen und alles Bisherige für immer hinter sich zu lassen.

»Hey, Julian«, begrüßte Hendrik Hendriksen ihn überschwänglich am Handy. »Sarah hat mich gerade informiert. Ich dachte, ich melde mich noch mal persönlich, um zu gratulieren.«

»Danke. Ich kann's noch gar nicht fassen. Das ging jetzt echt schnell.«

»Tja, genau dafür steht *LifeExchange*: das Unfassbare. – Übrigens, eine bessere Entscheidung hättest du kaum treffen können. Myra ist eine alte Kommilitonin von mir. Hab nicht gewusst, dass sie gerade bei uns online ist. Aber so oder so: Dein Kino ist damit in allerbesten Händen.«

»Wow, du kennst sie?«, fragte Julian verblüfft.

»Ja, sie ist mega. Uneinschätzbar, aber mega. Freut mich echt, dass sie gerade dich ausgewählt hat. Das war 'n Zehner im Lotto, *bro*.«

Julian nickte überwältigt. »Was für 'n Zufall! Wahnsinn!«

Der *LifeExchange*-Gründer lachte. »Gib Gas, Alter, du hast es verdient.«

16.

Wow, das heißt, auf der Seite tummeln sich lauter alte Bekannte von Hendrik?«, fragte Gerry ebenso erstaunt.

»Scheint so.« Julian hatte sein Handy zwischen Schulter und Ohr geklemmt und räumte parallel seinen Kleiderschrank aus. Für die ersten Tage packte er sich ein paar Lieblingsanziehsachen ein, den Rest wollte er entsorgen oder spenden, denn er glaubte nicht, dass Myra sich auch seine Klamotten zu eigen machen wollte. »Ich wusste auch erst nicht, was ich davon halten soll, aber ich nehm's jetzt einfach als Schicksalsfügung. Hendrik scheint auf jeden Fall viel von ihr zu halten.«

»Und wie geht's jetzt weiter?«

»Muss hier schnell klar Schiff machen, dann fahr ich rüber. Kann's alles noch gar nicht richtig glauben, aber ist ja auch kein Wunder.«

»Allerdings nicht. Ich hoffe, du vergisst mich nicht, wenn du dich da drüben plötzlich zu den Reichen und Schönen zählst.«

Julian lachte. »Ganz sicher nicht, alter Kumpel.«

»Wann genau muss ich an dich denken?«

»*High Noon*. Zwölf Uhr mittags reite ich hier vom Platz«, witzelte Julian und sah dabei die legendäre Westernszene zwischen Gary Cooper und Ian MacDonald vor sich. Er hatte den Film vor einiger Zeit im Rahmen einer Themenwoche gezeigt und damit noch eine Handvoll Altcineasten hinter dem Ofen vorgelockt.

»Immer schön die Hand am Colt halten, Bee, du weißt ja: Wer zuerst zieht, ist in Sicherheit«, riet sein Freund. »Und lad mich gefälligst ein, sobald du in deinem neuen Leben angekommen bist. Ich stell für den Abend auch 'ne Aushilfe ein.«

»Mach ich, Kumpel, versprochen!«

Nachdem sie aufgelegt hatten, spürte Julian, dass sich seine letzten Bedenken in ein warmes Glücksgefühl verwandelt hatten. Er hatte soeben das goldene Los gezogen!

Schnell löschte er in der ihm noch verbleibenden Zeit seine persönlichen Daten vom Computer und schaffte alles weg, was er Myra nicht überlassen und auch nicht in sein neues Leben mitnehmen wollte. Der Rest gehörte von nun an ihr. Die Möbel, Einrichtungsgegenstände, Aktenordner und Madame-*Astor*-Dateien ebenso wie Susans Kaffeeautomat, die Schulden und der zwei Blocks entfernt stehende Honda mit der Parkkralle dran.

Es war erstaunlich, wie leicht es ihm fiel, all diese Dinge, die in den vergangenen Jahren ein fester Teil seines Lebens gewesen waren, nun so einfach loszulassen. Ja, er empfand sogar eine wohltuende Erleichterung dabei. Es war wie ein Haufen Staub, den er hiermit abwarf, genau so wie Hendriksen es prognostiziert hatte. Eine Raupe, die zum Schmetterling werden durfte.

»Hi, Berti, ich wollte Ihnen mitteilen, dass ich eine würdige Nachfolgerin gefunden habe, die das *Astor* ab sofort an meiner Stelle betreibt und bis zum Ende des Monats die Pacht auf Ihr Konto überweist.«

»Was sagen Sie da, Beeman, Sie hören auf?«, reagierte Berti Faulkner bestürzt. »Von heute auf morgen?«

»Es tut mir leid, dass ich Sie so überfahre, aber es ging leider nicht anders. Wenn das *Astor* noch irgendwie eine Chance haben soll, dann ist das leider der einzige Weg. Ich wäre nicht fähig gewesen, die Schulden zu tilgen, und Sie auch nicht. Meine Nachfolgerin Myra Jones wird das alles übernehmen und weitermachen.«

Es dauerte einen Moment, bis der Sohn des früheren Kinobesitzers die Neuigkcit verdaut hatte, aber schließlich überwog die Erleichterung, dass das Erbe seines Vaters auf diese Weise in dessen Sinne fortgeführt wurde, und er entließ Julian mit den besten Wünschen.

»Gott schütze Sie, Beeman. Dank für alles!«

Wissend, dass seine Mutter und Schwester garantiert nicht so verständnisvoll reagieren würden, schickte Julian den beiden zunächst nur eine kurze Textnachricht, um sich später in Ruhe bei Ihnen zu melden. Am besten lud er sie dazu einfach auf einen Tee zu sich auf die Terrasse ein, dachte er, dann würden sich ihre Vorhaltungen wahrscheinlich sehr schnell in Luft auflösen.

Bin auf dem Sprung in mein neues Leben hier in SF. Alles gut gelaufen. Melde mich, sobald an neuer Stelle gesettelt. Kuss, Julian

Er wollte gerade sein Handy ausschalten, um für den Rest des Tages nicht mehr erreichbar zu sein, doch seine Schwester war schneller.

Du machst einen Fehler, Jules, lass es dir gesagt sein!

Amüsiert drückte er auf den Ausschaltknopf und steckte das Handy in den Rucksack zu den anderen Sachen, die mit ihm ins hübsche Sea Cliff übersiedelten. Dann machte er sich auf den Weg zu seiner Abschiedsrunde.

Lebewohl Wohnung! Lebewohl Vorführraum! Lebewohl Zuschauersaal! Lebewohl Theke! Lebewohl, Madame Astor!

17.

Dank der eingesparten Tagesrate bei *LifeExchange* konnte Julian sich ein Taxi leisten und winkte auf der Valencia Street eines der letzten vom Uber-Kampf verbliebenen gelben Autos heran. Den Fahrer bat er, für ein Extrageld nicht die vom Konzern vorgegebene kürzeste Strecke durch die Stadt zu nehmen, sondern die Route im Norden entlang der Bucht und durch den Presidio Park. Schließlich bedurfte ein solch großer Augenblick einer ebensolchen Anfahrt.

Sein Weg in ein neues Leben.

Den Arm auf seinem Rucksack abgelegt, lehnte sich Julian auf der Rückbank im Sitz zurück und genoss den Blick auf die vorbeiziehende Landschaft. Über die Hügel hinweg ging es steil bergab in Richtung Wasser und Golden Gate Bridge. Von da wieder bergauf in den Presidio Park mit den riesigen Eukalyptusbäumen, Zypressen und Pinien, wo man sofort das Gefühl hatte, sich mitnichten in einer Stadt, sondern fern von allem in der wilden Natur zu befinden.

Durch das heruntergefahrene Fenster strömte der Duft der Nadelhölzer herein, und Julian sog ihn tief in sich auf. Seit seiner Geburt lebte er hier, und dennoch überwältigte ihn die Kraft und Präsenz der innerstädtischen Naturoasen jedes Mal aufs Neue. Hatten sie gerade noch auf dem vielspurigen Boulevard entlang der Marina im Stau gestanden, so glitten sie nun durch die kurvigen Straßen des von Schlingpflanzen und Jahrhunderte alten Bäumen besiedelten Parks im Westen der Stadt, wo der Pazifik in tosenden Wellen auf den kilometerlangen Strand klatschte. Es war genau diese Besonderheit, die Julian an seiner Heimatstadt liebte und die ihn bei seiner Suche nach Tauschpartnern dazu bewogen hatte, sich auf keinen anderen Ort dieser Erde einzulassen.

Jetzt wurde er dafür belohnt – in doppelter Weise.

In der Sea Cliff Avenue vor seiner neuen Adresse angekommen, schaute Julian dem gelben Wagen nach, wie er auf den El Camino Del Mar abbog und mit leisem Elektrogeräusch aus seiner Sicht verschwand. Dann wandte er sich der Einfahrt zu, an deren Ende die kleine orangefarbene Villa stand.

Was, wenn sich alles als Fake herausstellte?, schoss es ihm plötzlich durch den Kopf.

Er wollte gar nicht daran denken.

Stattdessen schritt er entschlossen den Weg hinunter und hob vor der Tür die Matte an. Es war genauso, wie Myra es versprochen hatte. Der Schlüssel lag da und öffnete ihm die Pforte zu seinem zukünftigen Leben.

Wie bei seinem ersten Besuch verharrte Julian zunächst im Eingangsbereich und ließ den Blick zur Fensterfront am Ende des Wohnzimmers gleiten. Ob man sich an einen solchen Anblick wohl jemals gewöhnen konnte? Er hoffte, nicht. Vielmehr wünschte sich Julian, dass diese Sicht auf die Welt da draußen auch in Zukunft und für immer jene Besonderheit für ihn behielt, die sie jetzt in diesem Augenblick hatte. So wie das *Astor*, das für ihn nie Selbstverständlichkeit geworden war und gerade deshalb auch weiterhin die Liebe seines Lebens bleiben würde.

Langsam schritt er voran und schaute sich aufmerksam um. Er wollte jede Sekunde ganz bewusst wahrnehmen und in sich speichern. So wie Alex, der neulich zum ersten Mal mit ihm den Teeladen betreten hatte.

»Hallo?«, rief er aus einem Impuls heraus, und erhielt zum Glück keine Antwort. Stattdessen fand er auf der Kommode das Dokument, das Myra ihm bereits in der Garage gezeigt hatte und das ohne eine zusätzliche Nachricht von ihr schlicht und unumstößlich, Julian Beeman zum rechtmäßigen Besitzer der kleinen Villa erklärte.

Myra Jones war wirklich einmalig. Während andere um ein solches Geschenk mit Recht ein wer weiß wie großes Aufsehen machen und lebenslänglichen Dank erwarten würden, sandte sie ihm genau das gegenteilige Signal: *Hier, das Haus gehört jetzt dir, Julian Beeman. Bitte keinen weiteren Kontakt.*

Bewegt legte er das Dokument zurück und schüttelte ungläubig den Kopf. Konnte das alles wahr sein? Aus einem kindlichen Impuls heraus ließ er seinen Rucksack fallen und rannte los. Dieses Haus gehörte jetzt ihm. Ihm allein! Mit einem Hechtsprung warf er sich aufs Sofa, fläzte sich in den Sesseln, rannte die Treppe hinauf und hüpfte im Schlafzimmer jubelnd auf dem Bett, wie auf einem Trampolin. »Yeah!!!«

Im Zuge seiner zweiten Runde öffnete er alle im Haus befindlichen Schubladen und Schränke, um hineinzuschauen und schließlich seine wenigen Mitbringsel darin zu verstauen.

Keine Frage: Sein neues Heim war mehrere Nummern zu groß für ihn, aber er hoffte, bald hineinzuwachsen.

Noch viel akribischer als Julian, hatte Myra keinen einzigen persönlichen Gegenstand oder Fußabdruck von sich zurückgelassen. Fast wirkte es, als habe sie ihre Spuren im Haus wie ein Tatortreiniger eliminiert, um ja keine Fläche für Mutmaßungen oder Erkenntnisse zu liefern.

Oder, flog es ihm beim Gedanken an ihre wenigen Kleidungsstücke im Schrank durch den Kopf, war sie am Ende eines jener frugalen Mönchswesen, die sich nur auf das Allernötigste beschränkten und die einen Ort binnen Kürze verlassen konnten, ohne auch nur irgendein Anzeichen ihrer Anwesenheit darin zurückzulassen?

Wahrscheinlich, begriff er, irritierte es ihn deshalb, weil es nicht zu diesem paradiesischen Ort passte, den sie sich – wohlmöglich als Belohnung – von ihren hart erarbeiteten Einkünften gekauft hatte. Ein Geschenk an sich selbst, das ihr das Erreichte widerspiegeln sollte. Eine Trophäe gewissermaßen.

So wie die Küche auf die Ansprüche eines Gourmetkochs ausgerichtet war, so schien sie gleichzeitig nie benutzt worden zu sein. Wie Myra Jones leuchtete sie blank poliert, bar jeglicher Vergangenheit.

Julian trat auf die Terrasse und nahm die daran anschließende Wendeltreppe, um zum Strand hinunterzugehen. Mit den Schuhen in der Hand lief er zum Wasser und ließ die Gischt über seine Füße schwappen. Nur wenige Meter weiter sprinteten die Seeregenpfeifer flink über den vom Wellensaum freigelegten Sand und pickten nach Würmern und Schalentieren.

Es war wie Urlaub.

Barfuß flanierte Julian den Strand hinunter in Richtung Norden, links von ihm der Pazifik mit den sanften Hügeln der Marin Headlands in der Ferne, rechts die Häuser der Sea Cliff Avenue, vor ihm die in den Himmel ragenden roten Streben der Brücke.

Ich könnte mir einen Hund anschaffen, dachte Julian und drehte eine Pirouette im Wind. Er würde ihn nach seinem Großvater benennen. Fritz. Jenem Mann, dessen Goldmünzen ihm den Zugang zu diesem phantastischen neuen Dasein verschafft hatten.

Ja, in der Tat, das wäre die Erfüllung eines weiteren Traums. Ein kleiner, haariger Vierbeiner, mit dem er diesen unvergleichlichen Ort noch ein Stück mehr genießen konnte.

Als Julian das Ende des Strandes erreichte, wo die Felsen ins Meer hineinragten und den Weitergang zum angrenzenden Baker Beach versperrten, wandte er sich wieder um und ging in Richtung der orangefarbenen Villa zurück, die zwischen den um ein Vielfaches größeren Anwesen auf der Klippe stand wie ein eigenwilliges Kind, das sich durch eine Reihe Erwachsener gedrängt hatte.

Wie ich, dachte Julian und fragte sich dabei, ob er die von Myra Jones zurückgelassenen Fußstapfen wohl jemals ausfüllen würde.

18.

Hier die Autoschlüssel und der zum Postfach auf dem Geary Blvd. Alles, was du in der Box in Zukunft findest, gehört dir. Dein Computerpasswort ist dein Lieblingsfilm. Vermassel es nicht, Julian Beeman.

Julian hatte den Zettel bei seinem ersten Rundgang nicht gesehen, denn er war vom Wind durch die Terrassentür auf den Boden geweht worden.

Er hob ihn auf und betrachtete Myra Jones' überraschend weibliche Schrift. Es war das erste Mal, dass er etwas von ihr Geschriebenes sah.

Welchen Lieblingsfilm meinte sie? Julian konnte sich nicht erinnern, dass sie je darüber gesprochen hatten. Nachdenklich stellte er den Computer an, und der iMac begrüßte ihn mit einem Eingabefeld, dem Myra bereits sein Foto zugeordnet hatte. Sie musste es aus dem Netz gezogen haben, denn es war an die zehn Jahre alt. Darunter stand der Name *Memphis*.

Dann hatte er also richtiggelegen. Sie war Memphis. Nein, er war Memphis – ab jetzt.

Julian zögerte einen Moment, dann gab er jenen Titel ein, von dem MySF anscheinend annahm, dass es auch sein Lieblingsfilm sein musste. *500daysofsummer*. Sein Alias schüttelte den Kopf und verwehrte ihm den Zugang. Julian schnaufte. Er hatte nicht den *einen* Film, den er über alle anderen stellte. Wenn überhaupt, gab es nur einen, den er sich wieder und wieder anschauen konnte, ohne dabei auch nur einen Funken Langeweile zu empfinden. Aber das konnte sie nicht wissen.

Versuchsweise gab er ihn dennoch ein. *TheBigLebowski*

Der Computer öffnete sein Innenleben und war bereit für ihn.

Wow, die Frau schafft es sogar, ihn in ihrer Abwesenheit zu verblüffen!

Ganz offensichtlich hatte sie während ihres ersten Besuchs bei ihm im Kino aus der Programmankündigung draußen – wo der *Big Lebowski* nicht aufgeführt stand – und dem im Vorführraum eingespannten Film mit der danebenliegenden Dose ihren Schluss gezogen.

Ziemlich gewagt.

Aber auch verdammt schlau.

Ein *Pling* verkündete ihm, dass eine E-Mail eingegangen war. Das Schreiben kam von der Lektorin von *American Books*, Memphis' Verlag. Es war bereits fünf Tage alt.

Lieber Memphis,
wir hoffen, es geht Ihnen gut!
Wir sind immer noch ganz beglückt über die weiterhin guten Verkaufszahlen von »One Million For A Dead Body«. Ist der Vorschuss für das nächste Exposé schon bei Ihnen angekommen? Wir dachten uns, dass wir Ihnen eine kleine Freude machen wollen – und natürlich einen Anreiz schaffen, denn wir warten hier alle gespannt auf Ihren nächsten Band. Wie Sie wissen, geht unser Vorschaukatalog Anfang nächs-

ter Woche online. Wir haben bereits ein Cover im Stile der bisherigen Bände entwerfen lassen. Jetzt fehlt nur noch Titel und ein Pitch, womit Ihre Leserinnen und Leser als Nächstes rechnen können.
Ich freue mich, von Ihnen zu hören. Mit den allerherzlichsten Grüßen
Ihre Kerry Goldenstrauch

Der Wochenanfang lag genau dreiunddreißig Stunden entfernt. Es war Julians Geburtstag.

Liebe Kerry Goldenstrauch,
bitte entschuldigen Sie, dass ich mich erst jetzt melde, aber ich war leider krank und konnte in den letzten Tagen meine Mails nicht lesen. Gerne mache ich mir über ein neues Exposé in Ruhe Gedanken, brauche aber noch ein wenig Zeit. Ich hoffe, das geht in Ordnung?!
Mit freundlichen Grüßen
Memphis

Schnell sandte er seine Mail ab und schnappte sich die Autoschlüssel. Morgen würde er sich um sein neues Berufsleben kümmern, heute war erst mal Genießen angesagt. *Verschieben wir's auf morgen*, wie Scarlett O'Hara es in *Vom Winde verweht* zu sagen pflegte. *After all, tomorrow is another day.*

Das sonore Brummen des roten Mustangs ließ den ganzen Körper vibrieren. Es war für Julian das erste Mal, dass er hinter dem Steuer eines Sportwagens saß, und er liebte sein neues Auto von der ersten Sekunde an.

Mit etwas zu viel Schwung schoss er aus der Einfahrt auf die Sea Cliff Avenue und war froh, dass sich gerade niemand auf der Straße befand.

Die Zugkraft des Motors verwandelte seinen grauen Honda noch im Nachhinein zu einer armseligen Schnecke. In Nullkommanichts schoss die Tachonadel auf sechzig Meilen pro Stunde hoch, und Julian ging erschrocken vom Gas.

Der Wagen erforderte eindeutig Selbstdisziplin.

Sein erster Stopp galt der Post auf dem Geary Boulevard, wo er einen Stapel Umschläge sowie jede Menge Werbung aus dem von Myra gemieteten Briefkasten zog. Zurück im Wagen ging er sie durch und warf, was unwichtig aussah, auf die Rückbank, bis er nur noch zwei Schreiben von *American Books* in Händen hielt. Genau wie die restliche Post waren sie mit einem Aufkleber versehen, der sie zu Memphis' Briefbox umgeleitet hatte. Julian zögerte einen Moment. Er musste an seine Mutter denken, die ihm von früh an klargemacht hatte, dass das Briefgeheimnis eines der höchsten Güter darstellte. Er überwand die ihm anerzogene Scham. Memphis, das war jetzt er. Mit allen Konsequenzen.

Das größere Kuvert von beiden enthielt die beim Verlag in den letzten Wochen eingegangene Fanpost. In dem kleineren steckte ein Scheck. Er belief sich auf sagenhafte 15 000,– Dollar.

Julian stieß einen Pfiff aus. »Holy f…«

Alles, was du darin findest, gehört ab sofort dir.

War sich Myra bewusst gewesen, was da in ihrem Briefkasten lag? Julian starrte überwältigt auf das wertvolle Papier und beschloss, es für sich zu behalten.

Mit einem breiten Grinsen schob er den Scheck in den Umschlag zurück und ließ ihn in seine Jackentasche gleiten. Leider waren die Banken heute schon zu, doch kannte er eine, die auch am Sonntag geöffnet war. Gleich morgen früh würde er dorthin fahren und ein neues Konto auf ihn und Memphis eröffnen.

Kann dir demnächst deine Schulden zurückzahlen, textete er an seinen Freund in North Beach, und bekam postwendend eine SMS zurück: *Cool, aber lass dir Zeit, Bee, und genieße erst mal alles! Freu mich für dich! Auf bald, G.*

Julian lächelte dankbar, parkte aus und fuhr die California Avenue hinunter, um sein unverschämtes Glück mit einem Cafébesuch zu zelebrieren. Er würde die aus seinem alten Leben verbliebene 50-Dollar-Note auf den Kopf hauen, denn ab morgen verfügte er über so viel Geld wie lange nicht.

Fast wäre er daran vorbeigefahren, doch in letzter Sekunde erinnerte er sich an Myras Worte und zog das Steuer herum, um einen Block weiter zu parken.

Das *Angelina's* lag tatsächlich ganz in der Nähe seines neuen Zuhauses am Rande des Sea Cliff Bezirks, genau auf der Ecke mit perfektem Sonnenlauf. Die Spätnachmittagssonne tauchte die linke Straßenseite mit der gelben Markise und den Tischen und Stühlen darunter in ein warmes Licht.

Da man sich hier weit weg von allen touristischen Attraktionen befand, schien es fast so, dass das *Angelina's* vor allem von den Ortsansässigen aus der Nachbarschaft besucht wurde, die nicht – wie Julian es aus dem lebhaften Mission District gewohnt war – in der zweiten Reihe parkten, um sich schnell einen Coffee to go zu holen, sondern gemütlich mit ihren Hunden herbeischlenderten, um sich einen Platz im oder vor dem Café zu suchen und zu verweilen.

Während die draußen angeleinten Vierbeiner sich ausgiebig beschnüffelten, tauschten sich deren Herrchen und Frauchen drinnen über die Neuigkeiten des Tages aus und lasen ein wenig in den ausliegenden Zeitungen und Magazinen, bevor sie sich wieder auf den Weg nach Hause machten.

Julian entschied sich für einen Platz im Inneren, denn das Pariser Caféhausflair, verstärkte sein Urlaubsgefühl.

Kaum hatte er sich für einen Tisch am Fenster entschieden, von wo er sowohl das Treiben drinnen wie draußen im Blick behielt, stand die rothaarige Kellnerin neben ihm und lächelte ihn fröhlich an: »Hi, womit kann ich dich glücklich machen?« Wie früher mit Stift und Block ausgerüstet anstatt mit iPad oder Tablet, schob sie sich eine ihrer Korkenzieherlocken hinters Ohr und wartete auf seine Antwort.

»Oh, ich …« Julian griff nach der Karte. »Tut mir leid, ich hab noch gar nicht reingeguckt.«

»Kein Problem«, entgegnete sie. »Wenn du die Karte brauchst, dann heißt das, du warst noch nie hier.«

»Stimmt. Erstes Mal.«

»Alles klar. Pass auf, dann empfehle ich dir einfach was, damit du auch sicher wiederkommst.« Sie lehnte sich vor, und der Duft eines Blumenfeldes wehte ihm entgegen. »Hast du großen Hunger oder eher auf was Süßes?«

»Gerne deftig und viel. Ich hab heute noch kein Mittag gehabt.«

»Gut. Dann empfehle ich dir die Quiche mit Salat und im Anschluss eine Tarte aux Framboises.«

»Klingt super. Danke.« Julian klappt die Karte zu und lächelte zurück. »Gerne noch ein Glas Champagner dazu.«

»Na, da gibt's ja offensichtlich was zu feiern.«

Julian schätzte, dass sie ungefähr gleich alt waren, wobei die Sommersprossen auf ihren Wangen sie deutlich jünger erscheinen ließen.

Er lachte. »Ja, in der Tat.«

»Na, dann.« Mit einem Nicken wandte sie sich ab und verschwand leichtfüßig in Richtung Küche.

War die Welt immer so freundlich und merkte man es nur nicht, wenn man so viele Sorgen hatte, oder lag es an ihm selbst, wie er in den Wald hineinrief?, fragte er sich, denn es widerstrebte ihm zu glauben, dass der Besitz von Geld am Ende doch das Zentrum aller Zufriedenheit bedeutete. Doch er war in diesem Moment genau das: unendlich glücklich, weil er sich nach langer Zeit erstmals keine Sorgen machen musste.

Natürlich wusste er, dass die fünfzehntausend Dollar nicht bis in alle Ewigkeiten reichen würden und er schon bald für mehr sorgen musste, aber jetzt, in diesem Augenblick, fühlte er sich so froh und beruhigt, wie er es ewig nicht erlebt hatte – wenn überhaupt einmal.

»Monsieur.« Schwungvoll setzte die Kellnerin mit dem Namensschild *Helen* den Teller vor ihm ab und stellte einen Kelch mit prickelndem Champagner daneben. »Bon appétit.«

Julian betrachtete sie belustigt. »Bist du Französin?«

»Nein, aber ich hab für Angelina einen Crash-Kurs gemacht.« Sie wies zur Theke, wo eine alte Dame soeben frische Törtchen in die Auslage stellte. »Sie mag's gern, wenn man ein paar Brocken drauf hat.«

»Klingt auf jeden Fall sehr überzeugend«, lobte Julian sie und wies zu ihrem Namensschild. »Bist du *die* Helen oder gibt es noch eine andere?«

»Nein, mich gibt's hier nur einmal. Warum?«

»Myra Jones hatte mir deinen Namen genannt, falls ich mal einen Job suche.«

»Ha, Myra …« Sie lachte bitter auf. »Gibt's die überhaupt noch?«

»Ähm, ja …« Julian überlegte einen Moment und entschied sich, unbestimmt zu bleiben. »Hab sie neulich zufälligerweise kennengelernt.«

»Geht's ihr gut?«, fragte Helen.

»Ja. Ich denke schon.«

»Na, dann freut's mich.« In ihrer Stimme schwang ein süffisanter Unterton mit, der verletzt klang. Julian kam nicht dazu, nachzufragen, denn Helen drehte sich bereits auf dem Absatz um.

Als er eine Dreiviertelstunde später zu ihr an die Theke trat, um zu bezahlen, fragte sie: »Und, hab ich das Richtige empfohlen?«

»Absolut. Ich komme auf jeden Fall wieder.« Er deutete auf die mit belegten Baguettes, Tartelettes und anderem französischen Backwerk gefüllte Theke. »Schließlich muss ich die ja auch alle noch probieren.«

Helen gab ein belustigtes Grunzgeräusch von sich, was sie nur noch mehr zum Lachen brachte. »Tut mir leid.

O Mann«, sagte sie und legte peinlich berührt die Hand über den Mund. »Das rutscht mir manchmal so raus.«

»Kein Problem«, er streckte ihr seine Hand über den Tresen hin, »ich bin übrigens Julian. Julian Beeman.«

»Helen Pierce«, sagte sie und ließ ihre Hand in seine gleiten. Wie ihr Gesicht auch war ihre Hand von einem Feuerwerk aus Sommersprossen übersät und fühlte sich so weich und warm an wie eine Samtpfote.

»Wow«, entwich es Julian.

Helen entzog ihm ihre Hand. »Na dann, bis bald Monsieur Julian.«

Beschwingt trat er auf die Straße und wurde sich klar, dass er soeben die erste Bekanntschaft seines neuen Lebens gemacht hatte – und es war nicht mal die schlechteste.

Den Rest des Abends verbrachte er bei ausgeschaltetem Licht vor dem Wohnzimmerfenster, um im wahrsten Sinne des Wortes fernzusehen. Als seine Augenlider schließlich so schwer wurden, dass er sich kaum noch auf seinem Stuhl halten konnte, taumelte er müde die Treppe hoch und ließ sich im Schlafzimmer angezogen in das Federbett fallen.

Das Kissen riecht nach Myra, war sein letzter Gedanke. Doch etwas, das sie zurückgelassen hat.

19.

Der Bankbeamte betrachtete den Scheck eine gefühlte Ewigkeit, dann verschwand er damit nach hinten, um mit seinem Vorgesetzten zu sprechen und mehrere Telefonate zu führen.

Als er schließlich mit kritischer Miene zurückkehrte und Julians Sozialversicherungsnummer sowie den Führerschein zum Kopieren verlangte, war Julian kurz davor, den Scheck zurückzunehmen und die Flucht zu ergreifen. Hatten sie am Ende durchschaut, dass er ein Betrüger war?

»Und das Konto soll tatsächlich auf das Pseudonym ausgestellt werden?«, wollte sein Gegenüber wissen.

»Ja, wenn das geht, gerne«, entgegnete er und schob seine zitternden Hände in die Hosentaschen.

Der Beamte nickte und verschwand erneut im hinteren Bereich.

»Tut mir leid«, entschuldigte sich Julian gegenüber den Wartenden hinter ihm, denn die ersten verließen bereits fluchend den Warteraum.

Julian musste an Bettina denken, die nie verstanden hatte, warum man in den USA immer noch mit Schecks bezahlte, während sie in Europa schon seit langem mit nur einem Klick ihre Überweisungen tätigten. Er hatte es ihr nie erklären können. So fortschrittlich und digital sein Land in den meisten Bereichen war, das Zahlungssystem glich nach wie vor dem aus dem 19. Jahrhundert, und man bezahlte mit Schecks.

Es dauerte eine weitere halbe Stunde, in der telefoniert, Julians Daten erneut gegengecheckt, gescannt und in Formulare eingetragen wurden, bis er schließlich und endlich ein neues Konto besaß und seine Barauszahlung über fünftausend Dollar gegen mehrere Unterschriften ausgehändigt bekam. Zutiefst erleichtert versenkte er das Geld in seiner Jackentasche und verließ eilig die Filiale, bevor es sich am Ende noch jemand anders überlegte.

Zurück im Auto zog er ein paar der wie frisch gedruckten Noten aus dem Umschlag, um sie in sein Portemonnaie zu überführen, den Rest versteckte er unter seinem Sitz. Sicher war sicher.

Was nun?

Die Uhr am Armaturenbrett zeigte halb zwölf. Unentschieden fädelte sich Julian in den Verkehr ein und spürte seinen Wünschen nach. Zu Hause wartete die Arbeit am Exposé auf ihn, das in nicht mal vierundzwanzig Stunden fertig sein sollte. Im Grunde war damit klar, wohin die Reise gehen musste. Aber: es war Sonntag und alles in ihm rief nach Genuss.

Im Radio wurde soeben *Light That Match* von Down Like Silver angespielt, und Julian drehte die Lautstärke hoch. Es war sein Lieblingslied. Lauthals sang er mit:

Nothing breaks my heart now
Nothing moves my feet
No fire in my blood now
I walk the lighted streets

Am Ende des Boulevards zeigten Schilder an, dass es nach links über die Brücke nach Sausalito und von da aus weiter ins Landesinnere ging. Fahr nach Hause und geh deiner Pflicht nach, mahnte die eine Stimme ihn ihm, doch seine Hand setzte einfach den Blinker, und der Mustang zog nach links die Straße runter.

Nothing terrifies me
Nothing can shake me
No power in the lines now
No flooding on the streets

Zehn Minuten später brauste Julian die 101 entlang in Richtung Norden. Sein spontanes Ziel lag genau fünfzig Meilen entfernt. Wenn der Sonntagsverkehr nicht zu zähflüssig wurde, konnte er in einer Stunde dort sein.

Gerade fuhr er an der Ausfahrt zur Route 37 ab, als sein Handy klingelte.

Es war Keren, seine Nichte.

Julian drehte die Musik leiser und steckte das Telefon in die Freisprecheinrichtung. »Hey, Keren, was geht ab?«

»Stimmt es, was Mommy sagt?«, fragte sie aufgeregt. »Du hast dein Leben getauscht?«

»Ja, es stimmt.«

»Und? Erzähl!« Sie war vollkommen aus dem Häuschen. »Mommy sagt, du bist nicht mehr ganz dicht.«

Julian lachte. »Keine Sorge. Alles okay. Ich fahre gerade mein neues Auto spazieren. Ein roter Mustang.«

»Krass! Wie cool ist das denn?!«, rief sie. »Und sonst? Wo wohnst du? Was machst du denn jetzt?«

»Ich wohne in Sea Cliff. In einer kleinen Villa, direkt am Meer.«

»Nein«, schrie sie. »Das ist jetzt nicht wahr, oder? Wann darf ich dich besuchen kommen? Kann ich dieses Wochenende mit einer Freundin übernachten? Bitte, Onkel Jules!«

Julian musste grinsen. Obwohl Keren ihrer Mutter wie aus dem Gesicht geschnitten war, kam sie in ihrem Temperament so gar nicht nach ihr. Und noch viel weniger nach ihrem Vater Marcus. Julian hatte keine Ahnung, woher sie diese unbändige Energie hatte, aber er hoffte, sie blieb ihr erhalten und würde nicht schon bald mit dem Erwachsenwerden von der Vernunft gezügelt.

»Bald, Keren«, versprach er. »Dieses Wochenende bin ich noch nicht so weit. Muss erst noch richtig ankommen und auch was schreiben. Aber sobald ich alles unter Dach und Fach habe, sehr gerne.«

»Was denn schreiben?«

»Erzähl ich später.«

»Und was ist jetzt mit dem *Astor*?«, wollte sie wissen. »Feierst du deinen Geburtstag morgen trotzdem dort?«

»Nein. Die Zeiten sind leider vorbei.« Ein Gefühl von Wehmut erfasste ihn bei dem Gedanken. Es war im Laufe der Jahre zu einem Ritual geworden, dass er an seinem Geburtstag immer den aus seiner Sicht am meisten missachteten Film des Jahres zeigte und dazu seine Freunde und die Familie einlud. Die Idee kam vom alten Faulkner, der es genauso gemacht hatte. »Da führt jetzt eine Frau Regie, und es geht mich nichts mehr an.«

»Schade«, entgegnete Keren, »ich wär sonst gerne gekommen.«

»Wer weiß, vielleicht klappt's ja nächstes Jahr. Jetzt muss ich sie erst mal in Ruhe lassen. So lautet die Abmachung.«

»Und wann unternimmst du endlich mal wieder was nur mit uns?«

»Gerne so bald wie möglich, denn ich hab in der Tat was vor, wofür ich eure Beratung brauche.«

»Ja? Was denn?«

»Ist 'ne Überraschung. Ein Geburtstagsgeschenk an mich selbst.«

»Cool! Wie wär's Mittwoch? Da haben wir nur bis zwei Schule«, schlug sie vor.

»Wenn's für Susan okay ist, sehr gerne.«

Auf der anderen Seite ertönte ein freudiges Juchzen. »Keine Sorge, Mommy wird nichts dagegen haben. Dafür sorgen wir schon. Holst du uns von der Schule ab?«

»Abgemacht.«

»Tschüs, Onkel Jules. Bis Mittwoch«, rief Keren und legte auf.

Julian schmunzelte. Er musste zugeben, dass es ihn berührte, bei seinen Nichten nach wie vor so hoch im Kurs zu stehen, wo Susan ihn doch schon seit längerem für *nicht ganz dicht* hielt.

Beschwingt drehte er die Musik wieder auf und fuhr weiter in Richtung Napa.

20.

Der Stags Leap District lag sechs Meilen nördlich von Napa Stadt und damit im Herzen des Weinbaugebiets. Die Domaine Malbec befand sich wie die meisten berühmten Weingüter am Silverado Trail, der von Süden nach Norden durch die hügelige Landschaft verlief und an dem sich die prachtvollen Anwesen wie eine Perlenkette aneinanderreihten. Julian hatte sich seine Jacke ausgezogen, denn die Luft war hier oben um fünfzehn Grad wärmer als in der Stadt, und die duftenden Obst- und Feigenbäume verbreiteten das Gefühl von Hochsommer.

Ein Wegweiser leitete ihn am Ende seiner Fahrt über einen gepflegten Schotterweg und durch ein frisch gestrichenes weißes Holztor hindurch. Dahinter lag auf einer Anhöhe im strahlenden Sonnenschein das Gutshaus aus hellem Sandstein – genau so wie Rebecca es auf ihrer Profilseite bei *LifeExchange* präsentierte.

Julian parkte den Mustang zwischen einer Reihe Leihwagen und Touristenbussen und ging zum Haus. Vor dem Eingang stand ein Grüppchen asiatischer Besucher, die an einer der vielen Führungen teilnahmen, bei denen man das reiche Angebot an Weinen im Napa Valley an nur einem Tag verkosten konnte. Aufgeregt tauschten sie sich über die soeben probierten Tropfen aus und wiesen auf ihre Smartphones und Tablets, mit denen sie die Weinkeller, Reben und Flaschenetiketten fotografiert hatten – einig, dass sie es in China exakt genauso machen wollten.

Julian grüßte mit einem freundlichen Nicken und betrat die Empfangshalle.

Neben einer Reihe Verkostungsständen gab es einen Shop, wo die Gäste Weine, Schnäpse oder mit dem Logo des Guts versehene Gläser erstehen konnten.

Julian trat an einen der Tresen, hinter dem eine junge Verkäuferin Flaschen entkorkte und frische Gläser dazustellte, um auf die nächste Busladung vorbereitet zu sein.

»Hi, kann ich Rebecca hier irgendwo finden?«, fragte er und machte Zeichen, dass er nicht groß stören wollte.

»Ja, sie ist grad hinten im Stall bei ihrem Pferd.« Die Frau wies mit dem Korkenzieher über ihre Schulter und blickte ihn leicht überfordert an. »Wissen Sie, wo?«

Julian nickte schnell, denn es war ihm nur recht, wenn er seinen Weg ohne Begleitung fortsetzen konnte und sein unangemeldetes Auftauchen auf diese Weise nicht noch mehr Aufmerksamkeit entfachte, als es das eh schon tun würde.

Unauffällig schob er sich an einer Gruppe Franzosen vorbei durch die Tür mit der Aufschrift »Privat« und von da aus weiter einen Flur entlang zum Hinterausgang. Dort führte ein Pfad an Rebstöcken vorbei zu drei kleineren Gebäuden, von denen das letzte wie ein Stall wirkte, nicht zuletzt, weil die Tür offenstand und das Schnaufen eines Pferdes herausdrang.

Julian blieb stehen und klopfte gegen den Holzrahmen. Er spürte, wie ihn eine plötzliche Nervosität überkam. »Hallo? Rebecca?«

Aus einer der Boxen antwortete eine Frauenstimme: »Ja?«, und er trat vor.

Mit dem Rücken zu ihm fand er die Weingutbesitzerin über den Huf eines Pferdes gebeugt, den sie im Begriff war auszukratzen. Julian wartete, bis sie damit fertig war, dann sagte er: »Hi, NapaRebe. Tut mir leid, dass ich dich so überfalle. Ich war gerade in der Gegend.«

Rebecca ließ die Fessel des Wallachs los und blickte sich erstaunt zu ihm um. »Jules?«

Er streckte ihr die Hand über den Verschlag entgegen. »Julian. Hi.«

»Na, das ist ja ...« Vollkommen überrumpelt streifte sie sich die Handschuhe ab, um ihm die Hand zu schütteln. »Das ist ja jetzt echt mal 'ne Überraschung.« Ihr Griff war fest, und sie musterte ihn mit ihren strahlend blauen Augen.

»Es tat mir leid, dass ich gestern nicht mehr antworten konnte. Ich wusste ja nicht, dass sie einem bei *LifeExchange* gleich die Leitung kappen.«

»*Die Leitung kappen?*«

»Sobald der Deal abgeschlossen ist.«

»Ha, das heißt, du hast tatsächlich getauscht?«

»Yep, so ist es. Und da ich heute gleich 'ne kleine Spritztour mit meinem neuen Auto machen wollte, dachte ich, ich komme kurz vorbei und erzähle es dir persönlich.«

Rebecca schnalzte mit der Zunge. »Na, das sind ja Nachrichten. Wahnsinn. Wie schnell das ging.« Sie hielt inne. »Bist du glücklich?«

»Das ist das Beste, was mir je passiert ist.«

»Wie schön! Das freut mich wirklich sehr!« Sie sah ihn so forschend an, als wollte sie in jeder Faser sein Glück ergründen. Er fühlte sich ein wenig verunsichert, und er wies zum Pferd.

»Deins?«

»Ja, das ist Ortega.« Sie klopfte dem cremefarbenen Quater Horse auf den Hals und strich ihm die dunkle Mähne aus dem Gesicht. »Ist ein Buckskin. Wegen seiner hellen Farbe hab ich ihn auf meine zweitliebste Rebsorte neben dem Malbec getauft.«

Als habe das Tier begriffen, dass es nun um ihn ging, trat es vor, um an Julian zu schnuppern – und schließlich seinen Ärmel anzuknabbern. Eilig zog Rebecca ihn zurück. »Hey!«, und schob ihn mit einem liebevollen Klaps zu seinem Eimer mit Möhren. »Du willst doch hier nicht unsere Gäste vernaschen!?«

Dann trat sie aus dem Verschlag zu Julian. »Wie wär's mit einer kleinen Tour über das Weingut, wenn du schon mal hier bist? Oder ist dir eher nach einem Glas Rotem zumute?«

»Nein, kein Alkohol, danke. Ich muss ja noch fahren. Gerne eine Tour.«

Gemeinsam wanderten sie durch den hinter dem Haus gelegenen Hang mit prallen Reben, und Julian ließ sich von Rebecca die Besonderheiten ihres Malbec-Anbaus erklären. »Mein Großvater hat einen Rebstock damals aus dem Krieg mitgebracht. Er war in Frankreich stationiert«, erzählte sie. »Im Laufe der Jahre hat die Traube hier im warmen Napa-Tal immer mehr an Tiefe und Frucht gewonnen, so dass unser

Wein mittlerweile sogar die Erzeugnisse aus dem Ursprungsland dieser Rebsorte in den Schatten stellt.« Sie löste einen Zweig und gab ihn Julian. »Die Franzosen nutzen die Traube vor allem für ihre Cuvées. Einen reinen Malbec, wie wir ihn machen, kennt man ansonsten eigentlich nur aus Südamerika. Aber auch gegen die gewinnen wir mittlerweile meistens.«

Sie lächelte stolz und leicht verschämt, und er begann zu ahnen, mit welcher Leidenschaft sie ihrer Arbeit nachging.

Kein Wunder, dass sie sich auf *LifeExchange.club NapaRebe* nannte, dachte Julian, denn die kostbare Flüssigkeit, die die Barriquefässer in ihrem Keller füllte, schien tatsächlich unwiderruflich zu ihr zu gehören.

Als sie an einem unbesetzten Verkostungsstand im untersten Gewölbekeller anlangten, zog sie eine Probe aus einem der Fässer und hielt sie ans Licht. »Wenn du daran riechst, wirst du Noten von Himbeere, Heidelbeere und Veilchen finden.«

Julian steckte seine Nase ins Glas. Sie hatte recht. Alle Aromen waren in nur einem Atemzug enthalten. Fasziniert hielt er den Kelch gegen die Lampe und schwenkte den lilaschwarzen Tropfen darin. Er war so dicht, dass man das Gefühl hatte, die Fülle des Weines förmlich sehen zu können. Mit einem anerkennenden Nicken gab er ihr das Glas zurück und stellte ihr jene Frage, die ihn während ihres gesamten Spaziergangs schon umtrieb: »Warum willst du eigentlich dein Leben teilen? Auf mich wirkst du mit alldem, was du hier tust, auch so schon rundum glücklich.«

Sie lachte. »Danke für das Kompliment, aber ich finde

Leidenschaft noch schöner, wenn du sie in deinem Partner gespiegelt siehst.«

Dem konnte Julian nichts entgegensetzen. Eine Zeit lang hatte er mit Bettina ebenfalls eine solch lustvolle Begeisterung geteilt. Wenn sie nächtelang über ihren Fotos saßen und sich gegenseitig berieten, um am nächsten Tag zu neuen Versuchen aufzubrechen. Häufig hatte diesen Momenten sogar eine beglückendere Kraft innegewohnt als ihrer körperlichen Liebe. Doch irgendwann war das Feuer des Alles-teilen-Wollens erloschen, und sie waren jeder mehr und mehr ihrer eigenen Wege gegangen. Wann und warum es dazu gekommen war, konnte Julian nicht mehr sagen.

»Manchmal frag ich mich, wie man so eine Leidenschaft erhält«, bemerkte er. »Ich meine, über viele Jahre und all die Tiefen und Rückschläge hinweg.«

»Ich glaube, es funktioniert wie bei einem guten Wein. Sowohl zwischen uns Menschen als auch mit dem jeweils eigenen Tun. Man ist herausgefordert, dafür zu sorgen, dass permanent beste Konditionen herrschen, damit beide Seiten wachsen können. Bestenfalls in die gleiche Richtung.« Sie lächelte. »Aber das ist natürlich alles andere als leicht, denn Wachsen tut bekanntlich weh.«

Sie zuckte mit den Schultern und ging weiter voran.

Julian wusste, dass sie mit ihrem letzten Satz ein Rilke-Gedicht paraphrasierte. Er kannte es von seiner Mutter, die ihn neben vielen anderen Versen dazu angehalten hatte, es auswendig zu lernen.

[…] ich glaube, dass ich wachse wenn ich leide. / Und wachsen will ich um jeden Preis.

Ihr gemeinsamer Gang endete unter einer Pergola, die abgeschieden von den Tagesbesuchern im privaten Bereich des Gartens lag und in der heißen Sommerluft wohltuenden Schatten spendete.

Auf dem Tisch stand ein Tablett mit kühlen Getränken, und Rebecca schenkte Eistee ein.

»Und, macht es dir Angst, jetzt ein berühmter Autor zu sein?«, fragte sie und setzte Julians Glas dort ab, von wo sich sein Blick in die Weinberge richtete.

»Ich glaube, ich ahne noch gar nicht, was da auf mich zukommt«, gestand er und fügte mit einem schiefen Lächeln hinzu: »Zum Glück läuft es ja unter einem Pseudonym.«

»Ja, das macht es vielleicht zunächst etwas leichter«, stimmte Rebecca zu. »Aber vor dir selbst musst du ja trotzdem bestehen, und dann willst du sicher auch deinen Lebensunterhalt damit verdienen, oder?!« Sie erhob ihr Glas und schenkte ihm ein Lächeln, das aus vollem Herzen kam. »Ich wünsche dir auf jeden Fall, dass es sich als das für dich richtige Leben erweist und dass es dich rundum glücklich macht.«

»Danke. Das hoffe ich auch. Sehr sogar.«

Die Sonne senkte sich über den Hügeln und tauchte den Himmel in rosa Farbe, als Julian das weiße Tor zurück auf den Silverado Trail passierte. Die Stunden mit Rebecca waren wie im Flug vergangen und hatten sich angefühlt wie der Besuch bei einer alten Freundin. Selten war ihm eine derart klare wie kluge Frau begegnet, die ihre Weisheit hinter so viel Sanftmut verbarg.

Für seinen Geburtstag hatte NapaRebe ihm einen fünfzehn Jahre alten Malbec mitgegeben. Der Wein war Gewinner mehrerer Goldmedaillen und eine der letzten Flaschen in ihrem Besitz.

»Du solltest diesen Tag mit einem der besten Tropfen begehen, die du finden kannst«, hatte sie ihm geraten. »Ein guter Wein ist der schönste Anker für die Erinnerung.«

21.

Zurück zu Hause, stellte Julian die Holzkiste mit der kostbaren Flasche und die auf dem Rückweg getätigten Einkäufe in der Küche ab und begab sich mit einem Bier ins Wohnzimmer. Draußen war es längst dunkel, und er spiegelte sich in der Panoramascheibe.

Im Postfach des Computers wartete eine Nachricht von Kerry Goldenstrauch auf ihn. Sie wies ihn freundlich, aber bestimmt darauf hin, dass ein Aufschub nicht möglich sei, da der Termin für die Vorschau-Deadline unverrückbar war. Da es Sonntag war, hatte sie die Mail von ihrem privaten Handy abgesandt.

Wir haben Ihnen extra einen Vorschuss auf Ihr Exposé gewährt, obwohl das vertraglich nicht vorgesehen ist. Vergessen Sie bitte nicht, dass Ihre Leserinnen und Leser sicher sehr enttäuscht wären, wenn im nächsten Jahr kein neues Buch von Ihnen erscheinen würde.

Julian wusste, was das auch für ihn bedeutete: der Verlust einer breiten Leserschaft und erst mal keine Einkünfte.

Er nahm einen Schluck Bier und schrieb zurück:

Liebe Kerry Goldenstrauch,
keine Sorge, Sie werden das Exposé morgen haben.
LG, Memphis

Der Rechner gab das Geräusch eines wegfliegenden Briefes von sich, und Julian verließ das Mailprogramm. Der Besuch bei Rebecca hatte ihn mutig gemacht, und er war zuversichtlich, dass er die Herausforderungen seines neuen Lebens meistern würde. Schließlich hatte er über Jahre hinweg Woche für Woche die Vorankündigungen für seine Filmprogramme geschrieben, die Spannung wie Neugier entfachen sollten. So schwer durfte das also nicht sein.

Vielleicht hatte ihm seine in allen anderen Dingen so großzügige Vorgängerin auch in Memphis' iMac etwas hinterlassen, das er nutzen konnte, überlegte er und klickte auf den Ordner mit Dokumenten.

Tatsächlich fand sich eine Datei darin. Es war die einzige auf der gesamten Festplatte, und sie trug den vielversprechenden Namen »ChicagoStories_Bd 8«.

Hatte Myra die restlichen Dateien gelöscht und diese hier bewusst für ihn zurückgelassen? Oder war der Computer so neu, wie er wirkte, und von ihr nur für dieses eine Schriftstück genutzt worden?

Gespannt klickte Julian das Dokument mit dem Cursor an, und das Schreibprogramm öffnete sich.

In der Zwischenzeit nahm er noch einen Schluck Bier und betrachtete sein Spiegelbild in der Scheibe. *Autor bei der Arbeit*, fiel ihm dazu als Bildunterschrift ein, dann wandte er sich wieder dem Monitor zu in der Hoffnung, dass da schon bald *Erfolgreicher Autor bei der Arbeit stehen* würde.

Der Bildschirm zeigte ihm eine weiße Seite mit genau einem Satz: *Wenn er es nicht war, wer dann?*

»Schlange!«, zischte Julian. Sie hatte ihn durchschaut.

Keine Frage: Myra Jones hatte ihm diesen Satz ganz bewusst vererbt, und er konnte sich nur zu gut vorstellen, wie sie hier an ihrem Tisch gesessen hatte, um ihm die wenigen Worte wie einen zurückgelassenen Handschuh hinzuwerfen. *Glaub nicht, dass ich es dir so leichtmache, Julian Beeman. Wenn du denkst, dass das Leben als Memphis nur aus Mustangfahren und schönen Schecks besteht, hast du dich geschnitten.*

Julian verbannte die Datei kurzerhand in den Papierkorb und ließ MySFs Denkzettel mit einem *Raaattttschsch* im digitalen Orkus verschwinden. Dann stand er auf und schaute sich um.

Den letzten Band kannte er, aber die sechs vorherigen noch nicht. Sicher war es gut, wenn er zumindest die Klappentexte las, um zu sehen, nach welchem Schema die Krimis geschrieben waren und was seine Leserschaft von ihm erwartete.

An der gegenüberliegenden Wand stand hinter dem Sofa ein kleines Regal. Sicher hatte Myra als berechtigt stolze Autorin ihre Werke darin an prominenter Stelle aufgereiht.

Mit dem Finger fuhr Julian die Buchrücken ab, doch fand sich keines von *Memphis* dabei. Irritierte wiederholte er die Prozedur, denn er mochte es nicht glauben. Doch es war so. Und noch viel schlimmer. Bei genauerem Hinsehen musste Julian feststellen, dass es sich bei den aufgestellten Büchern in Wirklichkeit um Attrappen handelte. Extrem überzeugende, aber dennoch allesamt leere, beklebte Hüllen. Fake-Bücher, wie man sie aus Möbelhäusern kannte.

Was hatte das nun wieder zu bedeuten? Im Haushalt einer Autorin.

Zutiefst befremdet richtete sich Julian auf und ließ seinen Blick durch das Zimmer schweifen. Gab es am Ende kein einziges echtes Buch in diesem Haus?

Genauso war es. Auch oben in den Zimmern und Schränken fand Julian nicht ein Buch. Eine Provokation? Verspürte seine Vorgängerin am Ende einen Heidenspaß daran, ihn immer wieder neu zu überraschen und vor Rätsel zu stellen?

Noch einmal schaute er sich um, diesmal hielt er nach versteckten Kameras Ausschau. Er kletterte auf Stühle, guckte in die Lampen, krabbelte unter Tisch und Sofa, und drehte Bilder um. Aber er fand nichts.

Sogar die Computerkamera auf dem iMac war abgeklebt – wie es seit Edwards Snowdens Enthüllungen viele zu tun pflegten. Nein, niemand filmte ihn, um sich einen Spaß daraus zu machen.

Aber was hatte das Fehlen von Büchern zu bedeuten? Hatte Myra ihre Werke in der gleichen Weise wie er seine Klamotten weggeschafft? Oder war seine Entdeckung ein weiterer Beweis für ihre Fähigkeit, alles von Wert von jetzt auf gleich wieder loszulassen – Villa, Beruf, Geld, Auto, ja, das gesamte Leben?

Diese Frau schien ihm mehr und mehr wie eine versiegelte Truhe in einer dunklen Grube. Je mehr Fragen sich Julian stellte, umso weiter versank er in den Untiefen ihrer rätselhaften Persönlichkeit.

Und auch das wurde ihm klar: Er musste sie hinter sich lassen. Vergessen.

Entschlossen kehrte er an den Computer zurück und öffnete einen der vielen Onlinebuchläden. Unter *Chicago Stories* fanden sich alle bisherigen sieben Werke aufgeführt, doch wie die Buchhändlerin bei *City Lights* bereits erwähnt hatte, war die Mehrzahl der vorangegangenen Bände vergriffen und nur noch *secondhand* zu bekommen. Inhaltsangaben und dazugehörige Rezensionen existierten aber noch, so dass Julian sie eine nach der anderen lesen konnte. Was ihm dabei auffiel, war, dass die Leser für Teil 1 bis 6 nie mehr als drei Sterne vergeben hatten und sich in ihren Feedbacks über lange Bandwurmsätze, komplizierte Plots und höchst komplexe Charaktere beschwerten. Für Band 7 erhielt Memphis dagegen uneingeschränkten Zuspruch, ja Enthusiasmus, und durchweg die höchste Anzahl an Sternen.

Super Geschichte!
Absoluter Pageturner!
Spannend bis zur letzten Sekunde!

Es war Myras Durchbruch. Ein Erfolg nach vielen Jahren Durststrecke und harter Arbeit. Die Belohnung. Und gleichzeitig der Moment des Loslassens.

Julian holte aus der Küche eine Schale Erdnüsse und ein weiteres Bier, um sich damit auf die Couch zu legen und nachzudenken.

Was war es, was die Leserinnen und Leser dieser düsteren

und brutalen Geschichten faszinierte?, fragte er sich. Und: Was erwarteten sie von ihm?

Er griff nach Block und Stift und begann, alle Begriffe darauf zu notieren, die ihm in den Sinn kamen, wenn er an Mafiageschichten in Chicago dachte. *Dunkle Straßen, dampfende Gullydeckel, Ganoven, Mord, Waffen, Narben, Prostitution, Drogen* und so weiter und so fort.

Es verging fast eine Stunde, bis er schließlich mehrere Seiten vollgeschrieben hatte. Noch einmal ging er ins Netz und las nun die Leseproben der bereits erschienenen Bücher, um ein Gefühl für Ton und Stil zu bekommen. Leider wurde er dabei jedoch nur erneut auf seine Tauschpartnerin und deren radikalen Wechsel von Band 6 auf 7 gelenkt. Lasen sich die ersten Geschichten eindeutig als Versuch, literarische Komplexität mit einem populären Genre zu verbinden, bei dem die Sprache allzu oft von der eigentlichen Handlung ablenkte, so war es im letzten Roman genau andersherum. Ohne literarische Ambition wurde hier in kurzen, einfachen Sätzen erzählt, und alles stand im Zeichen des Plots und der Spannung. Es war eine komplette Kehrtwendung, die Myra aka Memphis hier vollzogen hatte. Ein Wechsel, der so gewagt war wie radikal. Und der von einer extremen Fähigkeit zur Selbstoptimierung sprach. Etwas, das Julian für sich wohl eher nicht in Anspruch nehmen konnte.

»Schreiben ist Qual, Julian. Erst, wenn es richtig weh tut, fängt es an gut zu werden«, hatte sein Deutschlehrer damals immer gesagt und ihn mit seiner Pedanterie so manches Mal in den Wahnsinn getrieben. Jetzt konnte er ihn in doppelter Weise spüren, den Druck, performen zu müssen, und zwar auf eine vorgegebene Weise.

Mit dem dringenden Bedürfnis, sich die Beine zu vertreten, stand Julian auf und floh die Stufen hinauf zur Eingangshalle. Er wusste, dass es ein reines Ausweichmanöver war, aber er konnte nicht anders. Wasser lassen, sich das müde Gesicht erfrischen, vielleicht half es ja. Julian drehte den Türknauf an der kleinen Tür um, die neben der zur Garage lag und die Myra auf ihrem Rundgang ausgelassen hatte. Er vermutete die Gästetoilette dahinter. Doch dem war nicht so.

Kaum hatte er die Tür geöffnet, schlug ihm ein abgestandener, muffiger Geruch entgegen. Das Licht funktionierte nicht, und er nahm sein Smartphone von der Kommode, um die Taschenlampenfunktion anzustellen. Der Raum, den er mit dem Lichtstrahl ausleuchtete, war keine Toilette, sondern eine Rumpelkammer.

Ein Raum, der so gar nicht dem Rest des Hauses glich.

Stellte sich die kleine Villa ansonsten als eine leere, blank polierte Seele dar, so waren in dieser Kammer lauter Kisten und Kartons aufgestapelt, faulig und angestaubt, als bargen sie all die Macken und Wunden in sich, die sonst nirgends zu sehen waren.

Hatte Myra die Kammer in der Eile des Aufbruchs am Ende vergessen? Oder war es ihre Art von Ordnungssinn, alles an einer Stelle hinter einer Tür in die Dunkelheit zu verbannen und damit vergessen zu machen?

Julian leuchtete die Kisten ab, auf denen *Putzen*, *alte Geräte* und *Unwichtig* stand. Box an Box drängten sie sich aneinander und atmeten ihre staubige Vergangenheit aus. Gerade wollte er seinem Impuls folgen und die Taschenlampe ausschalten, um die Tür schnell wieder zu schließen, da entdeckte er auf dem obersten Regal in der linken Ecke einen Karton, auf dem in verblasster Schrift *Memphis* stand.

22.

Kaum hatte Julian den Karton auf dem Esstisch abgestellt und den Deckel geöffnet, schlug ihm beißender Gestank entgegen. Es roch nun vor allem nach kaltem Tabak. Ein Kraut, das sofort Übelkeit auslöste, und Julian ging los, um die Terrassentür zu öffnen.

Während sich der Geruch langsam in der frischen Luft auflöste, machte er sich daran, den Inhalt seines Funds zu inspizieren. Neben beschriebenen Papieren und frischen Blöcken, fanden sich stapelweise die gesuchten *Chicago-Stories*-Bände im dem Versteck ebenso wie Fachbücher über das Schreiben im Allgemeinen und das Genre des Gangsterromans im Besonderen.

Warum hatte Myra die Werke in der Kammer vergraben und nicht im Regal aufgestellt?

Julian musterte die hervorgeholten Sachen.

Was ihm als Erstes auffiel, war, dass er deren Geruch so gar nicht mit Myra in Verbindung bringen konnte. Zumindest nicht mit der Myra Jones, die er kennengelernt hatte.

Besaß sie vielleicht noch eine andere Seite, die sie vor ihm verborgen hatte?

Unwillkürlich sah er sie vor sich, wie sie in einem alten Schlafanzug am Schreibtisch saß und bis tief in die Nacht, von Zigarettenqualm umgeben, in die Tasten ihres Laptops haute. Denn der Mac, der nun auf ihrem Schreibtisch stand, konnte schwerlich ihr Arbeitsgerät gewesen sein, dazu war das Modell zu neu. Wenn Julian sich recht erinnerte, war der Computer erst vor drei Monaten mit großem Tamtam auf einem der legendären Apple-Events vorgestellt worden.

Nachdenklich blätterte er durch die Fachbücher und fand zahlreiche Seiten darin, die übersät waren von Notizen und Anmerkungen. Es handelte sich ganz klar um ihre Schrift. Klein und fast kindlich mit feinen Schnörkeln. An den Rand waren Kommentare geschrieben, Ausrufezeichen oder Sätze unterstrichen. Genauso verhielt es sich mit ihren Romanen. Welchen auch immer er aufschlug, er fand ihn von ihr kommentiert und mit farbigen Markierungen versehen.

Hier geht die Spannung flöten.
Konfliktpotenzial nicht ausgeschöpft.
Klischee!
Was will die Figur?
Logik?!

Dies und vieles mehr füllte die Seitenränder, manchmal mit Verweisen auf Fachbücher, die das Thema vertieften.

Fast wirkte es so, als habe Myra mit Hilfe ihres aus den Leitfäden gezogenen Wissens die eigenen Bücher neu analysiert und beurteilt. Wie ihre eigene Lektorin. Nur, dass sie dabei noch viel gnadenloser und härter vorgegangen war, als es sich jemand anders wahrscheinlich getraut hätte. Ja, es war die gleiche Art, mit der Myra auch ihre Mitmenschen zensierte und auf ihre Schwächen stieß.

Ich denke, hier gibt's noch jede Menge ungehobenes Potenzial, Julian Beeman.

Erst nach der Sezierung des eigenen Werkes schien sie sich an den siebten Band gemacht zu haben, der dann zu ihrem großen Durchbruch wurde. Nicht zuletzt das Buch mit dem Titel *Wie man einen millionenschweren Bestseller schreibt* bestätigte diese Vermutung.

Julian nahm Myras Block mit den Notizen mit, um sie durchzugehen. Es standen Schlüsselwörter und Begriffe darauf, doch hatte sie sie durch Linien miteinander verbunden und über die Zeit hinweg zu Strukturbäumen entwickelt, bis sie schließlich auf der letzten Seite in einem Zeitstrahl endeten: *Zwei Augen im Becher, ein vergrabener Fiat 500 am Strand, Start der Ermittlungen, Auffinden einer weiteren Leiche* und so weiter. Es war die Grundlage für *One Million for a Dead Body*.

Julian lehnte sich in die Sofakissen zurück. Das, was dort auf dem Couchtisch vor ihm lag, war ein ganz und gar durchgeplanter Erfolg. Es war das bis ins Detail durchdachte Vorgehen nach einem Leitfaden. Und gleichzeitig war es ein absoluter Glückstreffer, denn sogar er wusste, dass Bestseller nicht planbar waren. Genauso wenig wie Filme und Preise.

Lag am Ende hier der Grund, warum MySF kurzerhand mit dem Schreiben aufgehört hatte? Weil sie wusste, wie unwahrscheinlich es war, zweimal einen Bestseller zu landen?

Julian war Realist genug, um zu erkennen, dass seine Vorgängerin ihm genau dieses Risiko weitervererbt hatte. Es lag nun an ihm, Memphis' Namen zu verteidigen – und im Falle einer Enttäuschung die Kritik und den beißenden Hohn nicht nur im Netz zu ertragen.

Vermassel es nicht, Julian Beeman.

Wie die Maus vor der Schlange starrte er auf die vor ihm ausgebreiteten Unterlagen. *Vermassel es nicht.*

Er gab sich einen Ruck, leerte in einem Zug das schon warm gewordene Bier und setzte sich an den Computer.

Bis in seinen Geburtstag hinein tippte er in die Tastatur, löschte, begann von vorne und überarbeitete jeden Satz wieder und wieder. Am Ende war ein Potpourri aus Versatzstücken entstanden, die aus allen ihm bekannten Gangsterfilmen stammten, vermischt mit im Netz gefundenen Begebenheiten aus der Chicagoer Unterwelt und schließlich der ein oder anderen Idee aus Myras Notizen, die es nicht in ihr letztes Buch geschafft hatte.

Julian wusste, dass die fünf Seiten weit davon entfernt waren, eine Meisterleistung zu sein, aber wenn er Glück hatte, verschafften sie ihm die Zeit und den Raum, um zu demjenigen zu werden, dessen neues Buch bereits sehnlich erwartet wurde.

Liebe Kerry Goldenstrauch,
anbei finden Sie mein Exposé für den 8. Band. Es ist selbstverständlich noch work in progress, aber ich hoffe, es reicht erst mal für Ihre Ankündigung.
Bis bald und mit herzlichen Grüßen,
Memphis

Zu müde, um noch einen Schritt zu gehen, legte er sich hiernach aufs Sofa und versank augenblicklich in einen traumlosen Schlaf.

23.

Es war der Anruf seiner Mutter, der Julian weckte. Sie hatte es bereits seit sechs Uhr morgens versucht.

»Hi, Mom«, antwortete er verschlafen und sackte in die Kissen zurück.

»Herzlichen Glückwunsch zum Geburtstag, mein Sohn«, entgegnete sie. »Hast du getrunken? Du klingst verkatert.«

»Nein, ich habe lange gearbeitet.« Julian schaute auf die Uhr. Es war nach elf.

»Geht es dir gut? Ich dachte, du meldest dich noch mal – nach deiner SMS.«

»Das wollte ich auch. Ich hatte nur noch nicht die Ruhe dazu.«

»Ich mache mir Sorgen.«

»Brauchst du nicht.«

»Und was machst du heute? Willst du uns sehen?«

Julian spürte sein schlechtes Gewissen, denn er wollte an diesem Tag eigentlich ganz seine neue Rolle genießen. Den anderen Julian, der er jetzt war. Er wollte seine neuen Möglichkeiten ausprobieren und sich in seiner Umwelt spiegeln. Die Tatsache feiern, dass sein Vierzigster nicht zum Tiefpunkt, sondern mit quietschenden Reifen und in letzter Sekunde noch zu einem Höhepunkt geworden war. Einem Höhepunkt, wie er ihn nie für möglich gehalten hätte. Ein

Gewinner-Leben. Das Letzte, was er da brauchte – sosehr er seine Familie auch liebte –, war, sich schon wieder in alten Familienmustern zu verstricken und mit den eigenen verhassten Verhaltensweisen konfrontiert zu werden.

»Tut mir leid, Mom …«, stammelte er. »Ich glaub, ich schaff's heute nicht. Steht schon so viel auf dem Programm.«

»Kein Problem«, entgegnete sie, bemüht, ihre Enttäuschung vor ihm zu verbergen. »Dann nehme ich halt diese andere Einladung an. Du hattest mich ja darum gebeten.«

»Welche Einladung?« Julian konnte sich nicht erinnern.

»Na, von deiner Nachfolgerin. Du weißt, dass ich von der ganzen Sache nichts halte, aber da du es nun mal so willst, unterstütze ich dich natürlich. Hauptsache, es geht dir gut.«

»Myra Jones hat dich eingeladen?« Julian kam auf dem Sofa zum Sitzen. Er war mit einem Mal hellwach.

»Ja, zusammen mit deiner Schwester. Sie will mit uns ins *Cliff House* gehen. Da war ich seit Ewigkeiten nicht. Zum Sonnenuntergang im Bistro. Du weißt schon. Sie hat wohl noch einen Tisch bekommen und wartet auf meine Antwort.«

»Alles klar«, murmelte Julian und musste dabei schwer gegen den in ihm aufkommenden Unmut ankämpfen. Er wusste, dass Martha Beeman seit Jahren nicht ausgegangen war und dies immer wieder mit ihrem selbstlosen Arbeitsethos begründete. Sie arbeitete, während sich die anderen amüsierten. Nun durchbrach sie diese Regel.

Familienanschluss bei gegenseitigem Interesse inklusive.

So hatte er es in seinem Angebot formuliert.

Seine Mutter kicherte. »Ich weiß gar nicht mehr, was man da anzieht.« Sie klang mit einem Mal wie ein Teenager.

»Viel Spaß, Mom. Wir hören uns.«

»*Küsschen*«, entgegnete sie wie immer auf Deutsch und legte auf.

Julian rieb sich das Gesicht. *Jeder hält sich aus dem Leben des anderen raus, und man kann in seinem neuen Dasein tun und lassen, was man will*, lautete die Abmachung. Er hatte zugestimmt.

Hey Bee, alles Gute zu diesem legendären Tag. Hoffe, du hast was Schönes vor und haust auf den Putz. Freu mich auf unser Wiedersehen. Bis bald! Gerry

Drei weitere Nachrichten kamen von alten Schulfreunden, die Julian schon lange nicht mehr gesehen hatte. Ihre SMS waren alle im gleichen Wortlaut geschrieben und damit offensichtlich automatisch vom gleichen App-Programm versandt.

Berührt hörte er den auf seiner Mailbox hinterlassenen Gesang seiner Nichten ab, als parallel ein Anruf einging. *Susan*. Ihr Name blinkte auf dem Screen. Er nahm ab.

»Herzlichen Glückwunsch, Jules. Ich hoffe, es geht dir gut.« Sie rief wie immer aus dem Auto an, um ihre Zeit zu zu Hause für andere Dinge zu nutzen.

»Danke, alles prima hier.«

»Ja, Keren hat schon erzählt, dass du jetzt in Sea Cliff wohnst.« Es klang so ungläubig wie amüsiert. »Was machst du denn jetzt beruflich?«

»Ich bin Autor. Von Bestsellern.«

Seine Schwester lachte hell auf. »*Autor*!? Du!?«, rief sie und setzte kichernd nach: »Hattest du nicht immer eine Fünf im Aufsatzschreiben?«

Sie ahnte ja nicht, wie sehr ihn ihr Witz in diesem Moment traf.

»Ich glaube, du verwechselst da was mit deinen eigenen Zeugnissen, Susan«, parierte er und setzte nach: »Mach dir mal keine Sorgen. Ich komm schon klar. Immerhin kann ich den Tag nun morgens mit einem Strandlauf beginnen. Es ist wirklich nicht das Schlechteste, was mir passiert ist.«

Er wusste, dass sich seine Schwester jetzt auf die Unterlippe biss und schmerzhaft das Gesicht verzog, denn sie träumte schon lange von einem erdbebensicheren Haus am Meer.

»Na, das ist doch fein«, bemerkte sie betont fröhlich und wechselte das Thema. »Keren sagte, dass du die drei am Mittwoch von der Schule abholst. Willst du mir nicht erzählen, was für eine Überraschung du planst?«

»Tut mir leid. Ist noch 'n Staatsgeheimnis. Aber du siehst es dann hoffentlich spätestens, wenn ich sie zurückbringe. Und übrigens: viel Spaß heute Abend mit deiner neuen Schwester. Das wird sicher super nett.«

Er konnte nicht anders.

Schnell sammelte er nach Beendigung des Gesprächs die auf dem Boden vor dem Sofa liegenden Bücher ein und reihte sie neben den Attrappen ins Regal. Dann verstaute er Myras Papiere und Notizzettel in der Schublade des Schreibtischs und legte die Schreibutensilien aus der Kiste dazu. Gerade wollte er die Laden wieder schließen, da sah er, dass zwischen den Bleistiften, Post-its und Kugelschreibern auch ein Schlüssel lag – wahrscheinlich ein Zweitschlüssel fürs Haus. Er legte ihn auf der Kommode ab, später wollte er schauen, zu welchem Schloss er gehörte. Jetzt galt es erst mal, sich einen Cappuccino zu machen und sich damit in die Badewanne zu legen – etwas, wovon er immer geträumt hat, verkörperte es für ihn doch Genuss und Luxus pur.

Happy Birthday, Julian Beeman!

Dem ausgiebigen Schaumbad folgte ein Brunch auf der Terrasse sowie ein gemütlicher Strandspaziergang.

Willkommen, neues Leben!

Danke für deine guten Wünsche, Kumpel. Freu mich schon, mit dir drauf anzustoßen. Habe einen ausgezeichneten Malbec von Rebecca dafür. Wird dir gefallen. :)

Mehr schrieb er nicht, denn sein Kommen sollte eine Überraschung sein. Julian wusste zwar, dass Gerry normalerweise während der Arbeit keinen Alkohol trank, doch war er sich sicher, dass sein Freund an diesem Tag eine Ausnahme machen würde, und so düste er eine Stunde vor der Happy Hour an der Bay entlang nach North Beach.

Um nicht auf der Suche nach einem Parkplatz schon vorab von Gerry gesehen zu werden, stellte Julian den Mustang mehrere Blocks vor dem *Dead End* ab und ging den Rest zu Fuß.

Die Weinkiste im Arm und den Umschlag mit den fünftausend Dollar, die er ihm schuldete, in der Jackentasche, stellte er sich die überraschte Miene seines Freundes vor und musste grinsen. *Ich fass es nicht, Bee. Mann!*

Als die Kneipe mit noch heruntergelassenen Gittern in Sicht kam, wechselte Julian auf die gegenüberliegende Seite, um den restlichen Weg geduckt im Sichtschutz der geparkten Autos zurückzulegen. Auf Höhe vom *Dead End* lugte er über das Wagendach und schaute, wo Gerry sich gerade befand.

Sein Kumpel stand hinter der Theke mit Blick zu ihm, doch sah er ihn nicht. Denn Gerrys Aufmerksamkeit war voll und ganz auf seinen Gast gerichtet. Jenen Menschen, der nun auf Julians Hocker saß, zwischen ihnen, direkt hinter der Scheibe mit dem Rücken zur Straße. Es war eine Frau. Klein und zierlich thronte sie auf Julians Hochstuhl und schaffte es sogar hier, ihre Beine zum Schneidersitz zu verknoten.

»Dieses verdammte Biest!«

In Julian schäumte eine unbändige Wut auf. Was hatte sie auf seinem Platz zu suchen? Und warum hielt sein Freund ein Bier in der Hand, um lachend mit ihr anzustoßen? Worauf überhaupt? Was machte ihn so ausgelassen? Die Tatsache etwa, dass Myra ein grandioser Ersatz für Julian war? Weit besser als gedacht und als der einstige Freund? So wie sie auch die bessere Tochter und Schwester abgab?

Julian taumelte zurück. Es war ein Schlag in die Magengrube. Weder hatte er damit gerechnet, dass Myra von seinem Angebot auf Familien- und Freundesanschluss Gebrauch machen würde, noch so schnell – und erfolgreich.

Offensichtlich war es ein Fehler gewesen, Gerry, Susan und seine Mutter als Pfand mit in den Lebenstopf zu werfen, um sein Tauschangebot attraktiver zu machen. Nun war es zu spät.

Wie ein vertriebener Hund lief Julian geduckt hinter den

Autos weiter, um am Ende der Straße auf die andere Seite zu wechseln und sich zurück zu Gerrys Briefkasten zu schleichen, der einen Hauseingang vor der Kneipe draußen hing.

Mit vielem Dank zurück, Bee, schrieb er auf den Geldumschlag und steckte ihn durch den Schlitz.

Dann verschwand er genauso ungesehen, wie er gekommen war.

24.

»Hey, das passt ja wie die Faust aufs Auge«, begrüßte Alex ihn ehrlich erfreut und drehte das Schild an der Ladentür auf *closed*. »Nach der Woche kann ich heute ruhig mal 'ne halbe Stunde eher schließen.«

Der kräftige Texaner sah mitgenommen aus, er hatte dunkle Schatten unter den Augen. Hinter ihm in der Spüle stapelten sich die Keramikbecher. »Die Spülmaschine war gleich am ersten Tag kaputt. Seitdem warte ich auf Ersatzteile. Kommen aber nicht.«

»Wie wär's mit 'nem Bier drüben in der Brauerei?«, schlug Julian vor. »Geht heute auf mich.«

»Perfekt. Das ist jetzt genau, was ich brauche.«

Sie hatten Glück und fanden noch einen Tisch in einer ruhigen Ecke, während an der Bar lauthals die Happy Hour begangen wurde.

»Bereust du's etwa, dass du getauscht hast?«, fragte Julian.

»O nein, never!« Der Texaner machte mit seinen Riesenpranken eine etwas unbeholfene Geste. »Muss halt noch besser werden und schnell den gewohnten Standard wiederherstellen. Sonst gibt's weiter Punktabzug, und das wäre das Ende.«

»Du meinst Kommentare und Kritiken im Netz?«

»Klar. *Zack*, kaum sind die Leute aus dem Laden raus, findest du schon irgendwo ihr Feedback gepostet. Am besten gleich mit Bild.« Er schlug sich an den Kopf. »Gestern hab ich mich in Keksen versucht. Sind tatsächlich nicht berühmt geworden, aber hey, bis letzte Woche hab ich noch Schrauben und Gartengeräte verkauft.«

Julian wusste nur zu gut, wovon er sprach. Ihm war es mit dem *Astor* im letzten halben Jahr nicht anders gegangen. Seitenweise wurden die leeren Stuhlreihen kurz vor der Vorführung gepostet und das Kino in der digitalen Welt damit bereits für tot erklärt. Selffulfilling prophecy nannte man so etwas.

Alex blinzelte. »Hab schon ’n paar Studenten engagiert, die mit Fünf-Sterne-Bewertungen gegensteuern.«

Ihre Biere kamen, und Julian hob seins zum Anstoßen. »Hab mich übrigens auch entschieden. Seit gestern besitze ich auch ein neues Leben.«

»Was? Alter, und das sagst du erst jetzt?« Alex haute sein Glas gegen Julians, dass das Bier nur so über den Tisch schwappte. »Glückwunsch, Mann. Erzähl!«

Julian berichtete, wie es ihm bisher ergangen war, ließ dabei jedoch aus, dass er heute Geburtstag hatte.

»Tja, Alter«, seufzte Alex, »das ist genau der Grund, warum ich weit weg wollte. Das wär nichts für mich, so alles vor der eigenen Haustür mitzuerleben.«

»Hab darüber, ehrlich gesagt, nie richtig nachgedacht.«

»Ich sag dir, als meine Eltern mir gestern erzählt haben, dass Tian den Laden voll auf amerikanische Billigware umkrempelt, bin ich fast durchs Telefon gesprungen. *Urgh*, da krieg ich echt so ’n Hals.« Er machte eine Geste, als wollte er sich selbst erwürgen. »Ich mein, wie blöd muss man sein, oder? Da bauen die Europäer eindeutig die besseren Werkzeuge, und der Kerl macht auf *America is best*, um sich bei den Südstaatlern anzubiedern.« Er bekam sich gar nicht mehr ein. »Warum glauben wir bei uns im Land eigentlich immer, dass wir in allem die Besten sind und Weltmacht sein müssen. Das ist doch voll krank. Und, hey, das sagt einer, der von jeher Republikaner wählt.«

Julian schmunzelte. Ihm ging’s genauso. Schon immer. Er liebte sein Land wie kein anderes und wollte nirgendwo sonst auf der Welt leben. Trotzdem verstand er nicht, warum seine Nation nur als Nummer eins glücklich war.

Im Grunde wie Myra Jones, wurde ihm klar.

»Die Chinesen hängen uns eh binnen Kürze ab.« Alex leerte sein Glas und machte dem Kellner Zeichen, dass er ein zweites wollte. »Und wenn wir nicht langsam was an unserem Gesundheitssystem tun, dann werden wir in Zukunft eh als Erste sterben. Auch egal«, unkte er vor sich hin und wandte sich dann wieder Julian zu. »Und deine Familie sitzt jetzt echt mit der zusammen und macht einen auf *new family* oder was?«

Julian zuckte mit den Schultern. »Keine Ahnung. Ich hoffe, dass sie dabei schnell begreifen, was sie an mir haben.«

Alex klopfte ihm auf die Schulter. »Das werden sie bestimmt. Da bin ich mir sicher.«

Sein frisch Gezapftes kam, und sie tranken weiter.

Julian beließ es an diesem Abend bei einem Bier, denn er wollte den Mustang nicht stehen lassen. Beim Einsteigen beschloss er, noch einen Umweg zu fahren.

Am Ocean Beach ging soeben die Sonne unter, und die Menschen verfolgten das Spektakel auf den Strandmäuerchen, den Hauben und Rückflächen ihrer Autos oder durch die Scheiben des schicken *Cliff-House*-Bistro oben auf dem Hügel. Mit einem Cocktail oder Wein in der Hand beobachteten die Restaurantgäste, wie die Sonne den Horizont rosa färbte und kurz darauf im Meer versank.

Als Julian dort eintraf, war die Dämmerung bereits hereingebrochen, und der Restaurant-Vorplatz wurde vom Schriftzug des *Cliff Houses* beleuchtet. Es dauerte eine Weile, bis Julian die drei Frauen auf die Straße treten sah, lachend und miteinander untergehakt. Zum Abschied umarmten sie sich.

»Bis bald!«, rief Martha Beeman weinselig Myra zu, und Julian sank reflexartig hinter sein Steuer.

»Bye, Martha! Bye, Susan!«, rief die und schickte Handküsse zurück. Dann setzte sie sich in Julians Honda und fuhr in Richtung *Astor* von dannen.

Kurz darauf fuhr auch Susans Wagen an ihm vorbei, seine Mutter auf dem Beifahrersitz.

Einen Moment wartete er ab, dann griff er nach seinem Handy und wählte die Nummer seiner Mutter, aber es ging sofort die Mailbox an, wie so oft. Julian wählte darauf Susans Nummer.

Er wusste, dass sein Name in der nächsten Sekunde groß auf dem Display über ihrem Amaturenbrett erscheinen würde und sie, um abzuheben, nur den Knopf an ihrem Steuer drücken musste. *Jules, hey, du rufst gerade richtig an. Wir haben soeben deine Nachfolgerin kennengelernt*, hörte er sie schon rufen, flankiert von einem *Hallo, mein Schatz. Wie geht es dir?* von seiner Mutter.

Aber sein Anruf wurde nicht entgegengenommen, sondern nach sechsmaligem Klingeln auf die Mailbox umgelenkt.

25.

Lieber Memphis,
haben Sie vielen Dank für das Exposé. Ich hätte noch einige Fragen zur Geschichte, die ich gerne in den nächsten Tagen mit Ihnen besprechen würde. Von mir aus zur Abwechslung auch gerne mal wieder telefonisch oder sogar in persona, aber ich richte mich da natürlich ganz nach Ihnen.
Den Link zur Vorschau schicke ich Ihnen in den nächsten Tagen zu.
Mit freundlichen Grüßen
Ihre Kerry Goldenstrauch

Es war eindeutig, dass die Geschichte sie nicht vom Hocker gehauen hatte, aber *what the f…*, dachte Julian, als er die Nachricht am nächsten Morgen las. Zumindest hatte er jetzt erst mal ein wenig Zeit gewonnen und konnte sich in Ruhe um alles Weitere kümmern.

Nach dem gestrigen Abend hatte Julian sich noch viele Stunden wach im Bett herumgewälzt, bis er in den frühen Morgenstunden endlich eingeschlafen war. Wie schon so manches Mal vorher, angesichts der schier unüberwindlich scheinenden Sorgen rund um das *Astor*, hatten ihn auch in dieser Nacht dunkle Vorahnungen und Zweifel nicht zur Ruhe kommen lassen.

Nach einem Frühstück im Stehen in der Küche beschloss er deshalb, zu Fuß zum *Angelina's* zu gehen, um zu sehen, ob Helen dort war. Sie kannte Myra, und möglicherweise konnte sie ihn beruhigen.

»Na, das sieht ja ganz nach einem neuen Stammkunden aus!«, begrüßte sie ihn vergnügt und fügte seiner Bestellung einfach ein Erdbeertörtchen bei. »Das geht aufs Haus, um die Sucht zu fördern.«

Julian wollte etwas Nettes erwidern, doch da war Helen längst weg und kümmerte sich um ihre anderen Gäste.

Mann, Alter, du bist ja so was von verrostet. Du weißt ja noch nicht mal mehr, wie man richtig flirtet, schalt er sich. Kein Wunder, dass Madame *Astor* deine letzte Affäre war.

»Sag mal«, wagte er beim Bezahlen einen Vorstoß, »hättest du vielleicht Lust, mit mir mal ein Bier trinken zu gehen? Natürlich nur, wenn du Zeit hast.«

Helen grinste. »Ginge auch Wein? Ich bin nicht so die Biertrinkerin.«

»Klar. Natürlich«, erwiderte er überschwänglich. »Gerne.«

Helen gab ihm seine Kreditkarte zurück und legte den Kopf schräg. »Und was hältst du von einem Spaziergang? Ich hab hier nämlich gleich Schichtende.«

»Äh, wow. Klar. Ja, warum nicht?«

Julian wartete bis er zwei Blocks entfernt war. Dann legte er einen Sprint ein, um so schnell wie möglich nach Hause zu kommen. Es blieb ihm noch genau eine Stunde, um sich zu rasieren, zu duschen und das einzige in seinem Besitz befindliche Hemd zu bügeln.

Nein, Quatsch, bremste er sich. Bloß die gleichen Klamotten anbehalten. Alles andere wäre viel zu auffällig.

Und so besprühte er nach dem Duschen nur die Achseln seines T-Shirts mit Eau de Toilette und föhnte die Haare so trocken, dass man ihnen nicht ansah, dass sie frisch gewaschen waren. Auf keinen Fall wollte er den Eindruck erwecken, dass es hier für ihn um ein Date ging. Es war ein ganz gewöhnlicher Spaziergang, bei dem Julian eigentlich nur etwas über Myra erfahren wollte.

An die Laterne gelehnt, scrollte er denn auch betont konzentriert auf seinem Handy, als Helen mit dem Rad um die Ecke gefahren kam.

»Hey, der erste Mann, den ich treffe, der pünktlich ist.«

Sie trug ihre wilde Lockenpracht im Gegensatz zu vorhin nun hochgesteckt und hatte die Arbeitsjeans mit einem Kleid getauscht. Ihre Lippen strahlten in dunklem Rot, und ihre Augen waren leicht untermalt, was sie gleich noch ein Stück größer und blauer wirken ließ.

»Hey«, war alles, was Julian bei ihrem Anblick hervorbrachte. Gleichzeitig spürte er, wie die Hitze in ihm aufstieg.

»Hey«, gab Helen zurück und schloss ihr Rad mit einem verstohlenen Lächeln an der Laterne an.

Schweigend liefen sie den Hügel zum Museum *Legion of Honor* hinauf und blieben an der Brüstung des Vorplatzes stehen. Hinter ihnen der prachtvolle Bau, der mit seinen Säulengängen und der Aufschrift *Honneur et Patrie* über dem

Eingang nicht von ungefähr das Gefühl vermittelte, man befände sich im fernen Frankreich, vor ihnen der weitläufige Golfplatz mit der Golden Gate Bridge am Horizont.

»Ich liebe diesen Ort«, brach Helen ihr Schweigen und lehnte sich gegen das Mäuerchen, um zum Museum zu sehen. »Früher bin ich hier täglich hergekommen.«

»Wegen der Aussicht?«

Sie lachte. »Nein, wegen des Museums.« Sie zeigte an ihm vorbei. »Dort hab ich immer meinen Tag begonnen und gezeichnet. Jeden Tag eine Skizze. Meine Hausaufgabe an mich selbst.«

»Dann bist du eigentlich Künstlerin?!«

»Tja, was *ist* man überhaupt?«, nahm sie seine Frage auf und ließ ihren Blick nachdenklich in Richtung der Skyline von San Francisco schweifen. »Ich würde sagen, ich *bin* ein Mensch. Aber ich *habe* einen Abschluss in bildender Kunst.«

»Und?«, fragte Julian, der eine Geschichte hinter ihren Sätzen heraushörte.

»Ich hab schon als Kind davon geträumt, Malerin zu sein. Mit eigenem Atelier und so«, erwiderte sie ihm und schüttelte belustigt den Kopf. »Hab mich als Achtjährige in einem Raum gemalt, wie ich ihn mir später exakt so geschaffen habe. Ein Atelier mit Deckenfenstern und viel Platz für meine Farben, Leinwände und Ideen. Das war schon irre.« Sie steckte ihre herausgefallenen Locken zurück. »Zehn Jahre hab ich durchgehalten und konnte sogar davon leben. Dann war's genug.«

Julian zog irritiert die Augenbrauen hoch. Er kannte nur wenige Künstler, die von ihrer Kunst leben konnten. Es galt eher als Ausnahme.

»Wieso?«

Helen zuckte mit den Schultern. »Mir war's auf Dauer echt zu einsam – und auch zu anstrengend. Immer nur aus dir selber schöpfen und dann bewertet werden kann auch was ganz schön Frustrierendes haben. Im Café bekomme ich meinen täglichen Anstoß von außen, und das Feedback ist durchweg positiv. Was will ich mehr?«

Julian musste schmunzeln. Noch nie hatte er jemanden so pragmatisch und unbeschwert über den zerplatzten Traum vom Künstlerdasein sprechen hören.

»Das heißt, du bist Kellnerin aus Überzeugung?!«

»Absolut. Das *Angelina's* ist für mich wie eine Ruheinsel. Da muss ich nichts produzieren und groß verantworten. Das tut zwischendurch echt gut.«

»*Zwischendurch*?«

»Klar. Ich will ja nicht verkalken. Da muss schon noch mal wieder was anderes kommen.« Sie stieß sich von der Brüstung ab, um weiterzugehen. »Und wie sieht's bei dir aus?«

»Tja ...« Julian überlegte kurz, wie ehrlich er sein sollte, und entschied, die Karten offen auf den Tisch zu legen.

»Ich hab mein Leben getauscht. Mit Myra Jones«, sagte er.

Helen blieb stehen und schaute ihn verblüfft an. »Du hast *was* gemacht?«

»*LifeExchange*. Schon mal davon gehört?«

»Nein.«

»Ist eine Plattform im Internet, über die man sein Leben mit jemand anderem tauschen kann.«

Helen schüttelte ungläubig den Kopf. »Ist jetzt 'n Scherz, oder?«

»Nope. Ist wie *Homelink* oder *HomeExchange* – nur dass man sein ganzes Leben mit allem Drum und Dran eintauscht.«

Helen brauchte einen Moment, um die Information zu verdauen.

»Kein Wunder, dass ich kein Full-Digital werden will, das wird ja immer schlimmer«, murmelte sie fassungslos und stapfte vor ihm her den schmalen Küstenweg hinauf.

»Dann hast du nicht gewusst, dass Myra auf *LifeExchange* jemanden suchte, mit dem sie ihr Leben tauschen wollte?«, fragte er.

»Nein.« Helen blieb stehen. »Aber weißt du was? Ich versteh jetzt endlich, warum die einfach so abgehauen ist – ohne *Tschüs* und *auf Wiedersehen* –, und andererseits frag ich mich ganz ehrlich, wie die sich Freundin nennen konnte?«

Sie setzten ihren Weg fort, und Julian erfuhr, dass Myra eines Tages genauso plötzlich im *Angelina's* aufgetaucht war, wie sie wieder verschwunden war. In der Zeit dazwischen hatte man das Gefühl, das Café sei nie ohne sie gewesen.

»Sie hat vom ersten Tag an gearbeitet, als habe sie nie etwas anderes getan, als im *Angelina's* hinterm Tresen stehen. Absolut beeindruckend.«

»Wusstest du, dass sie schreibt?«

»Nein. Ich wusste sonst gar nichts. Außer, dass sie in einem hübschen Haus wohnt und offensichtlich über etwas Geld verfügt. Ansonsten blieb sie mir bis zum Schluss ein Brief mit sieben Siegeln.« Julian vernahm am Klang ihrer Stimme, dass Myras Verhalten sie alles andere als kalt ließ.

Es begann bereits zu dämmern, als sie zwei Stunden später zu ihrem Ausgangspunkt zurückkehrten. Julian sah zu, wie Helen ihr Rad aufschloss, und fühlte, dass er sie noch nicht ziehen lassen sollte. Dieses Mal allerdings nicht, um noch mehr über seine Vorgängerin in Erfahrung zu bringen, sondern weil Helens Gesellschaft eine so wohltuende Wirkung auf ihn hatte.

»Hättest du Lust, noch auf ein Glas Wein mit zu mir zu kommen?«

Ihr Blick flog belustigt über sein Gesicht. »Monsieur Beeman, Sie werden ja richtig forsch.«

In Decken gewickelt saßen sie kurz darauf auf der Terrasse, und während Helen die Windlichter anzündete, öffnete Julian Rebeccas Wein.

»Der müsste eigentlich noch ein paar Stunden Luft ziehen, aber ich hoffe, er entfaltet auch so seine ganze Pracht.«

Es waren Rebeccas Worte, die er hier zitierte, und sie verfehlten nicht ihre Wirkung.

»Na, dann hab ich's hier ja mit 'nem echten Weinkenner zu tun.«

Er lachte. »Nein, nur nachgeplappert. Der Wein stammt von einer ... ja, man kann eigentlich schon fast *Freundin* sagen, dabei hab ich sie erst kürzlich über *LifeExchange* kennengelernt.«

»Ach, so ein Portal ist das also auch.«

»Nein. Man kommt dort auf der Suche nach einem neuen Leben nur unweigerlich ins Gespräch, ist doch klar.«

»Auf was sollen wir denn trinken?« Helen erhob ihr Glas.

»Darauf, dass ich's nicht vermassel«, sagte Julian und tippte mit seinem Kelch gegen den ihren.

Der sonore Klang ging so tief, dass er bis in die Fingerspitzen vibrierte.

Andächtig nippte Julian an seinem Wein und wusste spätestens beim zweiten Schluck, was Rebecca gemeint hatte, als sie sagte, dass ein Wein einen alltäglichen Augenblick in einen außergewöhnlichen Moment verwandeln konnte.

Rund und weich breitete sich der edle Tropfen in seinem Mund aus und entfaltete den Geschmack von Beeren mit einem Hauch Lakritze darin, um sich schließlich mit einer Vanillenote die Kehle hinunter zu verabschieden und den Rest des Körpers nach und nach mit einer wohligen Schwere zu belegen.

»Wow, das ist das Beste, was ich je getrunken habe.« Voller Respekt stellte Helen das Glas vor sich ab und ließ die purpurne Flüssigkeit darin kreisen.

In der Ferne rauschte das Meer.

»Was denkst du, was genau das Glück ausmacht?«, fragte Julian in die Gesprächsstille hinein.

»Treue gegenüber sich selbst«, kam es ohne Zögern von Helen zurück. »Niemals müde zu werden, die eigene Leidenschaft zu füttern und wach zu halten. Das ist Leben und damit Glück.«

Julian schaute sie an. »Ich hab das Gefühl, du bist da schon einen Schritt weiter als ich.«

»Kein Wunder, wenn man so mitten aus der Scheiße kommt«, sagte sie. »Da weiß man doch erst mal gar nicht mehr, worum es eigentlich genau zu kämpfen gilt, oder?«

»Nein«, bestätigte er und lachte verhalten. »Am liebsten würde ich gar nicht mehr kämpfen.«

»No way.« Helen hielt ihm ihr Glas entgegen. »Wer nicht mehr kämpft, lebt nicht mehr.«

»Ich muss sagen, dass es sich kampflos gerade eindeutig besser anfühlt«, widersprach er und wies um sich herum.

»Warte mal ab, das geht schnell vorbei. Wir Menschen brauchen die Herausforderung wie die Luft zum Atmen.«

»Das hat Myra auch gesagt.« Julian schenkte Wein nach. Eigentlich hatte er sich vorgenommen, dass er über seine Vorgängerin nicht mehr sprechen wollte, doch immer wieder kam dieselbe Frage in ihm auf. Vielleicht konnte Helen sie ihm ja beantworten.

»Hast du eine Ahnung, warum Myra das hier alles über Bord geworfen hat für ein Leben, das ihr erst mal nur Schwierigkeiten macht?«

Helen wog den Kopf. »Wenn du auf Erfolgsdroge bist, schon.«

»Drogen nehmen Menschen, die von einer Angst getrieben sind«, widersprach Julian. »Myra wirkt alles andere als ängstlich – eher, als wäre sie in Miraculix' Zaubertrank gefallen.«

Helen grunzte. »Tja, wer weiß. Auf jeden Fall schafft sie es sogar noch aus der Ferne, uns mit ihrem Zauber zu belegen, nicht wahr?!«

In ihrem Blick lag eine Mischung aus Wärme und Provokation, und er spürte, dass nun der Augenblick gekommen war, wo er sich entscheiden musste, was er wollte. Weiter an der Vergangenheit festhalten oder seine Zukunft gestalten.

»Was hältst du davon, wenn wir dem Wein doch noch etwas Zeit zum Atmen geben?«, fragte er.
Sie grinste. »Das halte ich für eine sehr gute Idee.«

Keine drei Minuten später stieß Julian die Tür zum Schlafzimmer mit dem Fuß auf – bemüht die Balance zu halten, denn Helen umfing ihn mit ihren Armen, als hätte sie sechs davon, ihre warme Zunge drängte in seinen Mund, und ihre Hände schoben sich unter seinen Gürtel. Julian wusste nicht, auf was er sich mehr konzentrieren wollte, auf Helens überberstende Leidenschaft oder seine eigene Begierde, die ihn wie eine Tsunamiwelle mit sich riss. Da war ihre Hand, die sich in seine Hose schob, während sich ihre festen Brüste an seinen Oberkörper pressten und seine Hände über ihren samtweichen Rücken glitten. Wie lange hatte er eine derartige Sinneslust nicht mehr erlebt.
»Warte, lass uns langsam machen«, raunte er und hob Helen behutsam auf sein Bett. »Ich will jede Sekunde genießen.«

26.

Die Schiffshörner weckten Julian am nächsten Morgen. Der Sommernebel war mal wieder über die Stadt hergefallen und hatte sie in eine Film-noir-Szenerie verwandelt. Durch den dichten Dunst hindurch signalisierten sich die Frachter auf dem Meer gegenseitig ihre unsichtbare Anwesenheit.

Die Uhr zeigte kurz nach halb acht, und das Schlafzimmer war in ein milchiges Licht getaucht, das Julian so noch nicht kannte. Eine rote Locke kitzelte ihn an der Nase, und er blickte auf den wilden Haarschopf, der auf seiner Schulter lag.

Sofort musste er an all die Filme denken, in denen einer der Protagonisten am Morgen die Augen öffnete und sich wunderte, jemanden neben sich im Bett zu finden. Nie hatte Julian so eine Überraschung für möglich gehalten. Und wenn man noch so betrunken war, man wunderte sich nach einer gemeinsam verbrachten Liebesnacht doch nicht, dass da noch jemand neben einem lag.

Außer vielleicht in dem Film *Hang over*, aber da gehörte es nun mal zum Erzählkonzept.

Helen hatte sich in die Decke gerollt, und einzig ihr Arm schaute daraus hervor. Leise begann er, die Sommersprossen darauf zu zählen, und fuhr vorsichtig mit seinem Finger über ihre Haut. Bei dreiundachtzig wachte sie auf und grinste ihn mit verknautschter Miene an.

»Stehst du auch auf Kaffee im Bett?«, fragte sie.

»Absolut. Ich steh nur nicht darauf aufzustehen.«

Sie lachte und pellte sich aus dem Plumeau, um sich sein im Bett liegendes T-Shirt überzuziehen. Es reichte bis zur Mitte ihrer Oberschenkel und ließ ihre linke Schulter frei. »Dann mach ich uns mal welchen.«

Ehe Julian sie davon abhalten konnte, war sie aus der Tür und hüpfte die Treppe hinab.

»Hey, du weißt doch gar nicht –«, rief er ihr nach.

»Keine Sorge, kenn mich hier aus! Ist ja nicht meine erste Übernachtung in dieser Prachtvilla.«

Es lag etwas Verschmitztes in ihren Worten, ein geheimnisvoller Unterton, der Julian aufhorchen ließ. Das Wort *Übernachtung* erzeugte dabei ein unwohles Gefühl. Gab es da etwa noch etwas, das sie ihm verschwiegen hatte?

Von unten drang das Brummen der Kaffeemaschine zu ihm herauf und das Klappern von Geschirr. Die geschäftigen Geräusche verrieten keinerlei Unsicherheit oder Zögern. Im Gegenteil. Es klang, als sei jeder Griff schon unzählige Male zuvor getan worden.

Wollte Helen ihm etwa andeuten, dass sie vor ihm auch mit seiner Vorgängerin hier oben intim geworden war? War das am Ende der Grund dafür, dass sie so verletzt über Myras plötzliches Verschwinden reagiert hatte?

Der Gedanke stürzte Julian in einen Strudel widersprüchlicher Gefühle. Myra Jones, dieses perfekte Wesen, das bisher noch jeden für sich begeistert hatte. Noch nie hatte ihn jemand aus der Ferne derart quälen können. Als habe sie in jeder Hinsicht die Kontrolle über sein Ich gewonnen.

Er sprang auf, lief ins Bad und stellte die Dusche an.

Durch das Wasserrauschen hörte er Helens Stimme und ein Klopfen. Er reagierte nicht.

Als er ins Schlafzimmer zurückkehrte, war sie gegangen. Auf dem Bett lag sein T-Shirt, auf dem Nachtisch stand der Becher mit Milchkaffee.

Unten auf der Kommode fand Julian ihre Telefonnummer mit drei Fragezeichen darüber.

Er ließ sie liegen. In ihm gärte eine Mischung aus Scham und Zorn, und er wusste, dass er Helen erst begegnen konnte, wenn er sich von seiner Vorgängerin befreit hatte und wusste, wer er selber in Zukunft sein wollte.

Julian-Memphis, Memphis-Julian oder weder noch.

Im Wohnzimmer griff er nach seinem Handy und öffnete die App für E-Mails. Noch hatte er seine bisherige Adresse nicht auf dem iMac installiert, aber auch nicht in sein Smartphone geschaut.

Zu seiner Überraschung fanden sich nur zwei Mails in seinem Postfach. Beide waren vom Vortag.

Die erste kam von Rebecca und verhieß in der Betreffzeile: *Viel Glück!*

Hi, Julian,
alles Gute zum Geburtstag!
Du wirst es nicht glauben, aber dein Besuch hat mir Glück gebracht. Zu genau der Zeit, als wir unseren Rundgang gemacht haben, ist bei mir eine Anfrage auf LE eingegangen. Seitdem qualmt das Netz. :)

Es handelt sich um einen Koch aus NYC. Er ist ein großer Weinkenner, und wir haben bereits mehrmals miteinander telefoniert. Du hättest seine Stimme hören sollen! ;0)
Es hat sofort Klick gemacht. Ich hab noch nie einen Mann getroffen, der so ähnlich tickt wie ich und mich gleichzeitig derart überrascht. Er könnte sich vorstellen hierherzuziehen und ein Restaurant auf der Domaine zu eröffnen.
Ist das nicht unglaublich? Bin total aufgeregt.
Lass wieder von dir hören!
Herzlich
Rebecca

Ja, es war unglaublich, absolut phantastisch, und er freute sich für sie. In gleichem Maße traf es ihn aber auch, denn er beneidete sie um ihr Glück, zu dem er gerade nicht fähig zu sein schien.

Die zweite Mail kam von Daemon@Astor.com:

Ihr Account wurde mit sofortiger Wirkung gelöscht.
Bitte legen Sie sich eine andere E-Mail-Adresse zu.

Julian stieß Luft durch die Zähne aus. »Diese verdammte ...« Myra hatte einzig die Mail von Rebecca zu ihm durchgelassen. Alle anderen hatte sie für sich behalten oder gelöscht und ihn nun endgültig vom *Astor*-Server abgenabelt.

Wütend griff er nach den Schlüsseln zum Mustang.

Er ließ sich von ihr nicht manipulieren!

27.

Den Mustang in der Poleposition halb auf dem Bürgersteig, halb auf der Straße geparkt, saß Julian mit dem Blick zum Schultor auf der Kühlerhaube. Die neu gekauften Jeans und die Lederjacke hatte er gleich angezogen, der Rest seines Zweitausend-Dollar-Einkaufs lag im Kofferraum. Während hinter ihm Eltern in ihren ungelenken SUVs mit laufendem Motor warteten und dabei ungeduldig mit den Fingern auf das Steuerrad trommelten, schob Julian sich die Sonnenbrille ins Gesicht und lächelte seinen Nichten entgegen.

Keren stürmte als Erste durchs Tor und fiel ihm überschwänglich um den Hals. »Onkel Jules, wie cool!«, rief sie und winkte dabei betont lässig ihren Schulkameradinnen zu, die neidisch zu den Familienautos ihrer Eltern schlurften: »Ciao, bis morgen!«

Endlich gehörte *sie* mal zu den Coolen, las Julian von Kerens Gesicht ab und freute sich mit ihr.

»Ist das echt deiner?«, fragte Emmy, die Mittlere von ihnen, und umkreiste den Mustang. »Wo hast du den denn her?«

Keren antwortete, ehe Julian dazu kam: »Ich hab dir doch gesagt, dass Onkel Jules auf LE mit einer Bestsellerautorin das Leben getauscht hat und jetzt reich ist.«

Die neunjährige Linda, die offensichtlich noch nichts davon wusste, blickte Julian bei dieser Nachricht ungläubig staunend an. »Heißt das, du bist jetzt eine Frau?«

Er lachte. »Nein, keine Sorge, ich bin weiter *ich*. Hab nur ihren Autorennamen übernommen. Das ist aber ein Männername.«

»Dann denkst du dir jetzt Geschichten aus?«, fragte sie.

»Yep. Genau so ist es.«

»Wovon handeln die denn?«, wollte ihre um zwei Jahre ältere Schwester Emmy wissen. »Sind das auch Geschichten für uns?«

»Nein, leider nicht. Aber wer weiß«, räumte Julian ein. »Vielleicht sollte ich etwas daran ändern. Gar keine schlechte Idee.«

»O ja, schreib was über einen Hamster, der im Untergrund Fälle löst«, rief die kleine Linda begeistert. »Der kommt aus einem Versuchslabor und kann sprechen. Ich hab schon den ganzen ersten Fall aufgeschrieben. Wenn du willst, schenk ich ihn dir.«

»Wow, das klingt ja vielversprechend.« Julian strich ihr gerührt über den haselnussbraunen Schopf. »Ich komme gerne auf dein Angebot zurück.« Dann wandte er sich an die anderen beiden. »Wie sieht's aus, seid ihr für eine kleine Spritztour bereit?«

»Jaaa!«

In seiner Tasche piepste im gleichen Augenblick das Handy. Es war Susan.

Um Punkt 16:00 Uhr müssen die drei zu Hause sein. Dann sind Flötenunterricht und Nachhilfe angesagt, schrieb sie ihm.

Alles klar, textete er zurück und öffnete den Mädchen die

Türen. »Na, dann mal schnell rein in die gute Stube, wir haben heute nämlich noch einiges zu erledigen.«

Während sich Emmy und Linda auf die Rückbank quetschten, nahm Keren als Älteste den Platz auf dem Beifahrersitz ein.

»Was ist das alles für Post?«, fragten die Mädchen von hinten und hielten ihm all die Werbebriefe hin, die er aus Memphis' Mailbox gezogen hatte.

Julian hatte sie vollkommen vergessen. »Lasst sie einfach liegen, ich entsorge sie später. – Was wollen die Damen denn essen?«

Die Antwort kam im Dreiklang: »Burger.« – »Pizza.« – »Mexikanisch.«

»Und danach Shopping«, ergänzte Keren grinsend.

»Nein, Spielplatz«, rief Linda.

»Auf gar keinen Fall«, protestierte Emmy. »Bitte Kino!«

»Oder was war deine Überraschung?«, fragte Keren.

»Ich will mir gerne einen Hund zulegen und bräuchte dazu eure Hilfe. Ihr sollt mich beraten.«

»Yeah!!!«, schrieen sie wie aus einem Mund. »Dann erst Pizza und danach Tierheim.«

Wie die meisten wünschten sich auch Susans und Marcus' Kinder seit Jahren sehnlichst ein Tier, doch weil ihr Vater auf Tierhaare allergisch reagierte, war ihr Wunsch bisher nicht erfüllt worden.

»Ich weiß, wo es super Pizza gibt. Von da können wir zum Tierheim laufen«, berichtete Emmy aufgeregt. »Eine Freundin von mir war neulich da und durfte sich eine Katze aussuchen.«

Julian gab die Adresse in sein Navigationsgerät ein und fuhr los.

»Ist Memphis dein neuer Name, Onkel Jules?«, fragte ihn Linda, als sie auf dem Parkplatz der Pizzeria ausstiegen und sie ihm die nun ordentlich gestapelte Post übergab.

»Nein, ähm …« Julian verstaute den Stapel in der Ablage seiner Fahrertür. »Memphis ist ein Freund. Ich kümmere mich gerade um seine Post, während er weg ist«, log er, denn er wollte nicht, dass Susan und seine Mutter den Namen zu seiner neuen Identität erfuhren. Zumindest so lange nicht, bis er sich selbst darin zurechtgefunden hatte.

Keine Stunde später betraten sie mit ihren vollen Pizzabäuchen die Auffangstelle für ausgesetzte Tiere, und die drei Mädchen liefen von Käfig zu Käfig, um jeden Hund in Augenschein zu nehmen.

Während der einen der Vierbeiner nicht groß genug sein konnte – »am liebsten eine Dänische Dogge!« –, plädierte die andere eher für einen Schoßhund mit großen Augen – »so einer, der wie ein *Glubschi* aussieht. Das wäre toll«.

»Nimm die Dogge, Onkel Jules, du hast doch jetzt Platz«, insistierte Keren bis zuletzt, aber Julian wählte schließlich den von Linda ausgesuchten Foxterrier, denn der Name Fritz passte perfekt zu ihm.

»Ich finde, der sieht genauso aus, wie der aus dem Comic«, bemerkte Linda und kraulte ihm begeistert sein lockiges Fell. »Struppi!«

»Quatsch, der von Tim ist doch ganz weiß. Der hier hat ja

Schokoflecken«, korrigierte Emmy sie. »Wir könnten ihn doch Fritz Schoko Beeman nennen!?«, schlug sie vor.

Julian lachte. »Ja, das ist gut.« Er schaute dabei zu der Mitarbeiterin des Tierheims, die sie schon eine ganze Weile aus der Ferne beobachtete und nun mit ihrem Klemmbrett kam, um Julian kritisch unter die Lupe zu nehmen.

»Kennen Sie sich denn mit Hunden aus?«, fragte sie. »Sind das Ihre Kinder?«

»Ja«, riefen die Mädchen, denn sie wollten um jeden Preis verhindern, dass ihrem Onkel der Hund verweigert wurde.

»Ich hab mir immer einen Hund gewünscht, hatte aber bisher leider noch keinen eigenen«, erklärte er ehrlich. »Ist das schlimm?«

Die Dame zog die Stirn in Falten und machte sich einen Vermerk in ihrer Liste. »Ich weiß nicht, ob Sie über die Rasse Bescheid wissen, aber Foxterrier verfügen über sehr eindeutige Charaktermerkmale. Dieser hier ist jedoch anders.«

»Was meinen Sie mit *anders*?«

»Na ja, normalerweise kann man mit einem Hund dieser Art gut auf die Jagd gehen, aber der hier ist eher nicht so der Typ dafür. Zudem …« Sie machte eine vielsagende Geste. »Er bellt nicht.«

»Er bellt nicht? Wie schön!«, gab Julian scherzhaft zurück.

Die Frau fand die Bemerkung jedoch mitnichten lustig und entgegnete nur kühl: »Wenn Sie meinen. Normalerweise drücken Hunde über das Bellen ihre Emotionen aus.«

In ihrem Blick lag eine traurige Wut, aber es war zu spät, um seine Bemerkung zu korrigieren.

Stattdessen schaute er zu dem Foxterrier, der sich geduldig von den drei Mädchen streicheln und herumziehen ließ.

»Oh, du Armer«, flüsterte Linda ihm zu und schloss das Felltier fest in ihre Arme. »Bei meinem Onkel geht's dir gut. Keine Sorge.«

»Meinen Sie's wirklich ernst?«, bohrte die Dame vom Tierheim weiter.

»Ja, sicher«, sagte Julian und schaute ihr gerade in die Augen. »Sie müssen wirklich keine Sorgen wegen des Kleinen haben. Er wird ein Zuhause kriegen, wie man es sich besser nicht wünschen kann.«

An einer provisorischen, von sechs Händen gehaltenen Leine verließ Fritz kurz darauf das Gebäude und roch scheu an den Häuserecken und Laternen, wie ein Gefangener, der nur kurz Ausgang hatte und schon bald in seine Zelle zurückmusste. Hier und da hob er sein Bein, ansonsten verhielt er sich schüchtern und reagierte verschreckt auf jede Bewegung, die von den Mädchen ausging.

»Der nächste Hundeshop ist eine halbe Meile entfernt.« Keren zeigte auf das Display ihres Smartphones und dirigierte sie auf die andere Straßenseite, während Emmy und Linda sich um die Leine stritten.

»Jetzt bin ich mal dran.«

»Nein, ich hab ihn ja erst eine Minute. Komm, Fritz, komm hierher.«

»Aber ich hatte ihn noch viel kürzer als du!«

Julian schaute belustigt zu ihnen und nahm erleichtert wahr, wie sein neuer Mitbewohner trotz allen Hin- und Hergezerres an Lockerheit gewann.

Ohne dass Julian irgendetwas tun musste, suchten die zwei Älteren im Laden alles Notwendige für den Hund zusammen, während Linda mit Fritz draußen wartete.

Fressnäpfe, Leine, Bürsten, Futter, Spielzeug, was auch immer ein kleines Tierherz begehren mochte, es wurde in den Wagen gelegt und am Ende im Kofferraum verstaut.

Dann war die Onkelzeit um, und Julian fuhr das Trio nach Hause zurück.

»Danke, Onkel Jules, das war total genial!«, rief Keren, und Emmy bestand darauf, dass sie genau das Gleiche in der nächsten Woche wieder tun sollten.

»Du meinst, noch einen Hund anschaffen?«

»Nein! Uns abholen und was Schönes unternehmen.«

»Kann Fritz nicht bei uns bleiben?«, bettelte Linda. »Du kannst ihn auch ganz oft besuchen kommen.«

»Nein, leider nicht, mein Schatz.« Julian gab ihr einen Kuss. »Du weißt doch, was Tierhaare bei deinem Vater auslösen. Wascht euch bitte gut die Hände.«

Er begleitete sie zum Haus, wo Susan bereits wartete, und winkte ihnen nach, wie sie die Treppe hochstürmten.

Susan machte derweil mit verschränkten Armen vor der Brust eine Kopfbewegung in Richtung des Mustangs, wo Fritz seine Schnauze neugierig durch den Fensterspalt schob.

»Bist du sicher, dass du der Verantwortung gewachsen bist?«, fragte sie. Julian hörte dabei im Geiste, was in ihrer Stimme mitschwang: *Du warst doch in den letzten Jahren nicht mal beziehungsfähig, wenn es um eine Frau ging. Wie willst du da ein hilfloses Tier betreuen?*

»Keine Sorge, Susan. Fritz wird schon bald gelernt haben,

mir die Schuhe hinterherzutragen und den Haushalt zu führen.«

Seine Schwester schenkte ihm ein gequältes Lächeln und griff nach einer Papiertüte, die neben der Tür bereitstand.

»Hier, das ist noch dein Geburtstagsgeschenk. Ich hab gehört, dass du meinen Kaffeeautomat offenbar wie den Rest deines Lebens lieber loswerden wolltest. Vielleicht passt das ja jetzt besser in deine neue Welt.«

Julian nahm das Präsent entgegen. Er konnte ihre Enttäuschung verstehen.

»Was ist das?«, fragte er sanft.

»Ein Fernglas. Für deinen neuen Ausblick. Und vielleicht auch für den Fall, dass du doch noch mal auf das schauen willst, was du zurückgelassen hast.«

Er nickte. »Es tut mir leid, wenn es so klingt, aber ich habe euch nicht zurückgelassen, und das ist auch in Zukunft nicht meine Absicht.«

»Kein Problem. Sie ist wirklich nett. Übernächstes Wochenende wollen wir vielleicht zusammen mit Mom ins SPA nach Callistoga fahren. Sie waren beide noch nie dort.«

»Wow. Na ... wie schön«, entgegnete Julian.

»Ja, vielleicht tritt sie auch meinem Buch-Club bei, wenn sie die Wiedereröffnung erst mal hinter sich hat.«

Julian wusste, dass er Susan hier keine Vorwürfe machen konnte. Immerhin hatte sie sich den Wandel nicht selbst ausgesucht, und sie versuchte nur, damit umzugehen. Dennoch versetzte ihm einen Stich, dass sie Myra so positiv gegenüberstand. Susan hatte sich schon als Kind immer eine Schwester gewünscht, mit der sie all ihre weiblichen Vorlieben teilen konnte, denn gewisse Dinge gingen mit einem Bruder nun mal nicht. Fand sie diese Schwester nun in Myra?

»Hat sie irgendwas vom Astor erzählt?«, fragte er. »Was sie vorhat oder so?«

»Nein.« Susan schüttelte den Kopf, und er las an ihrer Miene ab, dass sie es tatsächlich nicht zu wissen schien. Wahrscheinlich interessierte es sie noch nicht mal.

»Wir hören uns«, sagte er und ging. »Danke fürs Fernglas. Echt cooles Geschenk!«

Hinter der Beifahrerscheibe erwartete ihn aufgeregt Fritz und drückte seine feuchte Schnauze gegen das Fenster.

Hey, Buddy, willkommen im Team.

28.

Auf dem Weg zurück in die Stadt nahm Julian hinter der Bay Bridge aus reiner Gewohnheit die Ausfahrt zum Mission District und begriff seinen Fehler zu spät.

Kurz überlegte er, umzukehren und auf der Stadtautobahn in Richtung Nordwesten zu fahren, doch dann akzeptierte er es als Zeichen und fuhr weiter die Sechzehnte hinunter.

Im Schritttempo näherte er sich dem *Astor* und kam ein paar Meter davor zum Stehen. Auf dem Parkstreifen vor dem Kino stand ein Container für Sperrmüll, und zwei Arbeiter verschwanden soeben mit ihren geleerten Eimern durch die Schwingtür ins Innere des Lichtspielhauses.

Get in touch, stand auf der Anzeige über dem Eingang mit dem Datum für den kommenden Samstag.

Der Titel sagte Julian nichts, und er wählte Changs Nummer.

»Hey, hat meine Nachfolgerin bei dir einen Film für diese Woche bestellt?«

»Nee, wieso?«, rief Chang, der im Auto unterwegs war.

»Dachte nur, weil sie für Samstag was angekündigt hat. *Get in touch*.«

»Kenn ich nicht. Wehe, die ist zur Konkurrenz gegangen. Das würd ich dir nicht verzeihen, *dude*!«

»Keine Sorge, wenn dir der Titel auch nichts sagt, dann bedeutet das vielleicht was anderes. Wollte nur mal kurz hören«, entgegnete Julian beruhigend.

»Hast du jetzt doch wieder mit dem *Astor* zu tun? Ich dachte, du machst was anderes!?«

»Tu ich auch. Mach's gut Chang. Wir hören uns.«

Er hatte recht. Loslassen, Julian, lass endlich los!

Während er den Geary Boulevard entlangfuhr, überlegte er kurz, ob er beim *Angelina's* vorbeifahren und Fritz mit den Hunden aus der Nachbarschaft bekannt machen sollte, aber er entschied sich dagegen. Noch sperrte sich etwas in ihm, Helen zu begegnen. Wohlmöglich war es nur sein männlicher Stolz.

»Na, komm. Komm rein.« Mit einem Hundekeks versuchte er, Fritz ins Haus zu locken, doch der Foxterrier blieb auf der Fußmatte stehen und schaute ihn mit schräg gehaltenem Kopf fragend an. »Na, komm schon. Dein neues Zuhause. Es wird dir gefallen. Versprochen.«

Julian warf ihm das Leckerli zu und beobachtete, wie Fritz sich ihm langsam näherte, um daran zu schnüffeln. Einen Moment später schleckte und knabberte er daran und blickte, nachdem er es verschlungen hatte, begierig zu Julian auf.

»Hab keine Angst«, sagte der und legte ihm eine Spur bis in die Eingangshalle, wo der Hundekorb mit dem weichen Kissen stand. Dann ging er weiter und tat so, als beachtete er Fritz nicht mehr.

Es half.

Nach einer Zeit des unsicheren Rumschnüffelns tastete sich sein neuer Mitbewohner langsam bis ins Wohnzimmer vor und legte am Ende sogar seine Tatzen auf Julians Knie ab, um einen weiteren Keks zu erbetteln.

Julian gab ihm den letzten aus der Packung und kraulte ihm dabei das Fell. »So ist es gut, mein Freund.«

Nachdem Fritz sein Reich ausgiebig erkundet hatte, ließ Julian ihn über die Terrasse raus, und sie nahmen die Wendeltreppe zum Strand. Zunächst blieb der Hund noch etwas unsicher im Sand stehen – es schien sein erstes Mal zu sein –, doch spätestens, als Julian den Ball aus seiner Tasche holte, ihn daran schnuppern ließ und das Spielzeug schließlich in hohem Bogen wegwarf, war Fritz außer Rand und Band.

Wieder und wieder brachte er das grüne Wurfgeschoss zu Julian zurück und stupste es mit der Nase auffordernd vor seine Füße.

»Willkommen in deinem neuen Leben«, murmelte Julian und kraulte ihm das Fell. »Wir machen es uns hier richtig schön, wir zwei beiden.«

Hey, Bee, hab gerade meinen Briefkasten geleert. Du bist ja vollkommen wahnsinnig: mit Zinsen. Mann, danke! Warum bist du nicht reingekommen? Hätte gerne mit dir angestoßen. Best, G.

Julian hatte Fritz gerade den Futternapf in der Küche gefüllt, als die SMS von Gerry einging.

Er benötigte ein paar Anläufe, um schließlich die ihm richtig erscheinende Antwort zurückzusenden.

Tut mir leid. War in Eile. LG, Bee
Sonst alles okay bei dir?

Ja. Und bei dir? Julian hielt sich bewusst kurz.

Deine Nachfolgerin war am Montag hier. Du hattest recht: echt schräge Braut, simste Gerry zurück. *Bei der muss man sich warm anziehen.*

Julian musste schmunzeln. *Hat sie was zur Wiedereröffnung gesagt?*

Ja. Will Bier von mir. Klingt nach 'ner größeren Party.
Mehr hat sie nicht preisgegeben. Macht einen auf mega geheimnisvoll.

Julian überlegte. Dann gab er sich einen Ruck.

Wie wär's mal wieder mit Frühstück wie in alten Zeiten?

Über viele Jahre hatten sie das Ritual gepflegt, sich dienstags früh im *La Tazza* am Washington Square zu treffen, doch seit es mit dem Astor immer enger wurde, hatte Julian sich jeglichen Extraspaß versagt.

Bin dabei. Morgen um 10?
Yep. Bringe einen Freund mit. Fritz. Du wirst ihn mögen.
Muss ich etwa eifersüchtig werden???

Julian lachte. *Nein!*

Erleichtert legte er das Handy zur Seite und spürte, dass er auf dem Weg war, die Kurve zu kriegen.

Er warf den Computer an und fand eine neue Mail in Memphis' Mailpostfach.

Lieber Memphis,
anbei der Link zur Vorschau. Wir haben bereits erste vorfreudige Reaktionen. Bitte geben Sie mir doch Bescheid, wann wir sprechen können.
LG, K.G.

Julian las den im Internet veröffentlichten Zehnzeiler und musste zugeben, dass er vielversprechend klang. Kerry hatte aus seinen Seiten das Spannendste extrahiert und zum Ansatz einer Geschichte zusammengefasst, die neugierig machte, ganz im Ton des Vorgängerbandes.

Vielen Dank!, schrieb er ihr zurück. *Sobald ich wieder vollständig gesundet bin, melde ich mich. Dann können wir uns gerne auch mal treffen. Herzlich Memphis*

Er meinte es ernst. Nicht nur würde er damit die von Myra zurückgelassenen Spuren weiter ausfüllen, er konnte auch endgültig aus ihrem Schatten treten und Memphis mit seinem Charakter füllen.

29.

Als Julian am nächsten Morgen eine Viertelstunde zu früh im *La Tazza* eintraf, nahm er sich den *San Francisco Chronicle* aus dem Zeitungsständer und setzte sich damit an einen der freien Fenstertische.

»Lange nicht gesehen«, begrüßte ihn der Kellner und stellte Fritz eine Schale mit Wasser hin. »Und den hier kenn ich auch noch nicht, oder?«

»Nein. Er ist ganz neu bei mir.« Es war Glück, dass das *La Tazza* Hunde tolerierte, denn das taten nur wenige in der Stadt, um ihre Gäste vor allergischen Reaktionen zu schützen, und so konnte sich Fritz vor Julians Füßen einrollen, anstatt draußen auf dem Trottoir zu sitzen und unruhig auf ihn zu warten.

Gerade blätterte er durch die Stadtteilnachrichten des *Chronicle*, als ihm die Überschrift *Crowdfunding-Party im Astor!* ins Auge stach.

Darunter fand sich ein Artikel mit einem Foto von Myra, an die Kinotheke gelehnt. *Die neue Inhaberin von San Franciscos legendärem Lichtspieltheater verspricht für kommenden Samstag eine glanzvolle Wiedereröffnung. Noch weiß niemand, wie genau das neue Konzept in den alten Mauern aussieht, aber in der Club- und Kulturszene wird bereits gemunkelt, dass es sich um ein geniales Relaunch handelt.*

»Na, Kumpel, was schaust du so ernst?«

Julian hatte nicht mitbekommen, dass Gerry an seinen Tisch getreten war. Feierlich stellte er eine kleine Kiste mit Schleife vor ihm ab. »Happy Birthday, alter Junge. Das ist der beste irische Whisky, den du auf der ganzen Welt kriegen kannst. Aus der Destillerie meines Cousins in Dublin.«

»Wow, danke dir!«

»Und nur, dass das klar ist: In deinem Umschlag steckte zu viel Geld. Das Frühstück geht heute auf mich!«

Julian lachte. »Alles klar.«.

Gerry zog seinen Stuhl vom Tisch weg, um sich zu setzen. »Hey, was ist das denn für ein Teppich hier unten?«

»Das ist Fritz.«

»Bee ist Papa geworden. Wer hätte das gedacht«, amüsierte sich sein Kumpel und kraulte den Foxterrier hinter den Ohren.

»Hast du die Ankündigung übers Astor gelesen?«, fragte Julian und legte die Zeitung zusammen.

»Ja, heut früh im Bett auf meinem Tablet. Klingt, als wollte die hier 'ne richtige Welle machen, oder?«

Julian nickte.

Draußen auf dem Washington Square rückten gerade ein paar Polizisten an, um die Obdachlosen von den Bänken zu verscheuchen. Etwas weiter machten die asiatischen Mitbewohner unbekümmert weiter ihre Tai-Chi-Übungen, wie sie es immer um diese Zeit zu tun pflegten, egal, was um sie herum geschah.

»Was hat die Clubszene damit zu tun?«

»Keine Ahnung, Bee. Echt, ich würd's dir sagen, wenn ich's wüsste.« Gerry winkte den Kellner heran, um zu bestellen. Als der wieder verschwunden war, lehnte er sich vor und strich prüfend über den Ärmel von Julians neuem Pullover.

»Nicht schlecht. Das fühlt sich mindestens nach Cashmere an.«

Julian grinste. »Ab jetzt trägt dein Freund Bee nur noch vom Feinsten.«

»Tja, da machst du mich wirklich neidisch. Ich trag immer noch meine alten Kamellen von vor zehn Jahren.«

»Keine Sorge, demnächst fängt bei mir auch wieder der Ernst des Lebens an, und dann heißt es performen. Und zwar richtig, denn die Schuhe, die ich mir da ausgesucht habe, sind riesig.«

»Na, dann ist ja gut«, murmelte Gerry. »Dachte schon, ich muss mich hier in Zukunft als Einziger rumquälen.«

Eine Stunde später traten sie auf die Straße, und die Sonne brachte die weißen Mauern der Peter und Paul-Kirche derart zum Erstrahlen, dass sie blendeten.

»Was hältst du davon, wenn ich heute 'n spontanen Ruhetag einlege und wir mit deinem geilen Schlitten nach Mendocino fahren?«, schlug Gerry vor.

»Nichts lieber als das.« Julian grinste seinen Freund an. »Carpe diem.«

»Carpe diem.«

Mit Fritz auf der Rückbank, brausten sie die berühmte Route Number One hoch, und Julian ließ Gerry fahren. Links von ihnen die atemberaubende Küstenlandschaft und das weite Meer, rechts die sanften Marin-Headland-Hügel. Als im Radio *Breakfast in America* von Supertramp gespielt wurde, drehten sie auf und sangen lauthals mit.

Take a jumbo across the water
Like to see America
See the girls in California
I'm hopin', it's going to come true
But there's not a lot, I can do

Could we have kippers for breakfast
Mummy dear, Mummy dear
They got to have 'em in Texas
'Cos everyone's a millionaire

I'm a winner, I'm a sinner
Do you want my autograph
I'm a loser, what a joker
I'm playing my jokes upon you
While there's nothin' better to do
Hey

Drei Stunden später standen sie auf den Klippen von Mendocino und schauten zu den röhrenden Seelöwen auf ihren Steinplateaus im Wasser hinunter.

»Warum haben wir das nicht schon viel früher gemacht?«, rief Gerry in den Wind und sog genussvoll die Luft in sich ein.

»Weil wir noch zu der Generation gehören, die ihre Arbeit als Berufung verstehen, und dem alles andere unterordnen«, gab Julian zur Antwort.

»Ja, definitiv ein Grund, warum ich gerne ein Millenial wäre.« Gerry zog aus seinen Jackentaschen die zwei auf dem Weg gekauften Biere hervor. »Weißt du was, Bee?«, sagte er und hielt ihm seine Dose in der braunen Papiertüte zum

Anstoßen hin. »Ich beschließe hiermit, dass der Montag bei mir ab sofort zum Ruhetag wird.«

»Sehr gute Entscheidung!«

Sie setzten sich neben Fritz auf den Boden, tranken still und blickten aufs Meer.

»Was für ein Leben, oder?«, sagte Gerry schmunzelnd zu den Seelöwen hinunter. »Einfach nur essen, tauchen und faul in der Gegend rumliegen. Jeden Tag. Wieder und wieder. Keine Rechnungen, keine Mails, kein Internet oder sonst irgendwas.«

»Vielleicht sollten wir mal bei *LifeExchange* nachschauen, ob man sein Leben auch mit einem Tier tauschen kann«, witzelte Julian.

»Tja, wahrscheinlich macht uns genau das zu Menschen. Dass wir dauernd davon getrieben sind, die Welt zu verändern und das Maximale rausholen zu wollen.«

Julian nickte stumm und betrachtete die Wellen, die tosend gegen die Felsen schlugen.

»Ich hatte übrigens schon Sex mit einer Frau in meinem neuen Leben«, bemerkte er.

»Du hattest was?« Gerry verschluckte sich fast an seinem Bier. »Etwa mit dieser Rebecca?«

»Nein. Jemand anderes. Myra hat mit ihr im Café zusammengearbeitet. Sie waren wohl auch enger befreundet, möglicherweise noch mehr.«

»Du meinst …?«

»Yep.«

»Mann, Mann, Mann. Ich komm mit diesen jungen Frauen echt nicht mehr mit.«

»Sie ist nicht jung. Ich denke mal mein Alter. Sicher wissen tu ich's auch gar nicht.«

»Wie jetzt? Du hast sie nicht gefragt, ob da was war?«

Julian schüttelte den Kopf.

»Ich denke, du solltest sie fragen, Bee«, sagte Gerry, als sie nach einem ausgiebigen Spaziergang mit Fritz entlang der Klippen zum Auto zurückkamen. »Du weißt doch, Frauen wollen zu allem und jedem gerne befragt werden.«

Es war schon dunkel, als sie um zehn die rote Brücke überquerten und Julian seinen Freund kurz darauf in der Grant Street absetzte.

Ganz erfüllt von der frischen Seeluft und dem Gefühl ihrer Freundschaft, umarmten sie sich und versicherten einander: »Das müssen wir bald wieder machen. Das hat total gutgetan.«

Einen Moment wartete Julian noch, bis Gerry im Haus verschwunden war, dann bretterte er mit aufgedrehter Musik weiter über die Hügel der Stadt hinweg seinem neuen Zuhause entgegen.

In der Garage hob er Fritz aus dem Wagen. »Na komm, kleiner Mann. Noch ein paar Schritte, dann kannst du weiterschlafen.«

Die in der Wagentür steckende Post fiel dabei auf den Boden, und Julian hob sie auf, um sie im Haus in der Küche abzulegen.

Für Fritz bereitete er schnell noch ein kleines Nachtmahl, dann machte er es sich mit einem Glas von Gerrys Whisky auf dem Wohnzimmersofa im Dunkeln bequem und schaute durch die Scheibe in die Nacht hinaus.

Gerne hätte er diesen Moment mit Helen geteilt, und er überlegte, ob er sie anrufen oder ihr eine Textmessage schicken sollte, doch er ließ es bleiben.

30.

Julian hatte bereits den ersten Morgenspaziergang mit Fritz am Strand und ein ausgiebiges Frühstück hinter sich, als er sich an die Arbeit setzte. Bevor er sich mit Kerry Goldenstrauch traf, wollte er sicher sein, was er in seiner Geschichte erzählen und wie er sie aufbauen würde.

Tatsächlich kam er mithilfe von Myras zurückgelassenen Fachbüchern langsam voran, doch zwischendurch stand er immer wieder auf und suchte Ablenkung.

Machte ihm die Arbeit als Autor Spaß? Wenn er ehrlich war, nicht wirklich. Er fand sie anstrengend und zäh und – genau wie Helen es beschrieben hatte – höchst einsam. Seine einzige Freude dabei verschaffte ihm Fritz, und er nutzte jede Gelegenheit, um dessen Blicke oder Streifzüge durchs Haus als stumme Aufforderung zu einem dringend notwendigen Spaziergang zu interpretieren.

So verging ein ganzer Tag, an dessen Ende ein zur Hälfte überarbeitetes Exposé im Stil von Kerry Goldenstrauchs Zehnzeiler stand sowie mehrere Essensunterbrechungen, ein zweistündiger Mittagsschlaf, sechs Gänge mit Fritz sowie viel Unzufriedenheit mit sich selbst.

Zum ersten Mal seit seinem Tausch sehnte sich Julian aus tiefstem Herzen nach seiner Arbeit im *Astor* und den vielfältigen Pflichten zurück, die ihn dort durch den Tag hinweg begleitet hatten. Vor allem die Bewegung und das Handwerkliche fehlten ihm sowie der Austausch mit seinem Publikum – so sehr es zum Ende hin auch geschrumpft war. Häufig hatten sie noch bis in die Nacht hinein im Foyer gestanden und über den gezeigten Film diskutiert.

Wieder einmal fragte er sich, ob er doch noch selbst das Steuer hätte herumreißen können, so wie Myra es nun für ihn tat. Bisher hatte er darauf immer mit einem klaren *Nein* geantwortet. Doch seit die von Myra im *Chronicle* zitierten Begriffe *Crowdfunding* und *Überführung des historischen Lichtspieltheaters in die Moderne,* im Raum standen, fühlte er sich verunsichert.

Zum Feierabend schenkte er sich ein Glas von Gerrys Whisky ein und schmeckte in der Küche, an die Arbeitsfläche gelehnt, dem rauchigen Geschmack des Single Malts nach, der mild durch seine Kehle floss und im Magen eine wohltuende Wärme erzeugte.

Das Geld auf seinem Konto, dachte er dabei, könnte für die nächsten drei bis vier Monate reichen. Spätestens dann musste er *American Books* von seiner Geschichte überzeugt haben, um den Vorschuss auf das Buch zu erhalten und weiter überleben zu können.

Julian wusste, dass die Zeit – wenn er so weitermachte wie heute – schnell vorbei war. Der Druck, den er spürte, war also durchaus angebracht.

Noch einmal schenkte er sich nach, dann raffte er sich zu einer letzten sinnvollen Tat an diesem Tag auf und zog die Werbepost zu sich heran, um sie in den Müll zu entsorgen.

Auf den Umschlägen rollte sich hier und da die aufgeklebte Postfachadresse ab und blieb an Julians Händen kleben. Als er sie abzog, fand er eine andere Adresse darunter. Zu seiner Überraschung war es nicht die vom Verlag, wie er es bisher vermutet hatte, sondern dort stand geschrieben: *Memphis, 1555 Palou Ave, San Francisco.*

Von einer plötzlichen Neugier gepackt, nahm Julian einen der Umschläge mit ins Wohnzimmer und gab die Adresse in den iMac ein. Kurz darauf zeigte ihm sein Browserfenster ein kleines heruntergekommenes Holzhaus im Südosten der Stadt. Der Bezirk gehörte zu einem der letzten, die noch nicht vollständig saniert und damit für Durchschnittsbürger noch einigermaßen bezahlbar waren.

Der Anblick des Hauses mit den verhängten Fenstern und der blättrigen Fassade ließ Julian an die abgegriffenen Bücher und den Zigarettengestank aus Memphis' Box denken. Gab es am Ende doch noch eine andere Myra Jones, als die, die er kannte? Die auf Erfolg programmierte Streberin aus dem schicken Sea-Cliff-Bezirk? Oder was hatte die Adresse unter dem Aufkleber auf der Post von der Mailbox sonst zu bedeuten?

Julians Blick wanderte zu der Kommode im Eingangsbereich. Vor fünf Tagen hatte er den in der Kiste gefundenen Schlüssel dort abgelegt. Nun sprang er auf und schnappte ihn sich.

Es dauerte keine drei Minuten, da hatte er ihn an allen im Haus befindlichen Schlössern getestet.

Er passte zu keinem von ihnen.

Julian betrachtete das Metallstück in seiner Hand. War es am Ende der Schlüssel zu Myras Vergangenheit?

Er schaute zu Fritz, der zufrieden in seinem Körbchen lag und an einem Knochen kaute.

»Willst du mich auf einen Ausflug begleiten?«, fragte er und ging vor ihm in die Hocke.

Fritz setzte sich sogleich auf und spitzte die Ohren.

»Na, dann ... auf geht's!«

Obwohl Julian in San Francisco geboren war, hatte ihn sein Weg noch nie in die Palou Avenue und deren Umgebung geführt. Viele der Straßenlaternen waren kaputt oder außer Betrieb, und er musste im Schritttempo fahren, um in der Dunkelheit die Hausnummern zu entziffern. Hier und da an den Gehwegen standen geparkte Autos, in denen heimatlose Menschen schliefen, und auf den Freiflächen waren Zelte aufgeschlagen.

Mit einem zunehmend flauen Gefühl im Magen entdeckte Julian schließlich das Haus, das er bereits aus dem Internet kannte. Bei Nacht sah es gleich noch ein wenig gespenstischer aus.

Julian überlegte, ob er Fritz lieber im Auto zurückließ, doch er entschied sich dagegen. Nicht nur, weil er auf keinen Fall wollte, dass sein Begleiter am Ende in Panik geriet, auch er selbst wusste bei dem, was er vorhatte, gerne einen Begleiter bei sich.

Mit Fritz an der Leine stieg er also aus und blickte sich um. Weit und breit war niemand zu sehen. Eilig überquerte er die Straße und schlich sich zum Haus. Da die Fenster nicht nur verhängt waren, sondern von innen auch mit Brettern zugenagelt, konnte er von außen überhaupt nichts erkennen.

»Hallo?«, rief er und klopfte gegen die Scheibe, aber niemand reagierte. Noch einmal warf er einen Blick über seine Schulter, um zu sehen, ob er beobachtet wurde, doch war um ihn herum alles still und finster.

Mit dem mitgebrachten Schlüssel trat er an die Tür und versuchte, ihn ins Schloss zu stecken. Weich und ohne Widerstand glitt das Metall hinein und ließ sich drehen. Danach brauchte Julian nur noch den Knauf zu betätigen, und die Tür ging mit einem *Klack* vor ihm auf.

Es war das erste Mal in seinem Leben, dass Julian ohne Erlaubnis in eine fremde Wohnung eindrang, und er spürte sein erschrocken pochendes Herz bis in den Hals.

»Hallo? Ist da jemand?«, fragte er noch einmal und horchte. Doch alles, was ihm aus der Dunkelheit entgegenflog, war der abgestandene Geruch von Staub und Zigarettenqualm.

Nein, hier wohnte niemand.

Zumindest niemand, der noch lebte.

Julian zog den an der Türschwelle zurückgebliebenen Fritz an der Leine zu sich ins Innere und schloss die Tür. Dann schaltete er die Taschenlampenfunktion seines Smartphones ein. Er war sich nicht sicher, ob es an den Gangstergeschichten lag, mit denen er sich in den letzten Tagen so intensiv befasst hatte, oder den Horrorfilmen, denen er immer mal wieder eine Filmnacht eingeräumt hatte, aber er rechnete mit allem – sogar mit einer Leiche.

Fritz schien es ähnlich zu gehen, denn er sträubte sich, von der kleinen Diele in den angrenzenden Raum zu gehen, und Julian ließ schließlich die Leine los.

Mit der Hand strich er über die Wände auf der Suche nach

dem Lichtschalter, doch der Strom war abgestellt. Also wohnte hier tatsächlich niemand mehr, und zwar schon lange nicht mehr. Denn das Durchleuchten des Raumes mit dem Strahl der Taschenlampe zeigte Julian eine Einraumbehausung, in der Staubflusen dominierten und die Spinnen sich wohnlich ausgebreitet hatten. Die vergilbten Tapeten erinnerten Julian an das Zimmer von Barton Fink im gleichnamigen Film der Coen Brothers und der vergammelte Läufer auf dem Boden an *The Big Lebowski*, wo der Dude steif und fest behauptet, der Teppich halte seinen Raum zusammen – wie letztendlich auch sein aus den Fugen geratenes Leben. Genau das Gefühl hatte man auch hier. Es war der Anblick einer schal gewordenen Lebenshülle, die verlassen worden war.

Während Fritz mit spitzer Nase nun doch begann, das fremde Terrain zu beschnuppern, näherte sich Julian dem Schreibtisch, der links neben der Schlafstatt stand.

Auf der Tischplatte deutete ein leeres Rechteck daraufhin, dass dort früher mal ein Laptop gestanden hatte.

An der Wand darüber klebten Zeitungsartikel, Karteikarten und Ausdrucke. Es war allerdings nicht Myras Handschrift auf den Notizen, die verworrene Krickelei konnte auch gut von einem Mann stammen.

Die an die Wand gepinnten Artikel, durchweg Berichte aus der *Chicago Tribune*, waren über viele Jahre gesammelt worden. Sie erzählten von Überfällen, Bandenkriegen, Morden und skrupellosen Verbrechern. Einer zeigte das Foto eines ausgegrabenen Autos am Strand von Downtown Chicago.

Julian nahm ihn ab und las: *Um 7.30 Uhr am Morgen des*

28. April führte Linda H. wie jeden Tag ihren Golden Retriever Ronny am Oak Street Beach aus. Mit Blick auf die Skyline von Chicago warf sie ihm Stöckchen. Um ca. 7.45 Uhr verlor der Retriever plötzlich Interesse an dem Spiel und begann stattdessen, im Sand zu scharren. Nur wenige Minuten später hatte er die Stoßstange eines Wagens freigelegt. Linda H. rief darauf die Polizei. Um kurz vor zwölf stand der kleine Fiat 500 ausgegraben auf der Uferpromenade. Als die Beamten die Türen öffneten, fanden sie auf der Rückbank eingezwängt Mike Chapman, den berüchtigten Anführer der Black Bro's Gang. Der hundertfünfzig Kilo schwere Mann wurde der Pathologie zufolge lebend begraben.

Julian kannte den Fall. Die Szene bildete das erste Kapitel von *One Million For A Dead Body* – Myra Jones' Bestseller.

Hatte sie ihn hier geschrieben?

Julian begann nun, systematisch den Raum abzusuchen, und fand kurz darauf weitere Gegenstände, die auf Myra schließen ließen. Ein altes Hemd in ihrer Größe. Ein paar zerlöcherte Sneakers. Die Haarspülung im Bad und das gleiche Früchtemüsli, das er in der Sea Cliff Avenue im Schrank gefunden hatte.

»Fritz?« Irritiert hielt er nach seinem Begleiter Ausschau.

Der Hund beschnüffelte soeben eine Reihe von Zeitungshaufen, die in der Küche ordentlich nebeneinander aufgestapelt waren. Julian überflog die Überschriften der obersten Ausgaben. Die Jüngste stammte vom November letzten Jahres.

Nur kurz zuvor war der siebte Band der *Chicago Stories* erschienen.

War Myras Erfolg etwa derart raketenartig eingetreten,

dass sie ihre ärmliche Bleibe Hals über Kopf verlassen hatte, um ins Sea-Cliff-Paradies umzusiedeln?

Julian blickte sich nachdenklich um. Aber wenn dem so war: Warum hatte sie dann alles schon ein Dreivierteljahr später wieder aufgegeben, um ihren gerade errungenen Erfolg erneut gegen einen Haufen Probleme einzutauschen?

Die Vorstellung war vollkommen absurd und ergab keinerlei Sinn. Jetzt noch weniger als vorher. Zudem irritierte es ihn, dass die Schrift auf den Karten und Notizblättern so gar nicht mit der von Myra Jones übereinstimmte, die sie in der Villa hinterlassen hatte.

Hatte sie hier vielleicht mit ihrem Partner gelebt? Einem Co-Autor am Ende? Fragen über Fragen, auf die er keine Antwort bekam. Julian stieß Luft aus. Er hatte so sehr gehofft, dass sich mit dem Schlüssel das Rätsel um seine Tauschpartnerin vielleicht auflösen würde, doch war genau das Gegenteil passiert.

»Komm, Kleiner, lass uns abhauen«, sagte er zu Fritz und nahm die Leine vom Boden auf.

Zurück auf der Straße, sog er begierig die frische Luft ein und überlegte, ob er den Schlüssel zu Myras ehemaliger Schreibklause nicht einfach in den Rinnstein werfen sollte. Aber seine Vernunft hielt ihn davon zurück.

Wer weiß, wozu er am Ende noch nutzte.

Gerade erreichte er seinen Wagen und löste die Türverriegelung, da ging neben ihm in der Seitenstraße ein Scheinwerfer an und blendete ihn direkt ins Gesicht. Hinter vorgehaltener Hand machte er die Silhouette eines Mannes hinter dem Steuer aus, der zu ihm herüberstarrte. Womöglich hatte er ihn die ganze Zeit beobachtet.

»Oh, Oh«, murmelte Julian und hob Fritz vom Boden, um ihn schnell auf den Beifahrersitz zu setzen. Dann stieg er ein, verriegelte die Türen und startete den Wagen. Das tiefe Brummen des Mustangs röhrte durch die Nacht, und Julian gab Gas.

Die Hände fest ums Steuer, donnerte er die Straße hinunter, bemüht, das Tempolimit nicht allzu sehr zu überschreiten. Immer wieder schaute er dabei in den Rückspiegel und sah in der Ferne das Blendlicht um die Ecke biegen. Der rechte Scheinwerfer war falsch eingestellt. Der Wagen folgte ihm.

Julian drückte das Gaspedal durch und fuhr die Rampe zur Stadtautobahn hinauf.

Zu seiner Erleichterung waren hier weitere Nachtschwärmer unterwegs, und er konnte sich einfädeln und zwischen ihnen verschwinden. Allein das Wissen darum, wieder unter Menschen zu sein, ließ ihn schon aufatmen.

Doch nach nur wenigen Augenblicken, blitzte erneut das Licht in seinem Rückspiegel auf, und er sah, wie der Wagen mit dem schiefen Scheinwerfer hinter den anderen Autos zu ihm aufholte. Rechts von Julian waren bereits die Hochhäuser von Downtown mit der Bay Bridge zu sehen. Wenn er seine Geschwindigkeit hielt, konnte er in einer halben Stunde zu Hause sein. Doch nun war der Wagen direkt hinter ihm.

Es musste sich um eine Privatperson handeln, mutmaßte Julian, denn die Polizei hätte ihn schon längst auf den Seitenstreifen befohlen.

War es purer Zufall, hatten sie einfach den gleichen Weg?

Soeben endete die Autobahn inmitten der Stadt, und Julian drosselte sein Tempo. Das Blendlicht blieb dabei unverändert hinter ihm – egal, ob Julian die Spur wechselte oder abbog.

Die nächste Ampel schaltete soeben auf Rot, und Julian beschloss, noch drüberzufahren. Hinter ihm ertönte lautes Hupen. Doch das Hupen war keine Reaktion auf ihn, sondern auf das Auto mit Blendlicht, das ihm gefolgt war.

»Der hat's tatsächlich auf mich abgesehen!«, murmelte Julian und spürte, wie sich Schweiß in seinem Nacken bildete.

Ohne den Blinker zu setzen, bog er an der nächsten Ecke abrupt ab und danach gleich wieder. Fritz ging in Panikstellung. Der Wagen blieb an ihm dran.

»Verdammter Scheiß!«, fluchte Julian.

Wer ist das, und was wollte er von ihm?

»Wären wir doch bloß nicht dahingefahren!«, verwünschte er seine eigene Entscheidung und zog das Steuer an der nächsten Kreuzung zu einem 180-Grad-Richtungswechsel herum. Fritz rutschte ungebremst in den Fußraum und fiepte kurz auf. Was hatte er wohl in seinem vorherigen Leben durchgemacht, dass er nicht mehr bellte, ging es Julian kurz durch den Kopf, dann zog er das Steuer erneut herum und raste in eine Einbahnstraße.

In seinem Rückspiegel sah er das Blendlicht waagerecht vorbeischießen und verschwinden. Er hatte es geschafft, er hatte ihn abgehängt.

Weiter ständig die Richtung wechselnd, setzte Julian seinen Weg fort und atmete mit einem tiefen Seufzer auf, als sich endlich das Garagentor hinter ihm schloss und er sicher sein konnte, dass sein Verfolger nicht wusste, wo sie waren. Seine Hände zitterten, als er Fritz aus dem Fußraum hochhob und mit sich ins Haus trug. Sein Hemd unter der Lederjacke war klatschnass geschwitzt.

»Mach dein Geschäft, junger Mann, dann geht's ins Bett«, sagte er zu Fritz und öffnete ihm die Terrassentür, damit der Hund am Strand noch mal sein Bein heben konnte.

In der Küche schenkte sich Julian derweil einen doppelten Whisky ein und leerte das Glas in einem Zug.

Was hatte das alles nur zu bedeuten?

31.

Das unruhige Scharren von Fritz' Pfoten an der Tür weckte Julian nur wenige Stunden später aus dem Schlaf. Kaum, dass er ihm geöffnet hatte, sprang der Hund an ihm hoch und flitzte um das Bett herum.

»Hey, ruhig, Kleiner, ruhig«, raunte Julian ihm verschlafen zu und fing ihn schließlich ein. »Was ist denn los mit dir?«

Normalerweise hielt er von Hunden im Bett überhaupt nichts, doch da er spürte, wie das Tier am ganzen Leib bebte, drückte er ihn an sich und murmelte ihm beruhigende Worte zu.

Von draußen drang das Tosen des Meeres, und Äste schlugen gegen das Haus. Der aufgekommene Sturm schien den Foxterrier aufgeschreckt und zu Julian getrieben zu haben.

»Kein Wunder«, murmelte Julian und legte seinen Arm um ihn. Sekunden später war er wieder eingeschlafen.

Als Julian das nächste Mal die Augen aufriss, bekam er keine Luft mehr. Jemand drückte ihm die Kehle zu und setzte sich auf seinen Körper. Panisch langte er nach den Händen des Angreifers und versuchte, sie von seinem Hals zu lösen. Aus dem Augenwinkel nahm er Fritz wahr, der sich im Ärmel des Mannes verbiss und knurrte.

»Hab ich dich endlich gefunden, du verdammtes, kleines Miststück!«, ächzte der Typ und blies Julian seinen nach Alkohol und Zigaretten stinkenden Atem entgegen. »Ich mach dich tot, du miese, kleine Kröte.«

»Aufhören. Sofort!«, röchelte Julian und klammerte sich mit letzter Kraft an den Klauen fest, die ihm die Luft abschnürten. »Nicht!«

Sofort löste sich der Griff des Mannes, und in die Dunkelheit hinein hörte Julian ihn überrascht krächzen: »Was? Wer bist –?«

Da hatte Julian schon ausgeholt und mit aller Kraft zugeschlagen. Trotz schlechter Sicht schien er die richtigen Stellen getroffen zu haben, denn nach nur zwei Hieben kippte der Kerl rücklings vom Bett und schlug mit einem schmerzvollen Stöhnen auf dem Boden auf.

Julian sprang auf, klemmte sich Fritz unter den Arm und lief zur Tür. Als er das Deckenlicht einschaltete, sah er, dass der Fremde reglos auf dem Teppich lag und Blut über seine Stirn rann. Er war mit dem Kopf gegen das Regal geschlagen.

Mit einem ahnungsvollen Fluchen setzte Julian den Hund ab und stieß mit dem Fuß gegen das Bein des Mannes. Doch der reagierte nicht.

»Hey, alles klar?«, fragte Julian.

Er bekam keine Antwort.

Mit einem mulmigen Gefühl musterte er den Reglosen. Er war sich sicher, dass er ihm noch nie zuvor begegnet war. Trotz der grauen Raucherhaut wirkte der Mann kaum älter als fünfzig. Der Sitz seiner verdreckten Hose, die ihm viel zu groß war und von einem Gürtel zusammengerafft wurde, ließ erahnen, dass er vor nicht allzu langer Zeit deutlich mehr gewogen hatte. Oder er hatte die Kleidung von jemandem geerbt.

War er tot?

Julian kniff die Augen zusammen. Wenn ihn nicht alles täuschte, bewegte sich der Brustkorb des Mannes.

Unsicher, was er tun sollte, blickte er zu Fritz, der dicht an sein Bein gedrückt neben ihm stand und ebenso alarmiert zu dem Fremden schaute.

Der Typ begann sich zu bewegen. »*Argh* …«

»Wer sind Sie?« Julian griff nach einer Nachttischlampe mit schwerem Metallfuß.

»*Argh*«, stöhnte der Fremde erneut und kam – nach seiner Kopfwunde tastend – zum Sitzen hoch. Wie in Trance betrachtete er das Blut an seinen Fingern und versuchte, sich einen Reim darauf zu machen.

»Wollen Sie Geld?« Julian hielt ihm drohend die Lampe entgegen. »Dann sind Sie hier an der falschen Adresse. Ich habe keins.«

Sein Besuch schaute sich verwirrt im Zimmer um, dann zu ihm. »Wer sind Sie?«

»Wer sind *Sie*, verdammt?«

»Memphis«, lautete die Antwort. »Memphis Townsend.«

»Memphis?« Julian betrachtete ihn irritiert. »Wieso *Memphis*?« Er brach ab und streckte den Rücken. »Was wollen Sie hier?«

Der Typ kam schwankend zum Stehen. »Haben Sie Verbandszeug?« Er hielt Julian seine Hände entgegen, die voll Blut waren. Um die Kuppen vom rechten Zeige- und Mittelfinger war die Haut braun-orange verfärbt.

Julian zögerte. Sein Hals fühlte sich immer noch rau und gequetscht an. Aber von seinem Gegenüber schien momentan keine Gefahr auszugehen.

»Ich glaube, ich könnte wirklich etwas brauchen«, bekräftigte der und wischte sich das Blut vom Hals.

»Hier lang.« Julian stellte die Lampe auf den Nachttisch und winkte ihn mit sich. Im Bad zog er den Verbandkasten aus dem Schrank. Von der Tür aus beobachtete er, wie der Eindringling, sich ungelenk verarztete.

»Und Sie heißen wirklich Memphis, ja?«

Statt einer Antwort bekam Julian eine Gegenfrage: »Wo ist sie? Sind Sie ihr Mann?«

»Wen meinen Sie?«

»Tun Sie nicht so doof. Myra Jones natürlich.«

Julian betrachtete ihn überrascht. »Wollten Sie *die* etwa erwürgen?«

»Tzz, elende Schlampe!« Mit den Zähnen riss er das Klebeband entzwei, um die Mullbinde damit an seiner Kopfwunde festzukleben. »Was haben Sie in der Palou Avenue zu suchen gehabt?«

»Dann haben Sie mich verfolgt?«

Memphis deutete ein Nicken an. »Hab da ein paar Freunde bei der Polizei, die Nummernschilder zuordnen können.« Er war sichtlich stolz darauf.

Na toll, dachte Julian. Das wurde ja immer besser. »Und die helfen Ihnen auch, hier einen Mord zu begehen, ja?!«

Memphis grinste schräg. »Nee, die sind leider nur im Verkehrsbereich tätig. Und dafür, dass Sie Ihre Terrassentür nicht schließen, können die auch nichts.«

Verdammt. Jetzt wusste er auch, wie er hier reingekommen war. Er hatte vergessen, die Tür hinter Fritz wieder zu verriegeln.

»Sie haben meine Frage nicht beantwortet«, erinnerte ihn Memphis. »Was haben Sie in der Palou gemacht?«

»Ich hab den Schlüssel hier gefunden.«

»Ach, was?!« Memphis drückte auf den festgeklebten Verband an seinem Kopf. »Hat sie dich geschickt?« Er erhob sich und trat auf Julian zu. Das Blut an seinem Hals war mittlerweile getrocknet. »Wo ist sie?«

Julian wich zurück. »Was wollen Sie von ihr?«

»Ich will mein Leben zurück.«

Julian verharrte in seiner Bewegung. Wie vom Donner gerührt starrte er ihn an. »Dann ... sind Sie etwa Memphis, der Autor?«

»Allerdings.«

In Julians Kopf wirbelten die Gedanken durcheinander. Überfordert suchte er nach Worten, während Memphis ihn mit seinem bohrenden Blick weiter musterte.

»Bist du ihr Freund oder Mann?«

»Ein Freund.« Julian spürte, dass es besser war zu lügen. Es war reiner Selbstschutz.

Memphis kniff die Augen zusammen. »Wohnt sie hier mit dir?«

»Nein. – Nicht mehr.« In dem dringenden Wunsch, die Situation zu entschärfen schlug Julian vor: »Wir wär's mit einem Kaffee?«

Er wusste, dass er ihn nicht so einfach loswerden würde. Schließlich kam er mit einem Ziel, das er noch nicht erreicht hatte. Dennoch. Er musste Raum und Zeit gewinnen.

Während er in der Küche zwei Becher in die Kaffeemaschine stellte, setzte sich Memphis hinter ihm auf einen der hohen Hocker am Küchentresen.

»Hat Sie dir gesagt, dass *One Million For A Dead Body* meine Idee war?«

»Nein.«

»Ich hab die Idee gehabt. Sie hat nur alles zusammengesetzt und die Lorbeeren dafür eingesackt, diese verdammte Drecksschlampe.«

Julian stellte ihm den Becher mit Kaffee hin. »Das heißt, Sie haben Ihr Leben auch über *LifeExchange* getauscht?«, fragte er gerade heraus.

»Was heißt *auch*?« Memphis betrachtete ihn forschend.

»Nichts.« Julian winkte ab. Das Puzzle hatte sich für ihn mit einem Mal zusammengesetzt. Myra hatte mit Memphis getauscht so wie mit Julian. Das Häuschen in der Palou Avenue gehörte zu seinem Besitz und der Gestank, der sich in den Kisten fand, ebenfalls.

»Haben Sie auch den siebten Band geschrieben?«, fragte er.

»Nein. Aber das tut nichts zur Sache.« Memphis nippte an seiner Tasse und setzte barsch nach: »Wenn man ein Gerüst hat, ist der Rest nur noch ein Kinderspiel.«

»Sie meinen, ein Gerüst, das auf den Zeitungsartikeln beruhte, die ich im Haus gesehen habe?«

Sein Gegenüber blitzte ihn giftig an. »Du denkst, das ist nichts, ja? Ein Gerüst ist alles. Wenn du das Gerüst hast, hast du die Geschichte.« Er tippte mit dem von unzähligen selbst gedrehten Zigaretten verfärbten Zeigefinger auf das Holz der Theke. »Auf einem Gerüst aufbauen kann jeder.«

»Warum haben Sie's dann nicht gemacht? Warum haben Sie getauscht, wenn Sie doch schon alles hatten?« Julian wusste, dass er wie der Anwalt seiner Vorgängerin klang, aber er wollte wissen, was wirklich hinter diesem Tausch steckte. Er wollte es ein für alle Mal verstehen, das Geheimnis um Myra Jones.

»Hat sie den Schuppen hier etwa von meinen Tantiemen gekauft?«

»Nein, er gehört mir.« Das war nur halb gelogen.

Memphis zog die Stirn in Falten. »Und wieso hast du ihre Post, wenn sie hier nicht wohnt?« Er wies auf die Werbebriefe, die zwischen ihnen auf der Arbeitsfläche lagen.

Julian zögerte. Was hatte er zu verlieren? Es war absolut legal. Die AGBs von *LifeExchange* waren seine Sicherheit.

»Ich hab mit ihr den Beruf getauscht«, antwortete er. »Ihre Post wird in meine Mailbox umgeleitet.«

Memphis erstarrte. Er brauchte Zeit, um die Nachricht zu verdauen. Julian sah, wie seine um den Kaffeebecher gelegten Hände bebten. »Dann hat …«, stammelte er. »Dann hat sie schon wieder … und mein Leben einfach so weggegeben, als … als wäre es eine einfache Tauschware?!«

»*Bitch*«, stieß er zwischen den Zähnen vor. Dann zuckte sein Blick zu Julian. »Dann ist die Scheiße, die ich da gestern online in der Vorschau gelesen habe, von dir?«

Julian bemühte sich, selbstbewusst zu antworten, aber sein »Ja« wurde von einem Krächzen begleitet, und er musste sich räuspern. Er spürte förmlich, wie der Hass ungebremst in seinem Gegenüber aufwallte. »Hören Sie, es tut mir wirklich leid, wenn ich Sie hier enttäusche«, versuchte er ihn zu beschwichtigen, aber Memphis ließ ihn nicht ausreden.

»Du hättest es trotzdem gemacht«, fuhr er ihn an, »selbst, wenn du gewusst hättest, dass es mein Name, mein Lebenswerk ist. Weil du am Arsch warst, stimmt's? Am Ende und ohne Perspektive. Genau das ist nämlich ihr Konzept. Sie nimmt dir dein Leben weg, wenn du keinen anderen Ausweg mehr siehst. *Zack* schlägt sie zu und verleibt es sich ein. Am Anfang denkst du, du hast den fetten Jackpot geknackt, aber schon bald dämmert dir, dass es alles ein riesengroßer Fake ist.« Er redete sich immer mehr in Rage und schnappte nur kurz nach Atem. »'n Bed and Breakfast in Maine hat sie mir dafür gegeben.« Wütend haute er mit der Faust auf die Tischplatte. »Nach 'n paar Wochen hat's schon durchs Dach geregnet, und alles ging den Bach runter. Und sie? Sie macht währenddessen den fetten Reibach mit meinem Buch und saugt es aus wie eine Zitrone. Hauptsache Profit. Das ist alles, worum es ihr geht.«

Julian betrachtete ihn mit gemischten Gefühlen. Keine Frage, er erkannte in der Beschreibung sofort seine Tauschpartnerin wieder. Und andererseits kannte er noch eine andere Wahrheit, als die, die Memphis ihm hier beschrieb. Es war die Tatsache, dass der Memphis, der ihm hier gegenüberstand, zu einem Bestseller wie *One Million For A Dead Body* wahrscheinlich nie fähig gewesen wäre. Julian hatte ja die vorangegangenen Leseproben, die von ihm stammten, gesehen. Mit ihnen hatte und hätte er niemals jenes Millionenpublikum erreicht, dass sich Myra Jones mit ihrer strategischen Herangehensweise erarbeitet hatte. Das bestätigten nicht zuletzt die vielen Rezensionen im Netz. So sehr ihm die Art seiner Vorgängerin auch widerstrebte und die Erkenntnis darüber, dass er mitnichten ihr erster und damit einzigartiger Tauschpartner war, so wehrte sich ebenso alles in ihm, sich mit Memphis' Selbstmitleid gemein zu machen. Ganz sicher nicht gehörten sie der gleichen Opfergruppe an!

Memphis glitt von seinem Hocker und kam um den Tresen herum. »Was hat sie von dir im Tausch bekommen?«

»Meine –« Julian wollte *Schulden* sagen, doch hielt er sich gerade noch zurück. »Ein Kino.« Er machte eine unbestimmte Geste. »Ich bin damit nicht weitergekommen und brauchte eine Veränderung.«

Sein Gegenüber lächelte bitter, als wisse er es besser. »Du bist der Fünfte.«

»Der fünfte was?«

»Verarschte.«

Julian schluckte. Der betrogene Autor stand nur noch wenige Zentimeter von ihm entfernt und hauchte ihm seinen Tabakatem ins Gesicht.

»Sie hat's auch vor *LifeExchange* schon getan.«

»Was?«

Memphis zog ein Papier aus seiner Tasche und legte es neben sich auf dem Herd ab. »Sie hat die Leute einfach angesprochen, wenn ihr gefiel, was sie sah. Ein Coffeeshop-Besitzer, eine Malerin, eine Restaurantleiterin, Bed and Breakfast ... es ist alles dabei. Sie wechselt ihr Leben wie andere Leute ihre Unterhosen.«

Julian blickte, um Fassung bemüht, auf die aufgelisteten Namen und Städte.

»Du glaubst nicht, wie viel Zeit es gekostet hat, die alle rauszufinden«, sagte Memphis. Seine Stimme hatte nun etwas Fieses, Bedrohliches. Wie einer, der seine Mitmenschen gerne quält.

Doch Julian hörte noch eine ganz andere Stimme in sich. Die von Hendrik Hendriksen: *Eine ehemalige Studienkollegin hat mich vor zwei Jahren auf die Idee gebracht.* War Myra Jones jene Erfinderin von *LifeExchange*? Hatte sie sich mit dem Portal am Ende ihren Traum vom Life-Hopping erfüllt? In das Leben anderer Leute zu schlüpfen, um es nach kurzer Zeit wieder abzustreifen?

Julian musste aufpassen, dass er nicht laut losschrie und seine geballte Wut an Memphis ausließ.

»Ich möchte, dass Sie jetzt gehen«, bedeutete er, so ruhig er irgend konnte, und wies zur Tür. »Ich habe nichts mehr zu sagen.«

»Erst will ich meinen Schlüssel zurück.« Memphis baute sich mit seinem blutverkrusteten Gesicht dicht vor ihm auf.

»Kein Problem. Da liegt er.« Mit dem Daumen wies Julian über seine Schulter, dabei stieß er gegen die Küchenzeile. Als er sich umdrehte, um nach dem Schlüssel zu greifen, traf sein Blick den Messerblock.

Er war leer. Es steckte keine Waffe mehr darin, mit der er sich hätte verteidigen können.

»Denkst wohl, ich bin blöd, was?«

Julian fuhr herum und sah, wie Memphis seine Jacke öffnete. Aus der Innentasche lugten die vier Griffe vor.

Memphis wählte das Brotmesser, nachdem er den Schlüssel entgegengenommen hatte. »Ich will nicht nur mein Haus, ich will auch das Passwort für meine Mails.«

»Nur die Ruhe, ja?«, murmelte Julian im Anblick des gezackten Schneidegeräts vor seiner Nase und hob die Hände.

»Ich will mein Leben zurück. Es gehört mir. Mir allein!«, herrschte Memphis ihn an und zuckte mit der Messerspitze vor, als wollte er sie Julian in die Brust spießen. »Hast du verstanden?«

Julian nickte mit angehaltenem Atem. Er spürte sein Herz unter der Schneide pochen. Es lag allein der dünne Stoff seines T-Shirts dazwischen.

»*The Big Lebowski*.«

Memphis verstand nicht.

»Das Passwort. Alles zusammengeschrieben in einem Wort. Die Mailadresse ist die gleiche, die ich von Myra habe.«

»Was ist mit dem Vorschuss fürs nächste Buch?«

Julian schüttelte den Kopf. »Kerry Goldenstrauch hat noch Fragen zur Geschichte.«

»*Fragen*. Ha, was das heißt, wissen wir ja wohl, du Loser!« Memphis verzog spöttisch das Gesicht. Dann zuckte die Wut in seine Miene zurück, und er versetzte dem Messer einen plötzlichen Stoß. »Ich brauch Knete! Los!« Julian ächzte. Ein beißender Schmerz breitete sich über seinem Herzen aus. »Ey!« Er versuchte, Memphis abzuwehren, doch der schlug seine Hände weg und schrie: »Pfoten runter!«

»Ich hab kein Geld. Echt«, bekräftigte Julian. Niemals wollte er diesem Typ seine letzten Dollar abtreten, und wenn er hier in Scheiben geschnitten wurde.

»Was du nicht sagst?!« Er drückte gleich noch ein wenig stärker gegen die Klinge.

»Ah!!!«, stöhnte Julian. Es wurde warm unter seinem T-Shirt vom heraustretenden Blut. Lange würde er nicht mehr durchhalten.

Als sehe das auch Memphis ein, zog der plötzlich das Messer zurück und lächelte. Vollkommen unerwartet zielte er mit der Waffe an Julian vorbei und stach zu. Nur Sekunden später flogen die von der Messerspitze hochkatapulierten Autoschlüssel durch die Luft, und Memphis fing sie auf.

»Der Mustang tut's auch«, sagte er und strahlte.

Dann hielt er erneut das Brotmesser unter Julians Nase und machte klar: »Wenn du die Bullen informierst, bist du tot. Erst mach ich deinen Köter kalt, dann dich. Verstanden?«

Julian nickte. »Keine Sorge.«

Memphis taxierte ihn für mehrere Sekunden, als könne er in Julians Gesicht lesen, ob er log. Das, was er dort sah, schien ihn jedoch zu überzeugen, und er steckte seine Waffe zusammen mit den anderen Küchenhelfern in den Messerblock zurück.

Sekunden später war er verschwunden, und Julian glitt entsetzt am Schrank hinunter zum Boden.

»Fuck!«, fluchte er und drückte mit der Hand gegen seine Wunde.

Draußen röhrte der Mustang auf und raste aus der Einfahrt. Julian schaute auf und horchte ihm nach. Dann war alles still, bis das Klackern von Fritz' Pfoten auf dem steinernen Küchenboden ertönte. Der Hund kam zur Tür herein und betrachtete Julian mit schräg gehaltenem Kopf.

Die Szene erinnerte ihn an jene Comics, die er als Kind so geliebt hatte. Tim wird verletzt, und Struppi findet ihn. Doch im Gegensatz zu Hergés Helden sprang Julian jetzt nicht auf und rannte los, um seinen Gegner zu fassen, sondern er blieb am Boden sitzen und betrachtete den handtellergroßen Fleck auf seinem T-Shirt.

»Tja, das war's dann wohl«, sagte er zu Fritz. »Jetzt gibt's hier keinen Memphis mehr.«

32.

Julian wusste nicht, wie lange er auf dem Sofa gehockt und vor sich hingestarrt hatte, aber mittlerweile war die Dunkelheit im Zimmer gewichen, und die aufgehende Sonne hatte den Dingen ihre Farbe zurückgegeben.

Auf dem Sofatisch vor ihm lag die von Memphis zurückgelassene Liste.

Es war total verrückt. Alles!

Übernächtigt und zerschlagen erhob er sich und schlurfte zum Computer hinüber. Der Zugang zu Memphis' E-Mails war gekappt. Mit einer Mischung aus Bestürzung und Erleichterung löschte er das Postfach und ließ sich in seinen Schreibtischstuhl fallen.

Wie ein paar Tage zuvor sah er im Gegenlicht seine eigene Silhouette in der Fensterscheibe gespiegelt, allerdings lautete die weniger optimistische Bildunterschrift nun: *Ein Häufchen Mensch auf einem Stuhl.*

Natürlich hatte ihm die Vorstellung von einem Leben als berühmter Autor gefallen, doch er ahnte auch, dass er womöglich nie Myras Erfolg hätte fortführen können. Auf jeden Fall nicht in der Geschwindigkeit, wie die Leser es erwarteten. Der Fluch oblag nun wieder dem echten Memphis.

Julian schaute zu Fritz, der eingerollt in seinem Korb lag und schlief. Der Schrecken der Nacht schien bei dem Tier keine gravierenden Spuren hinterlassen zu haben, während er in Julian weitergärte. Was Julian erstaunte, war, dass der Hund selbst in der ärgsten Schreckminute nicht gebellt hatte. Ja, noch nicht mal zum Bellen angesetzt hatte. Ob es ein Geburtsfehler war?

Nachdenklich wanderte Julians Blick zurück zu dem Zettel mit den Namen. Aus Memphis' Sicht waren sie alle Opfer wie er. Opfer einer Frau, die nach ungehobenen Schätzen griff, sie ausplünderte und als Pfand für Neues nutzte.

Julian tippte den Namen des Bed-and-Breakfast-Domizils ein, das zuoberst stand und von Memphis im Tausch übernommen worden war. Kaum hatte er auf *Enter* gedrückt, listete der Bildschirm eine Vielzahl von Verweisen zu der in Maine liegenden Privatpension auf. Von außen extrem hübsch anzusehen, befand sie sich am Rande des Arcadia-National-Parks, der mit seinen berühmten Seen, Bergen und Wäldern jedes Jahr Millionen von Besuchern anzog. Auf den ersten Blick also kein schlechter Tausch für ein armseliges Autorenleben, wie Memphis es zu bieten hatte.

Wie zu allen Dingen auf dieser Welt gab es natürlich auch zu der Pension eine virtuelle Legende, über die Julian in Kürze rekonstruieren konnte, was geschehen war.

Eine der Bewertungsseiten zeigte Fotos des pittoresken Gebäudes mit weitläufigem Garten und dem kleinen See davor. Während der Betrieb bis zum vorletzten Winter eher mittelmäßig performt zu haben schien, schossen vor neunzehn Monaten die Besucherzahlen samt Bewertungen plötzlich rasant nach oben. Eine neue Besitzerin hatte die Zufriedenheit in allen Bereichen auf hundert Prozent hochgeschraubt. Für Freundlichkeit, Sauberkeit, das Frühstück – überall wurde ihr die höchste Punktzahl verliehen. Seit letztem Winter war jedoch von Schludrigkeit, schlechtem Service und unzureichendem Essen die Rede.

Keine Ahnung, schrieb zum Beispiel GulliversReisen, *wie das Ding hier zu so guten Bewertungen kommt. Die Zimmer stinken alle nach Rauch, der aus den unteren Räumen des Betreibers durch die Dielen nach oben zieht. Und bei den Betten weiß man auch nicht, ob sie wirklich frisch bezogen sind. Das Frühstück ist zum Davonrennen, ähnlich wie der Inhaber selbst. Will nicht wissen, wie lange der sich schon nicht mehr die Zähne geputzt hat!*

So und ähnlich fielen die Kommentare aus, bis schließlich auch das kaputte Dach, durch das es hindurchregnete, moniert wurde – und das Feedback im Frühjahr schließlich ganz versiegte. Wahrscheinlich, weil niemand mehr hinfuhr.

Mit dem Coffeeshop in Iowa sowie dem Restaurant in Alabama sah es nicht anders aus. In den Zeiten, in denen Myra Jones am Ruder saß, lief alles prächtig, danach versackten die Kritiken ins Unterirdische.

Julian gab auch den Namen der Künstlerin ein, deren Leben Myra ebenfalls übernommen hatte. Die Einschätzungen, die er auf den Portalen fand, ähnelten jenen, die er über Memphis gelesen hatte. Der Malerin war offenbar nach langer Durststrecke ein unerwartetes Meisterwerk gelungen. Der große Durchbruch. Doch was danach folgte, war nichts als bodenlose Enttäuschung.

Wenn Julian eine Landkarte hätte zeichnen müssen, dann

wären über alle Bundesstaaten hinweg kleine Berge entstanden, die das Wirken von Myra Jones bemaßen. Überall da, wo sie auftauchte, raste die Erfolgskurve von der Mittelmäßigkeit in den Sternenhimmel hinauf, um danach in der Hölle zu enden. Es war faszinierend und beängstigend zugleich.

Julian konnte sich das desaströse Abschneiden nach Myras Verschwinden nur damit erklären, dass ihre Tauschpartner zunächst neugierig und dann immer wütender beobachtet hatten, wie Myra aus den von ihnen selbst für hoffnungslos erklärten Umständen plötzlich den ganz großen Erfolg hervorzauberte, während die *Loser* es nicht schafften, das von ihr Hinterlassene in gleicher Weise fortzuführen.

Ging es ihm am Ende genauso?, fragte sich Julian kritisch. Hasste er Myra Jones aus dem gleichen Grund? Weil er es nicht ertragen konnte, dass sie mit ihrem erfolgsgeschwängerten Selbstbewusstsein in seinem alten Leben herumfuhrwerkte und ungehobenes Potenzial aktivierte? Genauso, wie sie plötzlich Julians Familie und seinen besten Freund zum Strahlen brachte?

Und viel schlimmer: War das *Astor* für Myra am Ende auch nichts weiter als ein Durchlauferhitzer, der schon bald ausgedient hatte und auf *LifeExchange* an jemand anderen weitergereicht wurde?

Die Vorstellung war unerträglich, und je länger Julian darüber nachdachte, umso klarer wurde ihm, dass Myra Jones jemand war, den man in der Wirtschaft einen Sanierungsmanager nannte: Sie rettete und polierte eine Existenz auf und veräußerte ihr neues Leben anschließend weiter. Doch erstaunlicherweise nicht – so schien es zumindest –, um daraus einen finanziellen Gewinn zu generieren, denn sonst hätte sie Julian niemals ihre Villa und den Scheck hinterlassen.

Oder übersah er hier etwas?

Julian richtete sich auf.

Lag es am Ende etwa daran, dass ihr Tun eine perfekte Werbung für *LifeExchange* war? Und sie als Hendrik Hendriksens Ideengeberin am Profit beteiligt war, der sich auf weit mehr als ein paar Millionen bemaß?

Von der anderen Seite des Zimmers drang Fritz' Schnarchen in die Stille. Innerlich aufgewühlt, fühlte Julian eine bleierne Müdigkeit in seinen Gliedern. Was galt es jetzt zu tun? Gab es Handlungsbedarf, oder sollte er ein für alle Mal abschließen mit dieser Frau und Frieden finden – im Gegensatz zu seinen vielen Vorgängerinnen und Vorgängern, die das Bedürfnis hegten, sie umzubringen?

Julian wusste es nicht. Alles, wonach er sich in diesem Augenblick sehnte, war Schlaf und Vergessen. Die Hoffnung, dass nach seinem Erwachen sich alles als ein übler Traum herausstellen möge.

Eingerollt wie Fritz, legte er sich auf das Sofa und wurde um kurz vor zwölf von seinem Handy aus dem Schlaf gerissen. Durch die offenstehende Terrassentür drang das Geräusch des Meeres und das Schreien der Pelikane, die gegen den Wind ansegelten.

Mit einem eingeschlafenen Arm rappelte er sich auf und zog sein Telefon vor, das er nach Memphis' Verschwinden in die Tasche seiner Schlafanzughose gesteckt hatte.

»Ja?« Er schaute sich nach Fritz um, der nicht mehr in seinem Körbchen lag. Er war nirgends zu sehen.

»Bist du etwa krank?«, fragte seine Mutter besorgt.

»Nein, ich hatte nur eine harte Nacht«, murmelte er und tastete nach seiner Brust. Unter dem Loch im T-Shirt hatte sich eine Kruste gebildet. Er wusste, wie entsetzt seine Mutter über den Vorfall wäre, und beschloss, was geschehen war, für sich zu behalten. Selbst wenn sie nicht mit Angst reagierte, würde sie sich zumindest bestätigt fühlen. *Ich hab doch schon immer gesagt, dass dieses Internet lebensgefährlich ist und euch alle früher oder später umbringt.*

»Kommst du heute auch zur Eröffnung?«, fragte sie.

»Welche Eröffnung?«

»Na, Myras. Vom *Astor*. Ich backe gerade fünfhundert Brezeln für sie. Wenn es gut läuft, wollen wir eine Kooperation schließen, und ich kann hier jemand zusätzlich einstellen.«

Julian fuhr von der Couch hoch. »Bist du wahnsinnig, Mom? Du musst aufpassen, die Frau ist gefährlich!«

»Du meinst, weil sie mir das Geld im Voraus bezahlt hat?« Martha kicherte schelmisch. »Sie ist phantastisch! Weißt du, was das für mich bedeutet?«

»Ja. Dass du deine Backstube vergrößern und zusätzlich Leute einstellen musst, um sieben Monate später vor dem Nichts zu stehen, weil es dann nämlich keine Myra Jones mehr geben wird. Zumindest nicht im *Astor*.«

»Was redest du denn da?«

»Mom, die Frau ist ein Fake. Glaub mir einfach.«

»Warum hast du ihr dann das Kino vermacht, das dir bisher immer das Wichtigste in deinem Leben war?« Seine Mutter hatte recht, und er konnte dem nichts entgegensetzen. »Kann es sein, dass du am Ende neidisch bist?«, fragte sie. »Weil du zu früh aufgegeben hast?«

»Ich habe nicht zu früh aufgegeben! Ich war am Arsch, Mann.«

»Das haben deine Großeltern nach dem Krieg auch gedacht, als alles in Trümmern lag. Und?«

»Vergiss es einfach«, knurrte er in den Hörer und legte auf.

»Aaahhhh!«, schrie er aus voller Kehle.

Er hätte platzen können vor Wut.

Da war er wieder, der durch Memphis gepflanzte Hass.

Sein Handy klingelte erneut. *Mom*.

Widerwillig nahm er ab. »Tut mir leid, aber du verstehst das leider nicht«, antwortete er.

»Doch, ich verstehe sehr wohl«, bemerkte seine Mutter spitz. »Dir ist was über die Leber gelaufen, und du lässt es jetzt an mir aus. Schon vergeben. Was ich eigentlich von dir wissen wollte ist: Sehen wir uns nun heute Abend oder nicht?«

»Nein. Die Party läuft ohne mich. Ich hab weder eine Einladung noch vor, dorthin zu gehen.«

»Das ist falscher Stolz, Julian. Deine Schwester kommt auch. Es wäre eine Möglichkeit, dass wir uns endlich mal wieder als Familie sehen.«

»Tut mir leid«, sagte er und log: »Hier ruft gerade jemand an. Das muss ich annehmen.«

Er wusste, wie sehr er seine Mutter enttäuschte, aber er konnte nicht anders.

»Hi, hier ist Julian.« Einem spontanen Impuls folgend wählte er die von Helen zurückgelassene Nummer.

»Julian?« Sie machte aus ihrer Verblüffung keinen Hehl. »Hab, ehrlich gesagt, nicht gedacht, dass du dich noch mal melden würdest. Ist die Übelkeit, oder was auch immer dich neulich ins Bad getrieben hat, vorbei?«

Julian ließ sich auf den flauschigen Teppich vor dem Sofa sinken und atmete durch.

»Hast du gewusst, dass Myra schon fünf Mal ihr Leben getauscht hat?« Er musste endlich wissen, woran er bei ihr war.

»Myra?« Helen lachte irritiert. »Ist jetzt nicht dein Ernst, oder?«

»Hattest du was mit ihr? Ich meine, sexuell.«

»Ich?« Auf der anderen Seite prustete es los, als hätte er einen wunderbaren Witz gemacht. »Falls du's noch nicht bemerkt hast, lieber Freund: Ich steh eher auf Männer.«

»Das eine schließt das andere nicht aus.«

»Das stimmt, aber ich bin trotzdem sehr einseitig. Wie kommst du darauf?«

»Weil du hier offensichtlich mehrfach übernachtet und ihr Kaffee gekocht hast.«

Helens Lachen schallte erneut durch die Ohrmuschel, und er musste das Telefon auf Abstand halten. »Bist du etwa deshalb im Nirwana verschwunden?«, fragte sie. »Das hätten wir wirklich schneller klären können.«

»Und, was hättest du mir gesagt?«

»Dass genau darin der Unterschied zwischen Männern und Frauen liegt, um den ihr uns so beneidet. Wir Frauen können nämlich morgens zusammen im Bett sitzen, Kaffee trinken und stundenlang miteinander quatschen, ohne Sex zu haben und uns hinterher zu fragen, ob wir vielleicht irgendetwas falsch gemacht haben, weil die andere sich plötzlich nicht mehr meldet.«

»Es tut mir leid. Ich ...« Julian stieß Luft aus. »Diese Frau treibt mich in den Wahnsinn.«

»Was ist denn los?«

»Ich wurde heute Nacht fast von Myras letztem Tauschpartner erwürgt.«

»Was? Das ist jetzt 'n Witz, oder?«

»Nein. Er heißt Memphis und ist Autor. Myra hat vor etwas über einem Jahr sein Leben übernommen. Er hat nicht verkraftet, dass sie daraufhin aus seinen mittelmäßigen Romanen einen Bestseller gemacht hat, und wollte sich rächen.«

»Sag nicht, Myra hat *One Million For A Dead Body* geschrieben?!«, rief Helen ebenso überrascht wie beeindruckt aus.

»Doch, hat sie.«

»Tzz. Diese Frau ist echt unglaublich.«

»Sie ist gefährlich. *LifeExchange*, das alles ist nur ein Spiel für sie. Sie hüpft von Leben zu Leben und genießt es, anderen nachzuweisen, wie schlecht sie das Ihre geführt haben.«

»Was meinst du mit *schlecht*?«

»Na, ob man alles rausholt oder nicht. Ob man erfolgreich ist und davon leben kann.«

»Ach so«, bemerkte Helen und setzte mit einem ironischen Unterton nach: »Und ich dachte immer, es ginge um Glück.«

»Erfolg ist Glück.«

»Sagt wer?«

»Ach komm, tu doch nicht so. Auch wenn du vielleicht Internet-Detox betreibst, weißt du doch genau, was es bedeutet, wenn man ohne Ende *Likes* erzielt und die Formel dafür gefunden hat.«

»Was kümmern dich *Likes* oder *Dislikes*? Es kann dir doch vollkommen egal sein, solange du zufrieden bist mit dem, was du machst.«

Verstand sie ihn wirklich nicht, oder wollte sie ihn nicht verstehen?

Julian richtete sich auf und versuchte es anders. »Klasse, wenn du es privat geschafft hast, dich von allen digitalen Bewertungen unabhängig zu machen, aber du weißt doch, was das für ein Business bedeutet, oder? Unsere ganze Welt funktioniert heute nur noch danach, ob dir das passt oder nicht. Wie war dein Essen? Wie war dein Fahrer? Wie war dein Furz? Vergibst du viele Sterne, hat der andere Glück, kriegt er wenig, kann er morgen seinen Laden schließen.«

Helen lachte. »Na, dann wird es ja umso wichtiger, dass wir uns dagegen wehren und den ganzen Mist nicht mitmachen.«

Julian rieb sich die Stirn. Diese Frau war einfach nicht dazu zu bewegen, seine Wut und Sorge mit ihm zu teilen. Warum nicht?

»Weißt du was?«, hörte er sie auf der anderen Seite. »Scheiß doch auf Myra und all die Sterne. Ich finde, du solltest dein Leben genau so leben, wie du es leben willst.«

»Ha, schön wär's, wenn das so einfach ginge. Ich hab's ja mit dem *Astor* versucht und mein Bestes gegeben. Am Ende hat's aber trotzdem nicht gereicht.« Er rupfte frustriert am Flor des Teppichs. Sollte dieses Gespräch jetzt tatsächlich zu einer Existenzkrise führen? Geriet er soeben in den gleichen Fruststrudel wie Memphis? Denn in der Tat, das musste er sich und Helen jetzt und hier eingestehen: »Wenn die den Saal auf einmal wieder vollkriegt und die Leute zurück ins Kino, dann halt ich das nicht aus. Das überleb ich nicht.«

»Und was willst du dann dagegen tun?«

»Ich weiß es nicht«, sagte er und spürte, wie mehr und mehr die Verzweiflung in ihm aufstieg.

»Du bist aber nicht selbstmordgefährdet, oder?« Plötzlich klang sie hörbar verunsichert.

»Nein.« Durch den Spalt der Terrassentür schob sich soeben aufgeregt hechelnd Fritz. Er war offenkundig am Strand den Vögeln nachgejagt, denn an Pfoten und Schnauze klebte Sand. »Ich hab ja Verantwortung für einen Hund.«

»Einen Hund? Seit wann das denn?«

»Mittwoch.«

»Und wie heißt er?«

»Nach meinem Großvater Fritz.«

»Fritz klingt gut«, fand Helen und erzählte ihm, dass sie sich gerade noch in Portland bei ihren Eltern befand, aber am nächsten Tag zurückkam. »Wenn du willst, kannst du mich nach meiner Schicht im *Angelina's* abholen. Dann wiederholen wir unseren Spaziergang, und ich lerne deinen neuen Mitbewohner kennen.« Sie witzelte: »Vielleicht kriegen wir dabei ja auch ein Sequel von *Helen und Julian* hin – muss ein grandioser Film sein mit echtem Blockbuster-Potenzial. Was denkst du?«

Julian schmunzelte. So niedergeschlagen und aufgewühlt er war, diese Frau hatte eine Art, bei der man nicht lange hoffnungslos bleiben konnte. »Das klingt in der Tat vielversprechend.«

Als sehe Fritz das genauso, kletterte der an ihm hoch und leckte ihm mit der Zunge durchs Gesicht.

»Hey!«, lachte Julian auf und versuchte, ihn von sich zu schieben. »*Urgh.*«

»Na, das hört sich doch schon viel besser an«, bemerkte Helen. »Bis morgen, Julian.«

»Bis morgen, Helen.«

Er legte auf und atmete durch.

»Morgen lernst du eine wirklich nette Frau kennen, Buddy.« Er zog Fritz zurück auf seinen Schoß und kraulte ihm den Rücken. »Ich glaube, du wirst sie mögen.«

Der Hund ließ sich kurz streicheln, dann lief er weiter zu seinem Korb, um sich auszuruhen. Auf Julians Beinen blieben seine sandig-feuchten Spuren zurück sowie der Geruch von Meer.

Es war frappierend, fand Julian, wie das Tier innerhalb von wenigen Tagen ein derartiges Vertrauen zu ihm gefasst hatte. Und das, wo sein eigenes Vertrauen in sich selbst zeitgleich derart erschüttert worden war.

33.

Es ging bereits auf zehn zu, als Julian Fritz ein letztes Mal hinausließ. Von der Terrasse aus beobachtete er, wie der Hund in der Dunkelheit verschwand und nach wenigen Minuten die Wendeltreppe hinauf zu ihm zurückkam.

In seinem Maul hielt er dabei ein Stück angeschwemmtes Strandgut, das er ihm vor die Füße legte. Julian strich mit den Fingern darüber. Es war ein glatt polierter weißer Stock, an dessen kantigem Ende noch ein Stück Rinde hing. Wahrscheinlich hatte der kleine Ast einst zu einem Baum mit kräftiger, rauer Schutzhülle gehört und war erst durch die lange Reise, abgeschnitten von seinem Ursprung, zu diesem hellen, glatten Stock geworden. Gut möglich, dass das Holz von der gegenüberliegenden Bucht kam. Aber vielleicht stammte es auch aus Japan oder Australien. Niemand wusste das, nur der Zweig selbst.

Das weiße Geäst erinnerte Julian an Helens weiche Haut. Lange noch hatte er über ihre Worte gegrübelt und ahnte, dass sie wahrscheinlich recht damit hatte, wenn sie sagte, dass das Glück am Ende allein in ihm verborgen lag. Es war eine Frage der Entscheidung. Wollte er der verbitterte Rächer Memphis sein oder sich lieber lustvoll vom Leben treiben lassen und das Glück dabei in sich selber finden? Ließ er sein Bewusstsein vom Sein bestimmen, oder andersherum? War es der Stock, der von den Wellen abgeschliffen worden war, oder hatte er sich durch seine Häutung bewusst an das Wasser angepasst, um leichter voranzukommen?

Es war reine Ansichtssache.

Noch eine Weile blickte Julian in die Nacht hinaus. Der Pazifik lag ruhig da und strich in weichen Wogen liebevoll über den Sand.

Um keinen Preis in der Welt wollte er diesen einmaligen Ort wieder verlassen müssen, denn die kleine Villa war ihm längst zu einem lieb gewonnenen Heim und Zuhause geworden. So auch für Fritz, der sich auf seiner kuscheligen Schlafstätte rekelte und zu dösen begann.

Und trotzdem.

»Tut mir leid, Buddy.« Julian kniete sich vor ihm hin und strich ihm über die Ohren. »Ich muss leider noch mal weg und kann dich nicht mitnehmen.« Er überließ ihm den Stock, damit er daran knabbern konnte. »Schlaf schon mal. Ich bin bald zurück.«

Nur schweren Herzens löste er sich von dem verwunderten Hundeblick und winkte ihm von der Haustür zu. »Mach's gut, Kleiner.«

Dann trat er hinaus und machte sich auf den Weg.

Da der Mustang mit Memphis entschwunden war, lief Julian die halbe Meile bis zur California hinauf und hielt dort ein Uber-Taxi an.

Zwei Blocks vom *Astor* entfernt bat er den Fahrer ihn rauszulassen. Den Rest ging er zu Fuß, denn er wollte sich dem Kino möglichst ungesehen nähern.

Auf gar keinen Fall durfte Myra, die möglicherweise am Eingang stand, um ihre Gäste zu begrüßen, ihn entdecken. Denn dann würde er niemals ins Innere gelangen.

Obwohl es kurz vor 23 Uhr war, stand vor dem Gebäude immer noch eine lange Schlange. Die Versammelten waren alle in festliche Partyklamotten gekleidet und im Durchschnitt Mitte zwanzig. Deutlich jünger also, als Julians einstmaliges Publikum.

Mit hochgeschlagenem Kragen schob er sich an ihnen vorbei bis zu dem kleinen Tor, das seitlich an den Mülltonnen entlang zum Hintereingang des Kinos führte. Mit etwas Glück hatte Myra den Zugangscode noch nicht geändert, und Julian konnte sich unerkannt Zutritt verschaffen. Aufgeregt tippte er die vier Zahlen in das Eingabegerät, und das Tor sprang surrend auf.

Kurz drehte er sich um, ob ihn jemand beobachtete, und schlüpfte hinein. Das Gitter rastete leise hinter ihm ins Schloss, und er lief den schmalen Gang hinunter bis zum Hintereingang. Dort nahm er seine Kreditkarte, um wie sonst, wenn er sich ausgeschlossen hatte, die Tür damit zu öffnen.

Ehe er jedoch dazu kam, sprang der Notausgang vor ihm auf, und eine junge Frau kam ihm entgegengestürzt. Von drinnen drang der Lärm lauter Musik heraus sowie das Lachen und Gekreische der Menschen. Rüde sah er sich zur Seite geschoben, und die Frau rannte weiter, um sich in den Büschen hinter ihm zu übergeben.

Bevor Julian Anstalten machen konnte, sie zu fragen, ob sie okay war, tauchten schon ihre zwei Freundinnen auf und riefen: »Los, Lorry, beeil dich, wir wollen die Typen nicht verlieren.«

Die junge Frau lallte etwas Unverständliches und übergab sich ein weiteres Mal.

Statt ihr beizustehen, tippten die Mädchen neben Julian in ihre Smartphones und überlegten, ob sie die Szene vielleicht filmen sollten, um sie auf irgendein Portal zu laden.

»Nee, lass mal. Am Ende sehen's noch ihre Eltern«, wandte die eine ein, und sie verständigten sich auf ein paar schnell getippte Kurzmitteilungen an ihre Freunde.

»Was hast du geschrieben?«

»Patrik fragt: *Wo seid ihr?*«, gab die andere zurück.

»Schreib, dass wir grad noch warten müssen, bis Lorry abgekotzt hat.«

»Okay«

Die beiden kicherten und tippten eifrig weiter.

»Kann ich mal vorbei?«, bat Julian sie, und sie traten, ohne aufzuschauen, auf ihre Screens weiter eintippend, zur Seite.

»Danke.« Kopfschüttelnd ließ er sie hinter sich und schritt den nur schwach beleuchteten Flur entlang, wo weitere Besucher betrunken auf dem Boden saßen oder die Abgeschiedenheit für Zärtlichkeiten nutzten.

War das wirklich sein *Astor*, in dem er hier gelandet war, oder hatte er sich in der Tür geirrt? Bestürzt folgte er dem Fluchtweg, und je näher er dem Saal kam, umso ohrenbetäubender wurde die Musik. Um ihn herum versuchten die jungen Gäste mit ihren Cocktails in der Hand schreiend Konversation zu betreiben.

»Bin erst seit einem halben Jahr hier. Geile Stadt.«

»Ja, hab vorher im Valley gewohnt. War voll öde.«

»Fährst du morgens mit dem Bus raus?«

»Nee, hab mein eigenes Start-up hier in der Stadt gegründet. Muss nicht mehr pendeln.«

»Cool. Was macht ihr?«

»Ist noch geheim, aber du wirst auf jeden Fall von uns hören.«

So oder ähnlich lauteten die Gespräche, und Julian drängte sich mühsam durch die eng beieinander Stehenden, um schließlich vor dem geschlossenen Seiteneingang des Kinosaals auf eine Gruppe Junggesellen mit Bachelor-Girlanden um den Hals zu treffen. Angetrunken hielten sie Gerrys Bier in den Händen und betrachteten von ihrem Kameraden mitgebrachte Kostüme.

»Geilomat!«, schrie einer von ihnen. »Wo hast du die denn her?«

»Kostümverleih. Alles Bunnys. Jeder zieht eins an, und dann geht's ab auf die Bühne«, erklärte der mit den Klamotten im Arm. »Marc wird an der Bar gerade von 'ner Maus abgelenkt. Ich hab sie instruiert. Sobald wir hier fertig sind, geht die Show los, und Ben schaltet die Lichter an.«

Er wies zu dem offenen Schaltkasten neben ihnen und sagte zu dem Typ neben ihm: »Du wartest auf mein Zeichen, okay? Erst, wenn wir oben sind, legst du alle Schalter um, und dann gibt's *tong* das volle Programm.«

»Alles klar«, säuselte sein Kumpel und grinste benebelt.

Julian haderte mit sich. Er wusste, dass die Verantwortung nun bei seiner Nachfolgerin lag, trotzdem spürte er das dringende Bedürfnis, sich einzumischen.

»Äh …« Bemüht um einen möglichst freundlichen Ton, trat er zu ihnen und sagte: »Wenn ich euch 'n Rat geben darf: Das mit der Bühnenbeleuchtung lasst mal lieber. Die Schalter dürfen nur von den Mitarbeitern des Hauses bedient werden, und schon gar nicht alle auf einmal. Ansonsten besteht Brandgefahr.«

Die fünf blickten ihn entgeistert an. Jedoch nicht, weil er ihnen Angst einjagte, sondern weil er so dreist war, sie ungefragt anzuquatschen.

»Brandgefahr?«, prustete einer los. »Was weißt du davon?« »Wer hat dich überhaupt gefragt?«

»Sehr viel«, gab Julian zurück. »Glaubt mir.«

Die Jungs winkten ab. »Na klar, komm verzieh dich, Alter. Spaßbremsen haben hier nichts zu suchen.«

Ehe Julian etwas erwidern konnte, verzogen sie sich den Gang hinunter und wandten ihm den Rücken zu.

»Lasst den Spast sich erst mal verpissen, dann geht's weiter.«

Julian zuckte es in der Faust. Am liebsten hätte er ausgeholt, doch nahm er sich zusammen, schlug stattdessen die Tür des Lichtkastens zu und setzte seinen Weg fort.

Als er die Toiletten passierte, standen auch dort lange Schlangen von Wartenden und tauschten sich über das Astor aus.

»Echt geile Location, oder? Warum hab ich nicht schon vorher davon gehört?«

»Weil's bisher 'n verschnarchtes Kino für Rentner war.«

»Krass.«

Wenn es nach Julians Gefühlslage gegangen wäre, hätte er spätestens jetzt die Flucht ergriffen. Aber es gab einen Grund, warum er hier war, und so überwand er sich und drängte sich weiter durch die Massen, bis er schließlich in der Eingangshalle stand.

Die alte Verkaufstheke war in eine Cocktailbar umfunktioniert, und rechts und links an den Wänden standen die Kinosessel aufgereiht. Hatte Myra sie im Zuschauersaal etwa abmontiert?

Neben der Tür zum Saal hing eine Pinnwand. Julian trat näher. Es hingen lauter Zettel mit den Wünschen der Besucher daran, was sie sich vom zukünftigen *Astor* erwarteten. Von *veganen Snacks* über *geile Musik* bis hin zu *Live-Auftritten* war alles dabei. Nur über Filme sprach niemand.

Ahnungsvoll ging er vom Foyer weiter in den Kinosaal und begriff endlich, was seine Tauschpartnerin aus dem *Astor* gemacht hatte: eine Eventlocation. Anstelle der Sitzreihen verteilten sich bequeme Loungesessel in dem ehrwürdigen Zuschauerraum, und vor der Bühne war Platz für eine Tanzfläche geschaffen worden. Oben auf dem Balkon standen zwei DJs, die mit ihren Kopfhörern zur Musik wippten und die Gäste anheizten. Dabei wurde auf der Leinwand ein Schwarz-Weiß-Film ohne Ton abgespielt.

Bei dem Anblick wurde Julian schlagartig schlecht. Er kannte die Szene nur zu gut: Humphrey Bogart und Ingrid Bergmann sagten sich gerade am Flughafen Lebewohl in dem Wissen, dass sie sich niemals wiedersehen würden. Während all diese Typen in Partystimmung schwelgten, spielte sich über ihren Köpfen eine der eindrücklichsten Erzählungen über eine Liebe im Krieg als stumme Retrotapete ab.

Es fühlte sich für Julian wie eine Ohrfeige an. Myra Jones hatte aus dem *Astor* eine Tanzbar für Hipster und Techies gemacht, und damit für all jene, die letztendlich für das Ende der Kinoära mit verantwortlich waren. Um sich lärmend selbst zu feiern, hatte seine Nachfolgerin damit die Filmkunst zur stummen Nebensache degradiert, ein hippes Accessoire und schmuckes Aushängeschild. Nicht mehr und nicht weniger.

»Julian, du bist ja doch gekommen!«, rief eine Stimme ihn aus seiner Erstarrung. Seine Mutter legte ihren freien Arm um ihn – in der anderen Hand ein Cocktailglas – und gab ihm einen Kuss. »Ich muss zugeben, ich bin gerade auf dem Weg nach Hause. Ist zu laut hier für mich. Ich dachte, das wäre ein Kino?!«

Sie warf ihm einen fragenden Blick zu, doch war Julian selbst zu betroffen, um antworten zu können.

»Hi, Jules.« Auch seine Schwester Susan schien in ihrer Erwartung enttäuscht und vom Lärm genervt. Sie rief ihm zu, dass Marcus bereits am Eingang kehrtgemacht hatte. »Hast du gewusst, dass das 'n Club wird?«

»Nein!«, schrie er und teilte sein Entsetzen mit ihr. »Wenn Marten Faulkner das sehen würde, würde er mich zu Recht an der nächsten Laterne aufknüpfen.«

Susan nickte ungewohnt einmütig, und auch seine Mutter konstatierte: »Ich für meinen Teil find's furchtbar, aber ich bin wohl zu alt. Scheint ja sonst gut anzukommen.« Dann grinste sie verschmitzt. »Aber meine Laugenbrezeln kommen auch gut bei den jungen Leuten an. Hast du gesehen? Sie sind fast alle weg!«

Susan legte überfordert die Hände auf die Ohren. »Komm,

Mom, ich bring dich nach Hause. Ich kann nicht mehr.« Mit einem Nicken in Julians Richtung schob sie ihre Mutter in Richtung Ausgang. »Wir hören uns, Jules. Tut mir echt leid für dich.«

Sie meinte es ernst. Wie gerne hätte er die beiden begleitet, um seinem Entsetzen zu entkommen und das seltene Einvernehmen noch ein wenig auszukosten, aber er entdeckte unter den Anwesenden nun endlich auch Myra und damit das Ziel seines Besuchs.

Wie immer ganz unfestlich in Jeans und Sneakers, stand sie mit einer Box unterm Arm bei einer Gruppe, die – so schien es – Geld in den Karton steckte. Im Gegenzug für die Spende überreichte sie jedem eine schwarze Karte. »Eure Club-Mitgliedschaft.«

Julian trat von hinten an sie heran und erfuhr, dass solch ein schwarzes Plastikprivileg eine ordentliche Stange Geld kostete, doch die neue Leiterin des *Astors* versprach dafür nach der offiziellen Eröffnung des Clubs zum Ende des Monats jede Menge Vergünstigungen und Vorteile.

Julian wartete ab, bis sie fertig waren – auch, um sich zu sammeln. Er musste an Memphis denken. Nie hätte er gedacht, dass er jemals den Wunsch verspüren würde, jemanden umzubringen oder zumindest, jemandem Leid zuzufügen. Mit geballter Faust in seiner Jackentasche, war er kurz davor, Myra Jones mitten in ihr zartes Gesicht zu schlagen.

Aber er beherrschte sich.

Stattdessen folgte er ihr, nachdem sie sich von der Gruppe verabschiedet hatte, in Richtung Foyer und bekam sie im Eingangsbereich schließlich am Ärmel zu packen.

»Hey!«

Erschrocken fuhr sie herum und brauchte einen Moment, um zu begreifen. Dann wurde ihre Miene schlagartig abweisend und kühl. »Was hast du hier zu suchen?«

»Ich wollte mir mal anschauen, was du treibst.«

»Wir haben eine Abmachung, Julian Beeman.«

»Exakt. Du hast ein Kino übernommen, Myra Jones. Keinen Club, in dem Filme zu stummer Wandmalerei mutieren.«

»Es ist meine Sache, was ich aus dem *Astor* mache. Genau das war die Abmachung. Jeder hat freie Hand.«

Obwohl sich Julian vorgenommen hatte, ruhig zu bleiben und all seine Überzeugungskraft einzusetzen, verlor er nun die Fassung.

»Tickst du eigentlich noch ganz sauber?«, schrie er sie an. »Das hier ist ein Kino. Seit Jahrzehnten. Ich hab Marten Faulkner und seinem Sohn mein Wort gegeben. Ich habe dir vertraut.«

»Es ist nicht mein Problem, wenn du anderen Leuten falsche Dinge versprichst.«

»Falsch? Wer bist du, dass du das entscheiden kannst?«

»Ich habe mich zu hundert Prozent an die *LifeExchange*-AGBs gehalten. Wenn du plötzlich ein Problem damit hast, dann –«

Julian ließ sie nicht ausreden: »Ja, wahrscheinlich hast du sie sogar selbst geschrieben, nicht wahr? Myra Jones, die Lebensklauerin. Erfinderin von *LifeExchange*. Du solltest dich schämen. Schämen solltest du dich!«

Sie blickte ihn überrascht an und wollte etwas entgegnen, doch ließ Julian sie nicht zu Wort kommen.

»Ich weiß genau, was du treibst. Wie du all die anderen Leben ausgesogen und wieder abgestoßen hast. Ich dachte erst, du wärst eine Schlange. Aber in Wirklichkeit bist du eine Spinne, die vom Saft der anderen lebt, weil du selbst nicht fähig bist, etwas aus eigenen Stücken heraus zu kreieren. Wie leicht ist es, sich in anderer Leute gemachte Betten zu legen und deren gescheiterte Träume kurzzeitig zum Fliegen zu bringen, bevor das Interesse wieder erlischt, und sich dann dem nächsten Projekt zuwenden, nicht wahr?! Das ist aber kein wirklicher Erfolg, Myra Jones, das ist nichts als eine Eintagsfliege. Wirklicher Erfolg bedeutet, etwas aus tiefer Überzeugung zu tun – über alle Höhen und Tiefen hinweg. Dazu bist du aber nicht fähig, denn dazu fehlt dir das nötige Durchhaltevermögen.«

»Ach, ja? Und du hast das, ja?«, fragte sie schneidend zurück. »Oder warum wolltest du dein geliebtes Kino so unbedingt loswerden?«

Im Saal hinter ihnen wurde es mit einem Mal leiser. Jemand blies ins Mikro und rief: »Hallo, hallo, ich bitte um kurze Aufmerksamkeit.«

Weder Julian noch Myra wandten sich um. Wütend starrten sie einander an. Myras Lippen zitterten. Die Wut – oder war es Betroffenheit? – über Julians Vorwürfe schien ihr die Sprache verschlagen zu haben.

»Hast du dir auch nur eine Sekunde darüber Gedanken gemacht, was du all den Menschen antust, denen du ihr Leben wegnimmst? All diesen Memphis', Tatjanas, Gordons und wie sie alle heißen, die du auf dem Gewissen hast? Hast du das?«

Myra bebte vor Empörung und rang um Fassung, während im Saal die Musik heruntergedreht wurde und der Typ auf der Bühne für alle hörbar ankündigte: »Marc, das hier ist für dich!«

»Du hast mich also ausspioniert, ja?«, sagte sie mit hörbar brüchiger Stimme.

»Nein, das hat der echte Memphis übernommen. Bevor er sich entschied, dich umzubringen. Zu doof nur, dass ich da an deiner Stelle lag.«

Ungläubig sah Myra ihn an. Sie schien wirklich überrascht zu sein. Julian wusste, dass er diesen Augenblick nutzen musste. Für ein paar Sekunden stand die Tür zu ihrer Gefühlswelt offen.

»Es ist mir egal, wie viel Geld du mit *LifeExchange* machst und wie toll du dich dabei findest, wenn du von einem Erfolg zum nächsten hüpfst. Ich will nur eins: mein Leben zurück. Hast du verstanden? Es war ein Fehler, es dir zu überlassen. Du bist des *Astors* nicht würdig.« Er stand jetzt ganz nah vor ihr, und er spürte, wie sehr er sie mit jedem Wort traf. Gleich hatte er sie. Doch da schob Myra ihn rüde weg von sich. »Wir haben einen Deal, Julian Beeman, und dabei bleibt es auch.«

»Ich scheiß auf den Deal.« Er schlug ihre Hände von sich weg. »Er ist eh passé. Dein Memphis ist nämlich mit allem abgehauen. Es gibt kein Autorenleben mehr. Du hast mir eine leere Hülle serviert.«

»Du hast ein Haus. Ich kann nichts dafür, wenn du den Rest so leichtfertig hergibst. Du hättest darum kämpfen können, wenn dir was daran gelegen hat.«

»Ach ja? Mit einem Brotmesser in der Brust? Schönen Dank auch!«

Aus dem Saal ertönte jetzt Applaus. »Und hier kommt unsere Show für dich! Marc Taggart, wir lieben dich!«

Myra streckte ihm stolz ihr Kinn entgegen. »Nur, weil du es nicht ertragen kannst, ein Loser zu sein, Julian Beeman, heißt das noch lange nicht, dass du andere Menschen für dein Unvermögen verantwortlich machen musst. Es ist nicht meine Schuld, dass du das hier nicht auf die Reihe gekriegt hast. Werd allein damit fertig und verschwinde. Ansonsten hol ich die Security.« Sie warf ihm einen giftigen Blick zu und ging in Richtung Saal zurück. Die Türflügel schwangen hinter ihr zu, und Julian hörte den Jubel aus dem Zuschauerraum.

34.

Es griff nach der letzten Brezel im Korb auf der Theke und floh hinaus auf die Straße. Noch immer stand dort eine Schlange Wartender. Unfähig, einen klaren Gedanken zu fassen, wankte Julian daran vorbei und die Sechzehnte hinunter. Den Blick stur nach vorne gerichtet, überquerte er mehrere Kreuzungen und hielt die Brezel dabei wie einen Rettungsanker in der Hand.

Nur, weil du es nicht ertragen kannst, ein Loser zu sein, Julian Beeman, heißt das noch lange nicht, dass du andere Menschen für dein Unvermögen verantwortlich machen musst.

Du hättest darum kämpfen können, wenn dir was daran gelegen hat.

Eigentlich war Julian ins *Astor* gekommen, um Myra Jones ein für alle Mal ihre Maske herunterzuziehen. Um ihr zu zeigen, dass er wusste, was sie trieb, und um sich sein Leben von ihr zurückzuholen. Doch am Ende hatte sie es wieder geschafft, den Spieß umzudrehen. In ihrer gnadenlosen Art hatte sie ihm genau jene Frage entgegengeworfen, die er sich selbst immer wieder gestellt hatte. Hatte er alles ihm Mögliche für die Rettung des Kinos getan? Bis heute Abend hatte er auf diese Frage schlussendlich immer mit einem klaren *Ja* geantwortet. Doch sie hatte das *Ja* jetzt unweigerlich in ein ebenso bestimmtes *Nein* verwandelt.

Ich denke, hier gibt's noch jede Menge ungehobenes Potenzial, Julian Beeman.

Nur zu gerne hätte er sich wie Memphis in seine Wut gestürzt und Myra zur kaltblütigen Täterin erklärt. Aber es gelang ihm nicht. Denn, wenn ihm diese mephistogleiche Person an diesem Abend eines klargemacht hatte, dann, dass sie die Menschen mobilisieren konnte. Binnen weniger Tage hatte sie einen Hype geschaffen, der dazu führte, dass die halbe Stadt bei ihr auf der Matte stand und Einlass begehrte. Einlass in das *verschnarchte Rentnerkino*. Und ja, genau das schmerzte noch viel mehr: Es waren in der Mehrzahl Menschen gekommen, die er schon vor Jahren abgeschrieben hatte. Die *Netflix*-Generation, für die ein Display die Leinwand ersetzte.

Myra Jones war es in wenigen Tagen gelungen, sie zu verführen und zu begeistern. Etwas, das Julian schon lange nicht mehr gelungen war. Wahrscheinlich, musste er sich nun bitter eingestehen, weil er sich mehr als Gralswächter denn als Initiator gesehen hatte. Madame *Astor* sollte um jeden Preis im Sinne seines Chefs erhalten bleiben und in die nächste Ära hinübergerettet werden. Die Passion fürs Kino. Doch die neue Ära erforderte etwas anderes. Etwas, das die Menschen da abholte, wo sie sich befanden. Etwas, das sie überraschte, innovativ und zukunftsweisend war.

Niedergeschlagen von dieser Erkenntnis, sackte Julian an der nächsten Straßenecke auf die Bank einer Bushaltestelle und betrachtete das mitgenommene Laugengebäck. Wie oft hatte seine Mutter ihm anhand der Brezeln deutlich gemacht, dass es sich lohnte, für etwas zu kämpfen, von dem man überzeugt war – selbst, wenn es jahrhundertealt war. Seit dem Mittelalter gab es die mit Lauge überzogenen Teiglinge, und sie lösten nach wie vor die gleiche Begeisterung und Begierde bei den Menschen aus.

Aber wie genau schafften sie das?

Julian kam in seinen Grübeleien nicht weiter und verfütterte die Brotkrumen an die Tauben, als plötzlich aufgeregte Rufe zu ihm rüberhallten.

»Irgendwas ist passiert.«

»In der Sechzehnten.«

»Hey, in der Sechzehnten brennt's.«

»Scheint Verletzte zu geben.«

»Höhe Valencia.«

»Echt?«

»Ja. Klingt ziemlich schlimm.«

In der Ferne hörte man Sirenen und das dröhnende Hupen der Feuerwehr. Julian sprang auf.

Da war sie, die Katastrophe. Es war passiert. Das Astor stand in Flammen.

35.

Eine Menschentraube drängte sich vor dem Absperrband. Dahinter versuchten Polizisten, Schaulustige von der Brandstelle fernzuhalten. Vor dem Eingang des Kinos parkten Feuerwehr- und Krankenwagen. Die Sanitäterinnen und Sanitäter liefen immer wieder ins Gebäude, um Verletzte nach draußen zu begleiten. Zum Glück konnten die meisten selbstständig laufen. Andere wurden auf Tragen hinausgebracht, um ins nächste Krankenhaus transportiert zu werden.

Gelöscht wurde sowohl im Inneren als auch von außen, denn das Feuer war bis ins Dach hinaufgestiegen.

»War das etwa ein Anschlag?«, hörte Julian eine Frau einen Polizisten fragen.

»Soweit wir wissen, ein Kabelbrand.«

»Gab's etwa Tote?«, fragte ein anderer.

Der Beamte schüttelte den Kopf.

Julian schob sich an den äußersten Rand der Absperrung, wo niemand mehr stand und aufpasste. Als er in der Ferne Hendrik Hendriksen zwischen den Herauskommenden entdeckte, ging er schnell in die Knie und kroch ungesehen unter dem gestreiften Band hindurch.

Hendriksen saß auf einer der aufgestellten Liegen und wurde von einer Ärztin untersucht.

»Wie sieht's mit dem Atmen aus? Waren Sie bewusstlos? Haben Sie sich in der Nähe der Feuerstelle aufgehalten?«

»Nein. Ich war am anderen Ende des Saals. Wissen Sie, was mit der Leiterin ist? Mit Myra Jones?«, fragte Hendriksen die Ärztin.

»Dazu kann ich Ihnen leider nichts sagen.«

»Sie ist eine enge Freundin von mir. Ich hab gesehen, wie sie gegen das Feuer angekämpft hat, aber dann hab ich sie aus den Augen verloren.«

»Kann sein, dass man sie ins Krankenhaus gefahren hat. Alle Patienten kommen ins UCSF. Rufen Sie da am besten an.«

Die Frau klebte Hendriksen noch ein Pflaster an die Schläfe. »Sollten Sie doch noch Beschwerden kriegen, wenden Sie sich bitte sofort an einen Arzt oder die nächste Notaufnahme. Okay?«, bat sie. Dann ließ sie ihn gehen.

Julian wartete, bis die Ärztin ihm den Rücken zukehrte, dann trat er hinter dem Krankenwagen vor und folgte dem *LifeExchange*-Gründer.

»Hey, was ist passiert?«

Hendrik Hendriksen drehte sich um und brauchte eine Sekunde, bevor er ihn erkannte.

»Julian, Mensch. Ist das ein Scheiß?«

»Allerdings. Was ist mit Myra?«

»Voll die Kämpferin.« Er zog sein Smartphone raus. »Ich glaub, sie haben sie mitgenommen. Sie hat bis zuletzt mit den Flammen gerungen, als ginge es um ihr eigenes Überleben.«

»Hast du gesehen, wie's passiert ist?«, fragte Julian beklommen.

»Die sagen, es gab einen Kurzschluss. Irgendwelche Idioten sind auf der Bühne rumgesprungen, als es plötzlich anfing zu brennen. Auf der Leinwand stand gerade *Ende*, dann schmolz sie weg, und das große Chaos brach aus.«

Julian presste die Lippen zusammen. Es war seine Schuld. Hätte er die Kabel, wie von der Versicherung gefordert, ausgewechselt, wäre es nicht dazu gekommen.

»Mach mir echt Sorgen um Myra«, sagte Hendriksen und suchte nach der Krankenhausnummer im Netz. »Die war gerade so happy. Das heute war echt der absolute Knaller. Ich hoffe, es geht ihr gut und der Kasten war versichert, damit sie noch mal neu durchstarten kann.«

Julian betrachtete ihn mit gemischten Gefühlen. »Und wenn nicht, hätte sie ja immer noch ihre Aktien bei *LifeExchange*, oder?« Er gab sich keine Mühe, seinen Sarkasmus zu unterdrücken.

Hendriksen blickte ihn verdutzt an. »Was meinst du damit?«

»Na, ihre Beteiligung. Ich geh doch mal davon aus, dass sie jene Freundin war, die dich damals auf die Idee gebracht hat.«

»Äh ... Ja, in der Tat, das war sie. Hat sie dir das erzählt?«

»Nein, ich hab's mir zusammenkombiniert.«

»Sie hat aber keine Anteile. War nie ihr Interesse. Dazu hat sie viel zu große Angst vor Verantwortung. Myra muss frei sein, sonst wird sie bekloppt. Die braucht Risiko. Am liebsten Hochseil ohne Netz, das ist ihr's.«

Julian schluckte mehrmals trocken. Damit hatte er nicht gerechnet. Ehe er reagieren konnte, fragte Hendriksen ihn: »Sag mal, du musst doch eigentlich wissen, was mit der

Versicherung ist, oder? Immerhin hat sie den Kasten ja von dir übernommen.«

Julian wurde heiß und kalt zugleich. »Eine Versicherung hat's eigentlich gegeben, aber wegen der Kabel bin ich mir nicht ganz sicher«, antwortete er ausweichend.

»Na, dann hoffen wir mal das Beste.« Hendriksen klopfte ihm auf die Schulter und hob sein Telefon zur Erklärung. »Muss schnell ein paar Telefonate erledigen und schauen, wie's ihr geht. Man sieht sich.«

»Ja, man sieht sich.«

Es dämmerte bereits, da hatte Julian seine und Fritz' Sachen gepackt und unten in die Eingangshalle geschafft. Gerne hätte er dem Hund erklärt, was sich in diesem Moment vor dessen fragenden Augen abspielte, doch sprachen sie ja leider nicht die gleiche Sprache. Julian kraulte ihm stattdessen den Kopf und ließ ein letztes Mal den Blick durch den Wohnraum und zum Meer hinaus gleiten. *Lebewohl Haus! Lebewohl Strand! Lebewohl Brücke!* Er gab sich einen Ruck, stand auf und griff nach Fritz' Leine.

Mit dem kleinen Fellfreund an seiner Seite verließ er die Villa und stieg in das bereit stehende Uber-Taxi.

Seine Sachen würde er später abholen lassen.

Der Fahrer wusste bereits, dass er zum Krankenhaus wollte.

»Parnassus Avenue oder Irving Street?«, wollte er nur noch wissen.

»Zum Haupteingang. Ich weiß noch nicht genau, wo ich hinmuss.«

Zurück in der Sea Cliff Avenue, hatte Julian die Nummer des Krankenhauses im Inner Sunset gewählt und mit der Lüge, Myras Bruder zu sein, in Erfahrung gebracht, dass sie tatsächlich mit einer Rauchvergiftung dort eingeliefert worden war.

Danach hatte er seine Entscheidung getroffen.

Als er auf dem Hügel südlich vom Golden Gate Park aus dem Wagen stieg, überquerte er eilig die Fahrbahn und band Fritz an einem der für Hunde vorgesehenen Haken neben dem Eingang an. Ein Obdachloser saß daneben und versprach, für ein paar Dollar die Aufsicht zu übernehmen. Nur schweren Herzens ließ Julian den Foxterrier zurück und betrat das Hochhaus.

Es dauerte, bis er sich zu Myras Zimmer durchgefragt hatte. Eine Schwester zeigte ihm die richtige Tür. Sie klopfte kurz an und schaute hinein. »Ihr Bruder ist hier, Mrs. Jones«, vermeldete sie und schob Julian ins Zimmer.

Myra war die einzige Patientin im Raum. Aufrecht und mit fahlem Gesicht saß sie in ihrem Bett und trug eine Atemmaske. Ohne Notiz von Julian zu nehmen, starrte sie aus dem Fenster, das einen Blick zum Golden Gate Park, auf das Meer dahinter und die Hügel der Marin Headlands bot.

»Hi, tut mir leid für die kleine Lüge«, murmelte Julian und trat näher.

Zu seinem Erstaunen schien Myra nicht überrascht, seine Stimme zu vernehmen. Unbeeindruckt schaute sie weiter nach draußen.

»Ich bin hier, weil ...« Er zog den Hausschlüssel aus der Tasche und legte ihn auf ihrer Decke ab. »Der gehört dir.«

Sie schaute immer noch nicht hin. Ihrer Körperhaltung merkte er jedoch an, dass es sie nicht kalt ließ.

Als sie sich ihm endlich zuwandte, hatte sie Tränen in den Augen. Trotz mehrerer Platzwunden im Gesicht war sie aber nicht entstellt. Im Gegenteil. Noch nie zuvor hatte Julian sie so weich und gefühlvoll gesehen.

»Wie geht es dir?«

Myra zog mit der verbundenen Hand am Schlauch der Maske, so dass sie auf ihre Brust herabfiel. »Was willst du hier?«, fragte sie barsch.

Julian deutete auf den Schlüssel. »Ich bin gekommen, um dir dein Haus zurückzugeben. Es steht mir nicht mehr zu.«

Sie musterte ihn für einen Augenblick, dann wandte sie sich wieder ab. »Ich will es nicht.« Ihre Stimme bebte.

»Du musst es aber nehmen.«

»Ach, ja?« Sie fuhr herum, die Augen wieder voll Wut und Sturheit. »Warum muss ich das, Julian Beeman, he?«

»Weil es meine Schuld ist, dass es zu dem Brand gekommen ist. Ich hätte schon längst die Kabel erneuern müssen.«

»Du hast es mir nicht verschwiegen. Es war mein Risiko, nicht deins.«

»Trotzdem.«

Julian musterte sie bestürzt. Es kämpfte sichtlich in ihr. Dann brach der Satz aus ihr heraus, der sie offensichtlich schon die ganze Zeit zu quälen schien: »Und, bist du jetzt zufrieden?«

»Womit?«

»Dass du recht hattest.« Ihre Lippen zitterten. »Dass ich

nicht fähig bin, mir was Eigenes aufzubauen.« Sie brauchte einen Moment, um ihre Tränen herunterzuschlucken. »Heute Nacht wäre ich um ein Haar wie der Rest meiner Familie geendet.«

»Was meinst du damit?«

Sie blickte erneut in die Ferne. Es half ihr offensichtlich, ihre Emotionen unter Kontrolle zu halten.

Stur aus dem Fenster schauend, erzählte sie ihm von ihrem Vater, der einst ein Schuhgeschäft besaß, das pleite ging, weil keiner mehr Wert auf Lederschuhe legte, sondern nur noch Turnschuhe trug. Er war damals so verzweifelt gewesen, dass er alles angezündet, zur Waffe gegriffen und seine Frau und Myras Schwester mit sich in den Tod gerissen hatte. Myra hatte nur überlebt, weil sie in jener Nacht bei einer Freundin schlief.

»Von dem Tag an hab ich mir geschworen, dass mir so etwas nie passieren wird. Ich würde niemals scheitern. Niemals. Und jetzt ist es doch passiert.« Sie lächelte gequält. »Aber ich werde deswegen nicht sterben.«

Sosehr er sich dagegen wehrte, Julian mochte sie plötzlich, diese kleine, zähe Kratzbürste, die in den letzten Tagen so viel Antipathie und Ärger in ihm provoziert hatte.

»Du hättest mit der *LifeExchange*-Idee viel Geld machen können«, sagte er.

Es schien sie nicht zu überraschen, dass er auch das über sie herausgefunden hatte.

»Geld interessiert mich nicht. Ich bin scharf auf das Gefühl, wenn etwas funktioniert und alle glücklich sind. Danach bin ich süchtig.«

Sie schaute auf ihre Bettdecke und strich über den Schlüssel der Sea-Cliff-Villa. »Es hätte alles so schön werden können.«

Er nickte, wohlwissend, dass sie damit Unterschiedliches meinten.

»Ich werde mit Hendrik sprechen, dass sie eine Ausnahme machen«, sagte sie dann und schaute ihn gerade an. »Ich trete von deinem Leben zurück.«

Julian strauchelte. Sie meinte es ernst.

»Danke«, krächzte er und wich zurück. »Brauchst du noch etwas? Soll ich jemanden informieren?«

»Nein.«

Wieder blickte Myra zum Fenster hinaus und machte damit deutlich, dass ihre Zeit mit ihm zu Ende war.

»Mach's gut, Myra Jones.«

Sie nickte nur und sagte nichts.

Als er die Tür erreichte hatte, hielt sie ihn jedoch noch einmal zurück. »Die Versicherung wird nicht zahlen, stimmt's?«

»Nein, wahrscheinlich nicht.«

Sie hob ihre Hand. »Nimm du sie. Du wirst sie brauchen.«

Im nächsten Moment flog etwas durch die Luft, prallte an ihm ab und landete klirrend auf dem Boden. Es war der Schlüssel zur Villa.

»Nein, Myra. Das kann ich nicht annehmen.«

»Wenn du sie nicht nimmst, bist du der dümmste Mensch, der mir jemals begegnet ist, Julian Beeman.« Ihre Stimme war drohend und hatte all jene Schärfe und Willensstärke zurück, die er von ihr kannte.

»Und was ist mit dir?«, fragte er.

»Ich fange noch mal neu an.« Sie schob die Maske in ihr Gesicht zurück.

Myra Jones, die Trapezkünstlerin, die sich nur ohne Netz und doppelten Boden lebendig fühlte. Da saß sie mit geradem Rücken stolz in ihrem Bett. Noch war sie von ihren Blessuren geschwächt, aber schon bald würde sie zu neuen Ufern aufbrechen und der Welt zeigen, wie man es anstellte, im Leben erfolgreich zu sein.

36.

Das Polizeisiegel an der Schwingtür war durchtrennt, und Julian schob sich mit Fritz an der Leine ins Foyer. Vor der Theke stand Berti Faulkner mit zwei Polizisten und einem weiteren Herren – wahrscheinlich von der Versicherung.

Es roch nach Schwelbrand, und überall lagen Gläser und Flaschen herum.

»Hi«, grüßte er.

Die Gruppe wandte sich zu ihm um, und ehe er sich weiter erklären konnte, schoss der Sohn des alten Faulkner vor und packte ihn am Kragen.

»Was fällt Ihnen ein, hier aufzutauchen, Sie verdammter Mistkerl, Sie!« Wütend rüttelte er an Julian, bis einer der Polizisten seine Hände löste und um Ruhe bat.

»Wer sind Sie?«, fragte der Beamte.

»Ich bin der ehemalige Leiter des *Astors*. Julian Beeman.«

»Sie sind an alldem hier schuld. Sie allein!«, schimpfte Berti. »Das halbe Dach ist weggebrannt! Ich hätte niemals dieser bekloppten Abmachung zustimmen dürfen. Niemals.«

»Es tut mir leid. Lassen Sie mich versuchen, meinen Fehler zu korrigieren. Ich –«

»Korrigieren?! Wie denn das? Sie sind doch noch nicht

mal in der Lage, einen Kredit zu bekommen. Deshalb stehen wir doch jetzt hier vor diesem ganzen Desaster.«

»Ich habe ein Haus, das ich beleihen kann.«

»Also, wenn ich die Sache richtig sehe«, mischte sich der Mann ein, den Julian für den Versicherungsvertreter gehalten hatte, »dann ist das hier unter anderem auch ein Haftpflichtfall. Die fünf Herren von gestern haben ja gestanden, dass sie gegen die Einwände eines anderen die Lichtschalter bedient hätten.« Er schaute zu den beiden Polizisten, die die Aussage bestätigten.

»Das war ich«, sagte Julian. »Ich hab ihnen gesagt, dass sie die Finger von den Schaltern lassen sollen.«

»Sie?« Berti Faulkner bebte. »Sie waren gestern hier und haben fröhlich mit Party gemacht und das alles mit angesehen?«

»Nein. Ich habe Myra Jones klargemacht, dass sie sich nicht an unsere Abmachung gehalten hat.«

Faulkner schüttelte fassungslos mit dem Kopf. »Eine Katastrophe ist das. Eine absolute Katastrophe. Wenn mein Vater das gesehen hätte ... Ich will gar nicht daran denken.«

Für einen Moment herrschte angespannte Stille in der Eingangshalle, und es war nur das Tippen des Versicherungsvertreters auf seinem Smartphone-Rechner zu hören. Schließlich nickte er und hielt ihnen sein Ergebnis hin. »Wenn Herr Beeman und die Schadensverursacher einer Beteiligung von jeweils fünfzehn Prozent zustimmen, übernähmen wir als Versicherer die restlichen zehn.«

Julian schluckte. Das klang besser, als er befürchtet hatte. »Okay.«

Die Herren schauten auf ihre Uhren. Ihr Termin war abgelaufen, und der nächste stand an. Mit einem kurzen Händeschütteln nahmen sie Abschied. Als auch Faulkner gehen wollte, hielt Julian ihn zurück.

»Halt. Warten Sie.«

Berti blitzte ihn an. »Was?«

»Wenn Sie damit einverstanden wären, würde ich mich hier gerne um die nächsten Schritte kümmern«, erklärte Julian und wies auf das Chaos um sie herum.

Sein Gegenüber betrachtete ihn quälend lang. Schließlich sagte er: »Was erwarten Sie sich davon, Beeman?«

»Frieden. Für mich, für Sie und Ihren Vater.«

Berti Faulkner schnaufte, drehte sich auf dem Absatz um und ging.

»Und was heißt das jetzt?«, rief Julian ihm nach.

»Noch ein Fehltritt und Sie landen in der Hölle, Beeman!«

Die Schwingtüren klappten hinter dem Kinobesitzer zu, und Julian schaute zu Fritz.

Unsicher blickte der Hund zu ihm auf, und Julian kniete sich hin, um die Leine von seinem Halsband zu lösen.

»Na, schauen wir doch mal, auf was wir uns da eingelassen haben.« Er gab Fritz einen liebevollen Klaps, und der nahm sogleich die Erkundung des fremden Terrains auf. Vorsichtig umging er die Glasscherben und schnüffelte sich langsam in Richtung Kinosaal.

»F…«, stöhnte Julian, als er die Verwüstung dort gewahr. Es sah aus, als habe eine Bombe eingeschlagen. Überall lagen umgekippte Stühle und Tische, kaputte Gläser und jede Menge Geschirr. Den roten Bühnenvorhang samt Leinwand hatte das Feuer verschluckt, und in der Decke darüber prangte ein riesiges Loch, das von außen nur notdürftig mit einer Plane abgedeckt war. Laut flatterte sie im Wind, wie ein nervöser Patient, der um schnelle Versorgung bat.

Es würde Wochen dauern, bis die Spuren beseitigt waren.

Julian sank auf einen der von Myra angeschafften Sessel, die die alten Kinositze ersetzten, und ließ seinen Blick durch den Raum schweifen. Abgesehen von dem entstandenen Schaden galt es auch, über all die Veränderungen zu entscheiden. Denn unter Myras Hand war aus dem Zuschauerraum eine Mischung aus hipper Lounge und gemütlichem Wohnzimmer geworden. Selbst Julian, für den das Kino in den letzten Jahren sein Zuhause gewesen war, gelang es nur schwerlich sich vorzustellen, wie alles aussähe, wenn er es wieder originalgetreu in seinen einstigen Zustand zurückversetzen ließe. Ja, was sollte aus dem *Astor* in Zukunft überhaupt werden?

»Hey«, hörte er plötzlich eine Stimme hinter sich.

Es war Helen. Den Scherben ausweichend, näherte sie sich ihm, in der Hand eine kleine Reisetasche.

»Ich hab's im Radio auf dem Weg vom Flughafen gehört und dachte mir, dass du vielleicht hier bist. Dein Handy ist aus.«

Julian hatte es seit der gestrigen Nacht nicht mehr angestellt.

Bestürzt drehte sie sich um die eigene Achse und stöhnte: »Oh, mein Gott.« Als ihre Augen schließlich die seinen trafen, fragte sie: »Was ist mit Myra? Ich habe gehört –«

»Sie ist okay.«

»Und?«

»Sie kommt nicht mehr zurück.«

Helen setzte sich in den Sessel neben ihm und schaute zu der schwarzen Wand, wo einst die Leinwand hing.

Bekümmert verzog sie das Gesicht. »Ich werd nie vergessen, wie ich hier zum ersten Mal *Die fabelhafte Welt der Amélie* gesehen habe. Über zwanzig Jahre ist das jetzt her, und trotzdem sehe ich noch alles wie heute vor mir.« Sie schüttelte bei der Erinnerung über sich selbst den Kopf und musste lächeln. »Danach wollte ich auf der Stelle nach Paris. Am liebsten für immer. Ich wollte wie Amélie Poulain durch die Straßen streifen, verrückte Dinge tun und meine Nachmittage im *Café des deux Moulins* verbringen.«

»Und?«

Sie überlegte einen Moment, dann zuckte sie mit den Achseln. »Ich glaube, am Ende hat mich meine Angst davor zurückgehalten, dass das wirkliche Leben niemals so schön sein kann wie das erdachte.« Sie blinzelte. »Aber vielleicht sollte ich es mir noch mal überlegen. Es ist ja noch nicht zu spät, nicht wahr?!«

Julian nickte gequält. Die Idee versetzte ihm einen Stich.

»Und du?«, fragte sie. »Was passiert jetzt mit dir?«

Er lachte. Das Wort *passieren* erinnerte ihn an Susan. »Es passiert nichts, ich mache.«

Sie zog amüsiert die Augenbrauen hoch. »Und was *machst* du jetzt?«

»Ich sorge dafür, dass der Schaden beseitigt wird.«

Sie musterte ihn, nur kurz, denn im nächsten Augenblick richtete sie sich in ihrem Sitz auf und schaute an ihm vorbei. »Na, wen haben wir denn da?«

Es war Fritz, der wie ein Schauspieler, der die Probe verpassst hatte, auf der Bühne erschienen war und unsicher zu ihnen hinüberschaute.

»Das ist Fritz.« Julian empfand unweigerlich Stolz darüber, wie der Hund in Helens Miene sofortige Freude auslöste.

»Hey, Fritz, komm mal her. Komm mal her zu mir!«, rief sie und klopfte sich auf die Beine. »Na, komm. Ich will dich kennenlernen!«

Sie pfiff, und sogleich sprang der Foxterrier im Hechtsprung von der Bühne und kam über die umgefallenen Tische und verstreuten Gegenstände hinweg zu ihr geschossen.

»Ja, hierher!«, feuerte sie ihn an, und er sprang ihr ungebremst auf den Schoss.

»Oh, was für ein süßer Fratz bist du denn?!« Liebevoll kraulte sie dem aufgeregten Hund das Fell, und er drehte sich auf ihren Beinen um sich selbst.

Und dann begann er plötzlich zu bellen.

Zunächst ganz kratzig, dann immer klarer und befreiter.

Wuff, wuff, wuff.

Fassungslos blickte Julian zu ihnen. »Er bellt …?!«

»Na, klar, was denn sonst?!«, sagte Helen und raufte fröhlich weiter mit Fritz, der sich kaum mehr einkriegte über diese wunderbare Frau – und seine eigene Heilung.

37.

Wann immer er auf der Baustelle nicht gebraucht wurde, nutzte Julian die Zeit, um mit Fritz am Meer oder durch die Stadt zu spazieren. Manchmal holten sie Helen nach ihrer Schicht im *Angelina's* ab und wanderten mit ihr in den Sonnenuntergang hinein.

Immer wieder kehrte Julian dabei zu der Frage zurück, was er tun wollte, wenn das *Astor* wieder instand gesetzt und sein selbst auferlegter Auftrag damit erledigt war.

»Kannst du dir vorstellen, noch mal zu tauschen?«, fragte Helen ihn auf ihrem Gang durch den Golden Gate Park.

»Du meinst unsere kleine Oase und dich? – Nein. Ganz sicher nicht.«

Helen war noch am gleichen Abend ihrer Rückkehr aus Portland zu ihnen in die orangene Villa gezogen und bestand seitdem darauf, ihre bisherige Miete weiter an Julian zu zahlen. Sie wusste, dass es einige Jahre brauchte, bis er seinen auf das Haus aufgenommenen Kredit abbezahlt haben würde. Zudem war sie eine jener Frauen, die einzig ein Fifty-fifty in ihrer Partnerschaft akzeptierte.

»Und was gibt es sonst für Optionen?«, fragte sie weiter, denn es dauerte nicht mehr lange, bis Julian Berti Faulkner das *Astor* übergeben konnte – ob in seinem einstigen Zustand oder wie von Myra modernisiert, war noch nicht geklärt.

»Ich dreh mich leider im Kreis. Oder besser: Je drängender ich nach einer Antwort suche, um so vernebelter wird mein Hirn«, gestand Julian.

An der nächsten Wegbiegung bogen sie nach rechts, wo der Japanese Tea Garden lag, denn sie wollten ihm auf ihrem Weg zu Alex im Inner Sunset District kurz vor der abendlichen Schließung noch einen Besuch abstatten.

Helen kannte die Dame am Einlass, und so konnten sie Fritz bei ihr in dem kleinen Häuschen lassen, da Hunde an diesem verwunschenen Ort mit all seinen Brücken, verschlungenen Wegen, Teichanlagen und wertvollen Kois nicht erlaubt waren.

Still folgten sie den Pfaden durch die bis ins letzte Detail akkurat angelegte Parkanlage mit ihren japanischen Bäumen, Sträuchern und Bächlein und endeten schließlich bei dem zu allen Seiten geöffneten Teehaus, das auf einer Anhöhe lag und seinen Besuchern grünen Tee in japanischem Porzellan offerierte.

Zu ihren Füßen der Teich mit Seerosen, hielten sie ihre Tassen in beiden Händen und betrachteten schweigend die grüne Oase. Sie waren die letzten Besucher an diesem Tag.

»Ich liebe diesen Ort«, flüsterte Helen so leise, dass Julian sie gerade verstand und das Wasserplätschern und Vogelgezwitscher nicht gestört wurde. Nebeneinander saßen sie an einem der schmalen Holztresen auf ihren Hockern und blickten zu den wohlgenährten Kois hinunter, die sich träge durch die Gewässer bewegten und hier und da nach Futter schnappten. »Es ist wie eine Weltreise inmitten der eigenen Stadt.«

»Du meinst, weg sein, ohne wegfahren zu müssen.«

Sie nickte. »Ja. Die Zehe im Pazifik.«

Er lächelte, wusste er doch sofort, was sie damit meinte.

Still pusteten sie in ihre Tassen und nippten am Tee. Der Sencha hatte einen süßlich-nussigen Geschmack.

Während Helen belustigt zu einem Eichhörnchen schaute, das auf seinem wackeligen Ast nach einer Nuss hangelte, sann Julian weiter über den soeben gesponnenen Gedanken nach. *Die Zehe im Ozean.*

Wie ein Fischhaken hielt sich der Satz in seinem Kopf fest und sandte das Gefühl aus, dass er mehr als nur ein Bild in sich barg. War es am Ende wie bei *Amélie*? Ein Augenblick, der die Einbildung gerade genug nährte, um ein Glücksgefühl zu entfachen. Das Gefühl, verreist zu sein, nach Japan, Paris, ans andere Ende der Welt. Eine Dosis, die gerade ausreichend war, um das Ganze zu spüren, ohne dafür mit Haut und Haaren in den Ozean springen zu müssen – denn den Rest erledigte die eigene Vorstellungskraft.

Helen betrachtete ihn von der Seite: »Was denkst du?«

»Ich denke an das *Astor*.«

»Und?«

Er wandte sich ihr zu. »Im Grunde bedient es doch die gleiche Sehnsucht wie dieser Garten hier. Den Wunsch nach dem Anderen. Der Fremde. Dem Weg-Sein und Abtauchen in eine unbekannte Welt.«

Helen nickte unsicher, denn sie konnte ihm noch nicht ganz folgen.

In Julians Kopf hingegen begann sich die Gedankenwelt schlagartig zu lichten. Wie wenn der Sommernebel am Nachmittag ihre Stadt verließ und ihnen den Blick in einen strahlend blauen Himmel schenkte, verschwand der graue Dunst aus seinem Hirn und wurde nun durch einen glasklaren Blick ersetzt.

»Im *Astor* konntest du für zwei Stunden Amélie sein, sagtest du.«

»Yep.«

»Du konntest mit ihr fühlen, die Welt durch ihre Augen sehen, mit ihr bibbern und lachen. Das Erlebnis war dabei so stark, dass du mehr davon wolltest.«

Helen nickte.

»Du hast es aber nicht getan, weil du Angst hattest, dass es nicht so sein würde wie bei ihr. Wie im Film. Und im Grunde hat es dir eigentlich auch gereicht. Der Moment.«

»Ja.«

Julian erhob sich von seinem Hocker. In seinem Kopf begannen sich die Puzzleteile der letzten Wochen, Monate und Jahre mit einem Mal Stück für Stück zusammenzufinden. »Hendrik stillt mit *LifeExchange* im Grunde die gleiche Sehnsucht, aber bei ihm geht es darum, den ganzen Schritt zu tun. Den Schritt in das andere Leben. In Paris, New York, Washington, hier um die Ecke – wo auch immer. Ich habe es am eigenen Leib gespürt. Es ist, wie wenn man in eine andere Haut hineinschlüpft, all das Gewohnte hinter sich lässt und sich dabei selbst noch mal von einer neuen Seite erlebt.« Er blieb vor Helen stehen. »Aber was ist mit jenen Menschen, die sich so etwas nicht leisten können oder zutrauen oder auch wollen und trotzdem auf das Gefühl nicht verzichten mögen? Die Option, in ein anderes Leben einzutauchen. Jene Menschen, denen die Zehe im Ozean schon reicht?«

Helen grinste. »Sie kommen in den Japanese Tea Garden oder gehen ins *Astor*.«

»Ja, ganz genau.« Julian setzte sich wieder zu ihr. In seinem Körper pulsierte nun das Blut aufgeregt, und er nahm sie bei den Händen. »Myra ist eine, die alles braucht. Und, sie ist jemand, die das Potenzial grundsätzlich und voll ausschöpft. Das ist ihr Erfolg. Sie hat etwas anderes im *Astor* gesehen als ich, und – ob's einem gefällt oder nicht – sie ist damit bei den Menschen gelandet. Was, wenn ich es genauso mache wie sie, aber mit *meinem* Potenzial? Mit dem, was ICH in *Madame Astor* sehe. Der Magie des Films. *LifeExchange* ohne, dass man sein Leben dafür zurücklassen muss. Mit Amélie in Paris, James Bond einmal durch die ganze Welt, Luke Skywalker in ferne Galaxien und so weiter.«

»Aber hast du das nicht schon immer gemacht?«, warf Helen ein. »Die Frage ist doch, wie du die Menschen von ihrem Sofa und dem Lieber-Zuhause-Filme-gucken zu dir ins Kino gelockt bekommst, oder?«

»Absolut.« Julian sprang auf. »Der Unterschied ist: Ich kann ihnen eine Welt bieten. Einen Ort, an dem sie nicht nur einfach einen Film konsumieren, sondern an dem sie mehr bekommen, an dem ihre Sehnsucht vom Anders-Sein und Anders-Fühlen ein Stück weit Realität wird – so wie in dem Garten hier. Im *Astor* wird das Einzelerlebnis zum Gruppenerlebnis. Indem ich mit meinem Nachbarn neben mir weine, lache und mich ängstige, wandelt sich die Fiktion in meinem Kopf zu Realität, zu einer gemeinschaftlichen Erfahrung. Myra hat aus dem *Astor*-Besuch ein Event werden lassen, etwas Besonderes, ein einzigartiges Gemeinschaftserlebnis, an dem alle teilhaben wollten. Genau das gilt es für mich, auch auszuschöpfen. Das ist der Schlüssel.«

Helen musterte ihn unsicher. »Und was ist jetzt die Konsequenz daraus?«

Julian zog sie mit sich. »Wir müssen einen Plan entwerfen, und zwar sofort!«

»Sie wollen das *Astor* weiterführen? Sind Sie jetzt vollkommen irre geworden, Beeman?«, drang Bertis Stimme durchs Telefon.

»Es geht voll auf meine Kappe und wird Sie keinen Cent kosten«, versprach Julian. »Alles, was ich brauche, ist Zeit. Ich muss herausfinden, ob es der Weg ist, mit dem ich das Kino retten kann. Bitte, Berti.«

Julian lief mit seinem Handy am Ohr aufgeregt im Wohnzimmer auf und ab. Draußen war es längst dunkel geworden, und er sah sich in der Wohnzimmerscheibe gespiegelt, auf dem Sofa Helen mit Fritz auf dem Schoß. Um sie herum auf dem Sofatisch und Boden lagen lauter beschriebene Papiere mit Kostentabellen, möglichen Wochenprogrammen und Umsetzungsideen. Es war vollkommen verrückt, aber Julian spürte eine unbändige Energie in sich freigesetzt. Er wusste, dass die Idee seinen endgültigen Ruin und Auszug aus diesem wunderbaren Haus am Meer bedeuten konnte oder aber seinen Durchbruch. Es war ein Vabanquespiel. Alles oder nichts. Genauso wie die Entscheidung in jener Nacht, als er sein Leben auf die Website von *LifeExchange* hochgeladen hatte.

»Ein Monat. Mehr geb ich Ihnen nicht.«

Eh Julian widersprechen oder verhandeln konnte, hatte der Sohn des alten Faulkner aufgelegt.

»Und?«, fragte Helen.

Julian nickte nervös und rieb sich die Stirn. »Ein Monat ist gar nichts, aber es bleibt mir keine Alternative.«

Sie stand auf und legte ihre Hände auf seine Schultern. »Wenn du jetzt bei *LifeExchange* wärst, würdest du dann dein Leben zum Teilen anbieten?«

Julian betrachtete sie überrascht. »Du meinst, um gemeinsam ins Risiko zu gehen?«

Sie nickte.

»Deal«, lächelte er und lehnte sich vor, um seine Lippen auf die ihren zu legen. »Willkommen in Ihrem neuen Leben, Helen Pierce«, murmelte er zwischen seinen Küssen. »Ich hoffe, Sie haben die AGBs gelesen. Wir geben nämlich keine Garantie.«

»Na, das wäre ja noch schöner«, hauchte sie in sein Ohr. »Leben mit Garantie ist doch kein Leben.«

38.

Julian hatte keine Ahnung, wie viele Zuschauer sich angesagt hatten – und ob überhaupt.

Es war Hendrik Hendriksens Verdienst, dass es eine *Astor*-App gab, in der die Tickets online erworben werden und sich die Besucher – typisch Hendrik – bei Bedarf sogar zum gemeinsamen Kinobesuch finden und ein Date ausmachen konnten.

»Das heißt, vielleicht sind all meine Baguettes und Croissants, die ich im Schweiße meines Angesichts gebacken habe, umsonst?«, fragte seine Mutter entsetzt, als Julian sie mit ihren Körben voller französischer Köstlichkeiten in ihrer Backstube abholte.

»Wenn's schiefgeht, verteilen wir sie unter den Bedürftigen«, erklärte Julian und half ihr in den Wagen, wo sich sogleich der herrliche Duft von Brot und Butter ausbreitete.

Als sie kurz darauf das *Astor* betraten, ließ Helen sie noch einen Augenblick vor der Tür ausharren, denn sie hatte die Zwischenzeit genutzt, um letzte Hand im Foyer anzulegen, und wollte es zu ihrer Überraschung machen.

»Et voilà«, verkündete sie schließlich und ließ Julian und seine Mutter feierlich eintreten.

»Oh, là, là«, bekundete Martha Beeman auf französische Art und blickte sich ebenso wie Julian beeindruckt um.

Es war kaum zu glauben und das Foyer des Lichtspielhauses nicht wiederzuerkennen. Helen hatte mithilfe der von ihr entwickelten Wandpaneelen aus der allseits bekannten Eingangshalle eine exakte Kopie des *Café des deux Moulins* aus dem Film *Die fabelhafte Welt der Amélie* werden lassen. Es war derart perfekt, dass Julian sich augenblicklich nach Montmartre versetzt fühlte, hinein in die Welt des Films.

»Wow, du übertriffst meine kühnsten Vorstellungen«, murmelte er. »Es ist absolut fantastisch.«

»Warte mal ab, wenn du dich nächste Woche hier mit einem geschüttelten Martini in James Bond's Lieblingsbar wiederfindest und danach im Millennium Falcon von Star Wars oder der Garderobe von Elton John«, bekundete Helen verschmitzt.

Als sie Julian von ihrer Idee der mobilen Wandpanelen erzählt hatte, die für jede Programmwoche entsprechend der Filme, die sie zeigten, gestaltet werden sollten, hatte er zunächst nicht geglaubt, dass sie so echt wirken könnten, dass man sich tatsächlich in eine andere Welt versetzt sah, aber seine Freundin hatte ihn eines Besseren belehrt.

Wie aus dem Nichts erklang nun auch die Filmmusik von Yann Tiersen und ließ seine Mutter durch den Raum tänzeln und dabei das für sie bereit liegende T-Shirt mit dem berühmten französischen Ringelmuster überziehen.

»Bonjour Mesdames et Monsieurs, au travail s'il vous plaît – an die Arbeit«, verkündete sie feierlich und schnappte sich die von Helen aus dem *Angelina's* mitgebrachten Schüsseln und Terrinen, um ihre mitgebrachten französischen Leckerbissen darin zu stapeln.

Natürlich hatte Martha es sich nicht nehmen lassen, in

den letzten Nächten ihre Fähigkeiten in Sachen »französische Backkunst« derart auf die Spitze zu treiben, dass man am liebsten sofort zugegriffen und sich alles auf einen Schlag einverleibt hätte, aber Julian hielt sich zurück und atmete stattdessen nur den leckeren Geruch ein, der sich soeben im *Café des deux Moulins* ausbreitete.

»Mhm, sieht das lecker aus!«, riefen auch seine Nichten, die aus dem Kinosaal gestürmt kamen, wo sie zusammen mit ihrer Mutter geholfen hatten, den Saal vorzubereiten.

Auch sie trugen die von Julian besorgten Ringel-Shirts und hatten sich zudem noch Baskenmützen auf ihre Köpfe gesetzt.

»Ihr seht ganz entzückend aus, ihr Süßen«, fand auch ihre Großmutter und reichte ihnen zur Belohnung drei Schokoladencroissants über den Tresen.

»Dürfen wir in zwei Wochen zur Star-Wars-Woche noch mal kommen und helfen?«, fragte Emmy. »Ich will unbedingt das Raumschiff sehen.«

»Wenn Susan nichts dagegen hat, sehr gerne«, entgegnete Julian und übergab ihnen ihre Taschenlampen. »Ich wette, ihr werdet die besten Platzanweiserinnen abgeben, die dieses Kino je gesehen hat.«

»Na klar, was denkst du denn«, bedeutete Keren und machte sogleich ein Selfie von sich, um es zu posten.

»Das *Kino mit Genuss* kann starten«, vermeldete Susan. »Alle Sessel besitzen einen Beistelltisch für Moms Delikatessen, und die Lampen sind auch verteilt.«

Auf dem Tablett, das sie bei sich trug, stand nur noch eine letzte verbliebene Leuchte, die sie nun auf dem Tresen platzierte. Auch sie war Helens Werk: ein Schwein im Bademantel, das den Lampenschirm wie einen Regenschirm hielt – genau wie auf Amélie Poulains Nachttisch. Helen hatte sie aus Pappmaschee nachgemacht und wollte sie im Anschluss im Internet oder an interessierte Gäste verkaufen – so denn welche kamen.

»Was macht der Wein?«, fragte Susan und zog sich dabei wie ihre Mutter eine Schürze mit dem Cafélogo an, um hinter der Theke ihre Arbeit anzutreten.

»Ein Malbec aus dem Napa Valley, perfekt temperiert«, verkündete Martha und erhob ihr gefülltes Glas. »Ich brauch grad mal einen Schluck, sonst halt ich das hier vor lauter Sorge nicht aus.«

Der Wein war ein Geschenk von Rebecca zur Eröffnung, so wie das Bier von Gerry. Julian hatte ihnen beiden versprochen, dass er im Falle eines Erfolgs einen festen Kooperationsvertrag mit ihnen schließen würde.

»Ich wünsche dir, dass das der beste Neustart deines Lebens wird, Bee«, hatte Gerry ihm für den Abend mitgegeben.

Julian klatschte in die Hände. »Hey, Leute«, bat er um Aufmerksamkeit. »Danke, dass ihr Helen und mir heute Abend bei unserer Premiere beisteht. Es bedeutet uns sehr, sehr viel.«

Die letzten Worte waren eher ein Krächzen, denn er hatte in der Tat nach allem, was geschehen war, nicht damit gerechnet.

Sogar Myra hatte ihm eine Karte geschrieben, als sie durch Hendrik von dem Relaunch des Kinos gehört hatte. Der Einzeiler darauf verriet Julian, dass sie, zumindest was ihre Einstellung ihm gegenüber betraf, sich treu geblieben war: *Vermassel es nicht, Julian Beeman.*

Der Poststempel stammte aus Santa Fee. Mehr wussten sie nicht von ihr.

»Und du hast wirklich gar keine Ahnung, ob jemand ein Ticket gekauft hat?«, wollte seine jüngste Nichte noch einmal bestätigt wissen, als es Zeit war, die Türen zu öffnen.

»Nein, Linda. Ich konnte mich einfach nicht überwinden.«

Sie nickte darauf, als würde sie ihn verstehen, doch sah er ihrer Miene an, dass sie es in Wirklichkeit nicht tat, denn die Wiedereröffnung heute glich für sie einem Weihnachtsfest oder Geburtstag. Und wenn man die Möglichkeit hatte, vorab schon mal einen Blick auf die Geschenke zu werfen, dann ließ man sich das doch nicht entgehen, oder?!

Während sich Helen an der Saaltür für die Eingangskontrolle in Stellung brachte und die Mädchen nach drinnen liefen, um mit ihren Taschenlampen die Sitzanweiserinnen zu mimen, gab Julians Mutter Zeichen aus dem Café, dass auch sie bereit für mögliche Gäste war.

Nur Susan hielt Julian noch ein Mal am Ärmel fest.

»Hey«, flüsterte sie und kam ganz nah. »Ich will, dass du weißt, dass ich stolz auf dich bin – und Marcus übrigens auch.« Sie tippte mit ihrem Finger gegen seine Brust, um die Bedeutsamkeit dieser Aussage zu unterstreichen. »Echt stolz.«

»Wow, Susan«, staunte Julian. »Kann's sein, dass du das zum ersten Mal zu mir sagst?«

Sie grinste schief. »Gut möglich. Aber nicht, dass du denkst, dass wir deinen Spleen mit dem *Astor* hier meinen. Ob das so eine gute Idee war, wird sich noch zeigen.« Sie schüttelte den Kopf und wies über ihre Schulter. »Ich mein Helen. Die ist das Beste, was dir in deinem Leben passieren konnte, Jules, und wenn ich dir eins als deine große Schwester raten kann, dann: Lass sie bloß nie wieder gehen.«

Julian musste lachen. Er gab so vieles, was er Susan darauf hätte erwidern können, aber er entschied sich, nur auf jenen Teil einzugehen, über den sie sich tatsächlich zum ersten Mal in ihrem Leben einig waren: »Mach ich, Schwesterherz. Versprochen.«

Als sich seine Hände um die Messinggriffe der Schwingtüren legten, bemerkte er, dass sie zitterten. Der Moment erinnerte ihn an seinen ersten Einsatz hier in San Franciscos legendären Lichtspielhaus. »Auf einen guten Start, Beeman«, hatte ihm der alte Faulkner damals zugerufen. »Auf einen guten Start, Marten Faulkner«, flüsterte er nun leise vor sich hin.

Dann drehte er den Schlüssel in der Tür und öffnete das Kino.

Wie an dem Tag, als er mit *MySF* verabredet war, lag der Eingangsbereich verwaist vor ihm, und Julian musste sich einen Ruck geben, um weiter vor auf die Straße zu treten. Helen hatte dort gegen seinen Einspruch eine kleine Passage abgetrennt, damit mögliche Wartende nicht die vorbeigehenden Passanten blockierten.

Es wird die absolute Depression. Ein Desaster, hörte er eine

Stimme in sich rufen. *Du hast den größten Fehler deines Lebens gemacht, Beeman. Aber keine Sorge: Es wird dein Letzter sein.*

Mit klopfendem Herzen schluckte er gegen die Angst an, die wie ein Kloß in seiner Kehle steckte, und wagte einen weiteren Schritt auf den Gehweg hinaus, um schließlich um die Ecke zu spähen.

Er stockte. Mit angehaltenem Atem schaute er die Straße hinunter und konnte es kaum fassen.

Es waren lauter Amélie Poulains mit Pagenkopf und rot geschminktem Mund, die sich dort aufgeregt hintereinander drängten, zwischen ihnen viele weitere Figuren aus dem Film. Alle waren sie da und in mehrfacher Ausfertigung: Amélies Nachbar im Bademantel und mit Pelzmütze, ihr Vater mit Hut, Brille und Gartenzwerg im Arm, die Kolleginnen aus dem *Café des deux Moulin*, Nino, Joseph, der Gemüsehändler Monsieur Collignon und sein Assistent Lucien im grauen Arbeitskittel, ja, und sogar das Krokodil, dem Amélie als kleines Mädchen im Film das Herz abhört.

Sie alle hatten sich offensichtlich abgesprochen, um das von Julian und Helen erdachte Konzept perfekt zu machen. Wie sich das *Astor* an diesem Abend für seine Gäste in die fabelhafte Welt der Amélie Poulain verwandelt hatte, so hatte sein Publikum die Rollen der Filmprotagonisten eingenommen. Sie alle kamen, um mit Haut und Haaren einzutauchen und gemeinsam diesen Event zu einem einzigartigen zu machen. Jeder in seiner und ihrer Lieblingsrolle. Für zwei Stunden und zwei Minuten, so lange wie der Film sie in dieses andere Leben entführte.

Vollkommen unfähig zu einer Bewegung, blieb Julian vor ihnen stehen und starrte die schier endlose Schlange von Verkleideten an, die sich am Ende der Straße noch um die Ecke reihten.

»Geht's noch nicht los?«, erkundigte sich eine der Amélies mit gespielt französischem Akzent, und die anderen lachten.

»Ähm ...«, stammelte Julian überwältigt und strauchelte.

Eine Hand legte sich da auf die seine. Sie war samtweich und warm und schob ihn vor, damit sie gemeinsam den Riegel der roten Samtkordel lösten, die als Absperrung diente. »Ich glaube, für nächste Woche müssen wir uns noch einen Smoking und ein Bond-Girl-Kleid kaufen, was denkst du?«, flüsterte Helen und zwinkerte ihm zu.

»Ja«, hauchte er und amtete tief durch. Dann trat er zur Seite und begrüßte sein Publikum: »Willkommen im Astor. Ich wünsche Ihnen allen einen fabelhaft schönen Abend in unserer Welt!«

The End